극락조

이준연 소설집

펴내는 말

소설집을 다시 펴내게 된 연유는 본고 중편 '극락조'의 주인공인 행우 때문이다. 그와 나는 10년 전에 우연히 민요 교실에서 만나서 짧지 않은 세월을 어울렸다. 비구승인 그의 일탈적인 기이한 행동이 처음에는 충격으로 다가왔고 후에는 기인(奇人)이라는 생각이 들었다.

그리고 헤어졌다. 무슨 특별한 이유는 없었다. 진력이 났는지 바빠서 그런 것인지 새로운 관심거리가 생긴 것인지 어쨌든 그가 민요 교실에 더 이상 나타나지 않았다. 전화 한 통이면 금방 알 수 있는데 서로 그렇게 하지 않았다. 무언가 느껴지는 감을 주고받은 것일 수 있다. 나도 그의 절집을 찾지 않게 되면서 그와 나는 자연스럽게 관계가 끊어졌다.

그의 행적으로 봐서 그 이후에도 풍파 곡절이 적지 않았을 게 틀림없다. 그것이 내게 염려 섞인 여러 상상을 불러오면서 언젠가 글로 옮겨야겠다는 숙제로 남아있었다. 그걸 이제 실행하는 것이다.

행우와 여러모로 비슷한 사람이 작중 인물인 청산 스님이다. 행우보다 연배도 법랍도 많이 위인데 행적은 행우의 원조 격이다. 실제는 직접 연관성이 없는 관계인데 행우의 은사인 듯해 보여 기이했다. 나와 모두 관계있는 두 실제 인물을 소설 속에서 인연을 맺어준 셈이다.

집단이나 사회관계에서 그 둘은 '국외자'였다. 나 역시 넓게는 그 범주에 든다. 변혁을 향한 내적 가연성이 크다. 이들을 주인공으로 등장시키는 이유다. 졸고 장편 '꺽정 임진강' 주인공도 그런 사람이다.

본고의 단편 속 인물들도 '지금 이대로'를 거부하는 열망을 은닉한 부류에 대한 나의 일관된 관심사의 연장선에 있다. 펴내는 변이다.

2024년 6월 어느 날
현산봉명 이준연

차례

[중편]

극락조

極樂鳥

1

"**하**… 행니~임! 여긴 어쩐 일입니까요 행님?"

"아이고, 글쎄 말이여! 아우가 드디어 예까지 납시었네그려. 나야 뭐 그냥 친구 따라 강남동네 처음 와 본 거지 뭐… 하하~"

룸에서 잠깐 볼일을 보러 나오는 그와 일행을 따라 들어가던 내가 외통수로 마주친 것은 그야말로 의외의 장소였다. 우연치고는 민망했다. 기실 내가 민망했을 뿐이다. 그가 민망해할 사람이면 애초에 이런 곳에 나타나지 않을 터였다.

행우를 K 노래방에서 만난 것은 말 그대로 우연이었다. 흔한 노래방 중에 하필 이곳이라니! 그런 줄 짐작은 하고 있었지만, 한편으로는 이런 곳에도 출몰하는 걸 보고 대단한 뱃심이라는 것을 새삼 알 만한 조우였다. 그도 내게 마찬가지였을 것이다.

여기는 겉만 노래방일 뿐 룸살롱이다. 위장 영업이라 술값도 화대도 저렴하다고 소문나 있다. 이 노래방은 이곳 C市 유흥가 물집 중에서 가장 큰 술집이다. 말이 노래방이지 맥주는 기본이고 소주 양주에 빼갈 등 주문대로 다 나온다. 무엇보다 미끈한 미모에 애교 철철 넘치는 속칭 은갈치들이 착착 감기는 술맛에 정점을 찍어준다.

접대 1차를 여기서 시작하는 팀들이 많은 이유다. 주변에 호텔 모텔도 널려서 멀리 갈 것도 없다. 완벽한 은밀성을 자랑하는 룸에 웬만한 단란주점 두 개 넓이의 널찍한 홀은 빵빵한 음향과 고급 인테리어로 '강남급'이다. 대놓고 하는 걸로 봐서는 뒤가 있는 것 같다.

행우가 여기에 나타날 줄은 생각을 못 했다. 피차일반이다. 소심하고 쪼잔하다는 핀잔을 받는 나를 마주친 그도 내심 흠칫했을 것이다.

행우(行愚)는 법명이다. '행우 스님'이다. 풀이에 따라서는 모자란 짓을 하는 사람이라는 것인데 겸손의 뜻으로 생각됐다. 속세에 나가서 중생들과 어울릴 때는 속명을 쓰는 게 편할 듯한데 그건 입산할 때 지웠다. 법명을 제 이름처럼 쓴다. 그게 지론인지 허용된 규정인지는 알 바 없다. 처음부터 그렇게 통성명을 했다.

　'행우 스님'이라고 부르면 저자에서 행동이 여러모로 불편하고 제약이 따를 것이 걸린 듯 그가 먼저 '스님'을 떼라고 요청했다. 이름 삼아 '행우'라고 부르는 연유다. 대신 그의 법당에 가면 나는 깍듯이 '스님' 자를 붙인다. 행우는 무심하다. 네 편한 데로 해라… 다.

　"행님을 여기서 보니 반갑소. 나가 앞으론 종종 이리루다 행님을 모시고 올 것이요잉, 행님. 근데 저 사람들 누구시요?"

　행우는 자신을 지칭할 때 버릇처럼 '나가'를 쓴다. 경상도 전라도 사투리가 순서 없이 뒤섞여 튀어나온다. 뒤에 얘기할 부분이다.

　"응, 아우를 생각지도 않게 예서 보니 나도 더 반갑네그려! 내 대학 동기들이여. 올해가 입학 44년 차라고 모인 거네. 6월, 12월 연중 두 번 모인다는데 난 거의 나오질 않다가 쌍 4가 겹친 해라 나온 거지. 1차는 닭갈비 집에서 걸치고 2차일세. 우릴 데리고 온 친구가 여기 건물주여. 2대째 지켜온 가장 큰 장(莊)급 여관이었는데 호텔에 밀려 아예 다 헐고 이 7층 상가 건물로 재건축한 거라네. 이 집 매출도 올려줄 겸 오늘 큰 거 한 방 쏜다고 몰고 온 거지…."

　"행님, 거기 오래 머물지 말고 후딱 내한테로 오시요잉!"

　행우는 급했는지 말을 끝내고 볼일을 보러 화장실로 향했다. 한여름 그가 꾹 눌러 쓴 빵모자 밖으로 삐져나온 민머리는 누가 봐도 중머리 아니면 대머리인 줄 금방 알 수 있다. 게다가 소맷자락 펄럭이는 긴팔 옷에 퍼진 바지 외출용 평상복이 속세의 외출 복장이라고 해도 일반인들 눈에 그가 승려인 줄은 대충 짐작한다.

　그러거나 말거나 누가 뭐라고 씨부렁거리든 말든 행우는 오불관언이다. 당당하고 거침이 없다. 나는 이런 걸물이 좋다. 소심한 서생 콤플렉스가 보완재를 찾은 셈이랄까? 장대가 쫄대를 찾는 이치다.

　한 시간쯤 지났을까…? 상의 안 주머니 휴대폰에서 진동이 계속 울렸다. 소음 수준을 뛰어넘는 데시벨이 그 큰 방의 모든 걸 빨아 먹는 와중에 가슴을 때리는 진동을 한참 후에 알았다. 쿵쾅거리는 노래방 기기는 쉼 없이 일행의 비틀거리는 노래를 토해내고 있었다.

　"행님, 어서 오시요잉! 나가 기다리다 그냥 가버릴랑가 모르겄소…."

　하도 시끄러워 귓가에 바짝 댄 폰 너머로 행우의 말이 가늘게 들려왔다. 남산만한 덩치에 어울리지 않는 소프라노 톤이 더 가물거렸다.

　"아이고, 여적 나를 기다리셨소? 혼자시요?"

　"그러시다요, 행님하구 학도 행님이 없는데 누가 있겄소. 어서 이리루다 건너 오시요잉!"

　"알겠네…."

　나도 짧게 답했다. 열 번이면 열 번 모두 중간에 소리 없이 사라지는 내 습성을 행우는 만남의 응보라며 그러려니 한다. 보지도 않고 그냥 내빼는 건 예의도 응보도 아니다.

　"어이쿠~ 이 한 겨울에 여긴 꽃밭 만발하는구먼 하하하~"

　"어서 오시오, 행님! 조금 더 늦으면 나가 행님 뺀찌(다시는 상대를 아니 함의 은어) 놔 버리려 했습니다, 하하하~"

"가고 옴이 내 마음대로면 불단(佛壇)에 벌써 올라앉았지…."

열 명쯤 들어가 놀 수 있는 중간 크기의 방에 손님은 행우 혼자였다. 그 양옆에 여자 네 명이 둘러붙어 있었다. 새댁 같은 젊은 색시들이 행우 양옆에 바짝 붙어있고 상대적으로 나이 들어 보이는 아줌씨(아줌마아가씨의 줄임말) 둘이 그 옆에 곁다리로 앉아 분위기를 거들고 있었다. 말이 도우미지 직업적 접객 여성들이다.

난데없이 왠 중늙은이가 들어오는 바람에 방 분위기가 다소 썰렁해진 것 같았다. 시시덕거리며 저희들끼리 한가롭게 놀던 여자들이 일제히 나를 쳐다보며 뻘쭘해 있었다. 행우는 양손을 여인들 무릎에 얹고 쩍벌 자세로 소파에 파묻혀 눈을 지긋이 감은 채 뭔가에 잠겨 있었다.

그는 내가 들어오는 기척에 눈을 뜨고 자리에서 벌떡 일어나 입구 쪽으로 나오면서 반갑게 손을 내밀었다.

"아가씨들아, 우리 행님 오셨는데 앉아서 뭐 해… 인사들 드리소!"

여자들은 일제히 일어나 고개만 까딱거리며 합창 인사를 했다.

"사장님 안녕하세요~!"

산골 농사꾼 서생이 '사장' 소리를 듣는 것은 이런 데서다.

"어서 자리에 모셔요, 내 자리로…."

"네~~!"

나이 든 여자 둘이 내 양팔을 끼고는 이 방의 주빈석 격인 가운데 자리로 데리고 가서 앉혔다. 나는 행우의 가오(폼을 속되게 이르는 말)를 생각해서 못 이기는 체 하며 앉았다.

"분이하구 순이가 우리 행님 모셔. 누나들은 이리루 오시고들…."

여자들 이름은 본명도 가명도 아니다. 순전히 행우가 임의로 붙인 이름이다. 가는 곳마다 작명한다. 공통점은 순수한 토종 이름이고 같은 이름이 없다는 것이다. 그렇게 이름 얻은 여자들이 100명은 된다.

나이 든 여자 하나가 나가더니 큼지막한 양주 한 병과 얼음 한 다발을 들고 왔다. 이미 테이블에는 중간 크기의 양주 두어 병과 여러 개의 맥주병과 콜라 그리고 이런저런 안주류와 손도 타지 않은 과일이 널려 있었다.

행우는 사실 술과 거리가 멀다. 스님이라서가 아니라 체질적으로 안 받는다. 상황에 따라서 조금씩 거든다. 소주 한두 잔이면 창백할 정도로 흰 얼굴 피부에 금방 홍조가 들고 소맷자락 걷어 보여주는 팔등에는 붉어진 혈관 심줄이 돋는다. 발가락도 빨개질 건 안 봐도 안다.

절집에서 평생 살아온 탓인지 입도 짧고 가리는 것도 많다. 여기 술과 안주 대부분은 여자 네 명이 해치운 거다. 행우와 노닥거리는 폼이 한두 번 온 게 아니다. 정확히 말하면 재잘거리며 노는 여자들을 지긋이 바라보며 안온함을 즐기는 행우의 술집 패턴이다.

신사임당 화폐도 여자들 가슴마다 꽂혀있었다. 나는 이럴 때마다 아깝다는 생각이 들다가도 이내 수긍해버리는 자기모순에 시험을 당해왔다. 그러다 어느 때인가부터 마음이 편해졌다. '보시(자비심으로 남에게 재물이나 불법을 베풂)'다.

("하필 술집 여자들에게 퍼주고 바가지 쓰는 걸 보시라 갖다 붙이는 거야? 아니지, 그 생각이 곧 차별심이야…….")

나는 속으로 자문자답을 이어갔다. 그래야 마음이 편해진다.

("이 여자들은 악어 몸에 둘러붙은 먹이를 뜯어 먹는 악어새가 아

니야. 본래 내 것도 아닌 것을 나누며 더불어 함께 살아가는 '사바(석가모니가 교화하는 속세의 땅)' 세상의 같은 중생이야. 객체가 아닌 동등한 주체지. 자타일여(나와 남이 본시 하나)인 거야! 분별심이 없어지면 차별심도 사라져. 행우는 지금 여기서도 열심히 '만행(萬行, 불교에서 법문을 듣는 것에 머물지 않고 혼탁한 세상을 돌아다니며 경험하고 깨달으면서 가르침을 실천하고 명상과 사유의 깊이를 더해가는 수행법)' 수행 중인 거야!")

이렇게 생각하니 내 마음이 편해졌다. 행우의 기이함을 넘어 기괴한 행동이 이해돼 가고 있었다. 행우가 나로 하여금 스스로 깨달아 알도록 하는 것 같았다. 부작위로 작위를 끌어내는 고단수 구렁이 백 마리가 들어앉은 행우 덕에 공부 많이 한다. 화두(話頭)가 '행우'다.

행우의 이런 기이한 낮 밤 다른 생활을 아는 이는 나와 학도 형 둘이다. '지킬 박사와 하이드'도, '걸레스님 중봉'도 떠오르고 중봉과 행우가 겹쳐 보이는 때도 흔하다. 될 일 아니게 '경허 선사'도 겹친다.

중봉은 술과 여자로 상정되는 속세에 너무 깊이 발을 들여놓는 행적으로 인해 세간의 온갖 비난을 안고 파계승으로 승적박탈을 당한 이 시대의 풍운아다. 그는 뛰어난 예술적 재능으로 해서 선화(禪畵)와 서예에 일가를 이룬 예술가다. 사람들은 사후에야 진면목을 알아본다.

중봉은 어느 날 홀로 세상을 버리고 떠나갔다. 극락을 갔는지 지옥에 떨어졌는지는 누구도 모른다. 중봉 자신도 지금 어느 곳에 자신의 흔적이 떠다니는지 모를 거다. 애초에 그런 데 관심이 따라갔으면 온갖 욕 바가지로 뒤집어쓰고 살지 않았을 것이란 생각이 든다.

겉 행적이 진실을 담고 있다고 보는 것은 만용이다. 내가 보기에는 중봉을 같은 세대로 함께 살았다는 것이 복이라면 복이다. 평범하고 평탄한 삶에는 감동이 없다. 내게 중봉은 걸승이다.

경허는 조선말 나라 잃고 평안도 삼수갑산과 간도 땅을 오가면서 행적을 숨긴 채 중생 밑바닥을 함께 살다 사라진 걸승이다. 장발에 막걸리와 친했던 서당 훈장님 '경허 선사' 칭호가 존경인지 비아냥인지 잘은 몰라도 행우가 겹치는 건 무엇일까?

중봉인지 경허인지 아니면 그 둘의 중간쯤인지… 그도 아니면 얼치기 땡초다. 여하튼 간단찮은 사변(思辨)을 일으키게 하는 행우다.

나? 지극히 현재적으로 산다. '산 개가 죽은 사자보다 낫다!'…다.

"행님, 행님 노래 메들리로 듣고 싶소. 아가씨들아, 우리 행님은 모르는 노래가 없다. 가수왕 출신이다. 아무거나 눌러봐라! 듣고 기절하는 건 느그들 자유다, 하하하~"

"아유~ 우리 큰 오라버니 못 알아뵈어 죄송합니다. 오라버니 18번부터 시작해요. 그담에 저희들 신청곡 하나씩 받아주셔요!"

내 옆에 바짝 붙어 앉은 가장 나이 들어 보이는 아줌씨가 귓볼을 간질거리며 입술이 달 듯 말 듯 속살거렸다.

"그래요? 음… '녹슬은 기찻길'…."

"분이야, 우리 큰 오라버니 18번 '녹슬은 기찻길' 나가신다. 258번 눌러라!"

여자들은 노래 번호를 꿰고 있다. 이런 데 오는 남정네들 부류나 연배가 대체로 비슷해서 트로트 일색에 100곡 안에 다 들어있다. 여자들은 내 노래 첫 곡에 다들 나가떨어져 기절하는 시늉을 했다. 행우가 만족한 표정을 지으며 미소를 흘렸다.

"내 말이 허풍 아니지? 그랬잖아, 기절할 거라고 하하하하~ 이제 시작인데 뭘 그래, 듣고 싶은 노래 있으면 골라봐!"

"아유, 우리 큰 오라버니 정말 가수왕 맞네요. 이제까지 여러 손님들 모셔봤지만 오라버니는 차원이 달라요. 공연도 다니실 것 같아요."

나는 웃음으로 얼버무리며 세 곡을 더 불러제꼈다. 자리는 쉬이 끝날 것 같지 않았다. 이 방에 들어와서도 시간이 흘러 11시 가까이 됐다. 휴대폰에는 아내로부터 날아온 문자와 전화가 쌓여있다. 내일 새벽에 장거리 운전으로 처가에 갈 일이 신경 쓰인다.

음주 가무를 하지 않는 행우는 쌩쌩하다. 맥주 한 잔을 나누어 입가심하는 정도다. 아가씨들은 양주에 맥주를 섞은 술에 저희들 내키는 대로 안주를 가져와 진땅 만땅 매출 작전으로 취기가 완연하다.

옆 방에서 전주가 있는 데다 이 방에서 섞은 술 몇 잔이 더 해져 얼큰해진 취기를 핑계 삼아 내 습성이 발동이 됐다.

('튀어!')

어떻게 알았는지 곧바로 신호가 왔다.

"행님, 잘 들어가고 계시지요! 낸 조금 더 놀다 갈랍니다."

"어이쿠, 아우님 미안하외다. 내 잘 들어가고 있네그려. 걱정마시고 더 쉬다 들어가시게나! 며칠 있다 '정사(精舍)'에 들를 것이네."

이 시간대는 생리 해결을 핑계 삼아 빠져나가는 게 자연스럽다. 업소 앞 길가에 택시 승강장이 있어 바로 잡아타고 채 5분이 지나지 않아 휴대폰이 울렸다.

행우는 안에서 밖을 훤히 내다보는 듯 폰으로 마중을 했다. 굳이 시비곡직 물을 것도 구할 것 없고, 감탄고토(甘呑苦吐, 달면 삼키고 쓰면 뱉음) 할 것도 없이 둘 사이는 늘 담담하다.

2

행우와 나의 첫 만남은 '민요 교실'에서였다. 4년 전이다. 정확하게
는 그 해 4월9일 수요일이다. 매주 수요일 오전에 진행되는 민요 교
실은 산골 살이 중에 읍내에 나가 세상과 다시 관계를 맺은 첫 단추
다. 평생교육 프로그램에서 눈길이 가 고른 선택이다.

짧지 않은 시간이 흘렀음에도 날짜를 또렷이 기억하는 것은 그 1
주일 후 특별한 한 사건이 일어났기 때문이다. 첫 만남의 기억이 평
생 잊힐 것 같지 않은 까닭은 그 사건의 충격이 너무 큰 생생함으로
남아있기 때문이다. '세월호 침몰'이다.

내가 '민요 교실'에 나가기 시작한 것은 행우를 그곳에서 만나기 1
년 전이다. 시내에서 8km 떨어진 큰 고개 너머에 있는 이 국악원은
도 지정 경기민요무형문화재 이수자인 여성 원장이 운영하는 사설 국
악원이다.

직장을 물러나 마땅한 취미 소일거리를 찾던 중 면사무소에 비치
된 모집안내문을 보고 바로 찾아가 등록을 했다. 원장은 느닷없이 찾
아온 중늙은이 남성 지망자의 출현에 뜨악한 표정으로 잠시 망설이더
니 곧 표정을 풀고 웃으며 받아주었다.

"선생님, 여긴 모두 여성 회원들인데요. 괜찮으시겠어요? 호호호~"

"그래요? 허어~"

"여긴 여성회원들이지만 옆 장구반은 남성 회원이 두 분 계세
요…."

"네… 평소에 생각을 하고 들어온 것이니 민요를 한 번 제대로 배
워보겠습니다. 받아주시면 고맙겠습니다. 남자가 또 들어오겠지요
뭐…!"

"그러세요. 아무렴 저희야 환영하지요. 근데 전에 해보셨어요?"

"따로 배운 건 없어도 흥을 늘 달고 삽니다."

국악원은 읍내에서 거리가 먼 탓인지 20명 모집에 정원미달이었다. 회원 16명에 내가 청일점이다. 나이에 비례해 낯가죽도 두꺼워진다.

1주일에 두 번씩 나간다. 2~3주를 해보니 여성회원들의 실력이 예사롭지 않음을 알게 됐다. 거의 프로 수준이다. 알고 보니 대부분이 원장의 직계문하생들이다. 원장을 단장으로 해서 전국 각지 행사공연도 다니고 주관도 하는 지역의 국악 예능인들이었다. '꾼'이다.

읍내 주민행복센터(동사무소)마다 개설돼있는 민요 교실의 지도 강사가 모두 이들이다. 말하자면 이곳 국악원은 이들 예능인들과 지역 국악계의 중심 근거지였다. 소공연장도 갖춘 이곳에서 공연기획과 연습을 하고 때로는 민요뿐 아니라 판소리 초청공연도 벌인다.

'호랑이 굴'에 들어왔다. 동사무소 민요 교실을 두고 굳이 오리지널 국악원을 기어든 게 만용이었다. 무식한 이가 용감하다는 말대로 모르고 들어왔다. 전혀 접해보지 못한 '소리꾼'들의 세계를 알게 됐다.

나이가 위도 있고 아래도 있는데 그것보다 입문 서열이 우선인 듯했다. 자유로운 듯 언니, 동생을 해도 내재한 질서는 비교적 엄격해 보였다. 시작 전 자유롭게 방담을 나누다가도 원장이 들어서면 일시에 자세를 가다듬고 정적을 유지했다. 원장에게 깎듯 하고 극 공손한 태도는 소리 공부의 어렵고 깊은 내공을 반영하는 것인 듯했다. 학습교재를 편 채 넋 빼고 구경에 급급한 나와 달리, 이들은 수천 번은 불렀을 같은 노래를 혼신을 다해 반복 연습했다.

원장이 나가고 휴식 시간이 되면 내게 '오라버니… 아우님…' 하면서 이것저것 싸 들고 온 간식 보따리를 풀어 함께 나누고 친근하게 대해주었다. 이들의 깔깔거리는 웃음소리는 진한 긴장을 푸는 것 외에도 새로이 나타난 귀여운 남성 외계인에 대한 호기심이 섞여 있었다.

행우가 국악원에 나타난 것은 내가 민요 교실을 그만두려고 마음을 먹고 있을 즈음이었다. 그새 함께 시작했던 서너 명의 초보 여성 회원들이 하나둘씩 떨어져 나갔다. 초짜라고 기초부터 따로 해주는 것 없이 처음부터 똑같이 진도를 나가는 게 힘들었던 모양이다.

마룻바닥에 둘러앉아 가부좌를 틀고 등골과 목줄기를 꼿꼿하게 세우는 공부 자세도 만만찮았다. 그래야 뱃심-기도-입으로 이어지는 몸체 소리통이 일직으로 터져 제대로 된 발성이 나온다는 것이다.

스승의 장구가락에 맞춰 두 손을 가지런히 깍지 끼어 아랫배에 얹고 지긋이 단전에 힘을 준다. 강약 장단 스승의 숨소리 맥을 그대로 따라 호흡하며 창과 창법을 한 치 빠짐없이 따라간다. 전통민요 교육 방법이다. 이 방식이 처음이고 끝이다.

대부분이 중장년 주부인 초보 여성회원들은 뭔가 제대로 된 소리를 배우려고 집 근처 동사무소 프로그램을 마다하고 고개 넘어 큰 선생님을 찾아왔다. 하지만 같은 여성으로서 원장 문하 예능·예술인들의 실력에 스스로 눌리고 기(氣)에 눌리는 교육 현장의 분위기가 만만치 않음에 부담을 느껴 관두는 게 주된 이유였다.

이제 남은 초짜는 나 하나뿐이다. 간당거리는 마지막 잎새다. 관둘까 말까 망설이며 근근이 마을버스를 타고 오고 갔다. 그만두지 못하는 큰 이유는 1년을 함께 어울리며 든 정(精) 때문이다. 원거리 공연은 못 가도 읍내와 국악원 소극장에서 열리는 공연은 빠짐없이 따라

다니며 이런저런 행사 수발을 들고 뒤풀이도 함께했다.

문제는 창(唱)이었다. 양악 음계로 치면 여성은 소프라노, 남성은 테너가 기본음이다. 민요는 그중에도 여성은 메조소프라노 음계다. 이에 맞는 남성 음정은 베이스쯤이다. 여성 음계 중심의 창 공부에서 아무리 저음 소유자라도 베이스 아래 음계로 내려가기는 어렵다. 나는 테너를 못 벗어난다. 최저가 중 저음이다. 이게 전체 화음에 '티'다.

귀한 청일점인 데다 공연 때마다 그래도 사내라고 이런저런 짐꾼 노릇도 해주고 한 턱 쏠 줄도 아는 나를 귀여워해 주고 이뻐해 주면 뭣하랴! 삑사리나 내는 하나뿐인 미운 오리 새끼인걸….

이런 시점에 행우가 나타났다. 남자 기갈에 그야말로 가뭄에 단비였다. 나는 옛친구와 해후인 양 몹시 반가웠다. 그런데 그의 외양에 놀랐다. 원장과 함께 들어오는 그는 스님 복장을 하고 있었다. 180㎝를 훌쩍 넘겨 보이는 훤칠한 키와 100㎏은 돼 보이는 당당한 체구의 사내였다. 그의 깔끔한 회색 승복 차림새는 딱 맞아떨어지게 어울렸다.

일순 문하생들이 수군거렸다. 더러는 내 표정을 슬쩍슬쩍 훔쳐보기도 하는 듯했다. 바야흐로 단조롭던 관심사가 아연 생기를 띠며 젊어 보이는 이 사내에게로 옮겨가는 순간이다. 비록 승복 차림이긴 해도 잘생긴 외모에 당당한 체격 그리고 스님 특유의 순정한 지적 이미지와 어울리는 장중한 포스까지! 같은 남자라도 부러워할 만한 멋진 매력남이다. 원장이 이 사내와 함께 나와 문하생들이 비-잉 둘러앉은 교육장 한쪽 중앙에 나란히 섰다.

"오늘 2/4분기 회원으로 남성 한 분이 새로 들어오셨습니다, 호호호~ 남성이라고 말씀드렸지만 스님이시지요? 음~ 제가 다니는 절의 주지 스님이세요. 평소 사찰 음악에 남다른 조예가 깊으신데요, 우리 민요도 한번 배워보고 싶다고 말씀하시면서 오시게 됐습니다. 마침 우리 이 선생님도 계셔서 잘 되셨네요… 호호호!"

박수가 이어지고 이 사내가 숫기 없는 표정으로 인사말을 했다.

"안녕하세요, 행우라고 합니다. 스님으로 생각하지 마시고요, 학생으로 대해주시면 고맙겠습니다. 열심히 배우겠습니다. 고맙습니다!"

박수가 또 터졌다. 의례적인 건 아닌 듯했다. 나 때보다 박수를 곱절은 더 받은 것 같다. 나로 인해 익숙해진 남성 회원에 대한 엷어진 어색함도 작용한 것 같았다.

사내도 나처럼 남자가 몇은 있는 줄 알았던 모양이었다. 그러다 보이는 회원들이 모두 여자들뿐이자 당황한 기색이 역력했다. 여자들 속에 낀 사내 하나가 눈에 바로 들어오기는 어렵다. 원장한테서 나에 관해 따로 들은 말은 없는 모양이었다.

굳은 표정으로 자리에 앉았던 사내는 다소 긴장이 풀렸는지 아니면 여유가 생겼는지 다소곳이 고개 숙여 교재만 보던 눈길을 들어 교육생들을 빙 둘러 일별하는 것 같았다. 그러다 맞은편 여자들 틈 속에 끼어 앉아있는 한 남자를 발견하고는 환한 미소가 번졌다.

나는 잠시 생각에 잠겼다.

("이거 관둬야 돼? 계속 해야 돼?")

저 사내를 보니 반갑기도 하고 힘도 나긴 한다. 그렇다고 저 초짜 중을 의지해서 음계 톤이 맞질 않아 겉도는 민요 교실을 계속한다는 건 본질을 벗어난다는 생각이 들었다.

정이냐, 이성이냐… 감성이냐, 실리냐… 곁가지냐 본체냐….

("에라, 모르겠다. 하는 데까지 해보자. 내가 지금 관둬버리면 저 중은 또 뭐가 되겠어? 이 문하생들 실망도 그렇고….")

나와 저 사내에게 있어서 문하생들은 말이 동료 학생이지 공부의 성격과 차원이 달랐다. 선생님들이다. 원장은 대모(代母)다. 사내는 내성적 성정인 듯 문하생 여성회원들을 어려워하고 말 붙임에 수줍어하며 나를 가까이하고자 한다. 그런데 내가 관둬버리면….

사내가 뜻밖의 제안을 해왔다. 한 달쯤 지난 수업 종료 직후였다.

"저어, 선생님… 제 집에 한 번 안 가보실랍니까?"

나는 의례적인 말로 대답했다.

"아, 네! 그러시지요… 백수라 남는 게 시간입니다, 하하하~"

"아이고 고맙습니다. 말씀 주신 김에 오늘 가시지요. 그렇잖아도 선생님을 모시고 재미있는 데도 한 번 가 보려는 생각도 있었습니다."

사내는 진담을 했다. 스님이라서 그런지 허드레 한 말은 없다.

중이 사는 집은 절집이다. 차가 읍내로 향하길래 식당에서 점심을 먹고 어느 산속으로 이동하려는가…? 했다. 그런데 대단위 아파트단지들이 늘어선 읍내 주택가 중심지 한 가운데로 들어가고 있었다.

두 개 대형 단지가 2차선 이면도로를 가운데 두고 마주 선 100여 미터 도로변 양쪽에는 음식점 노래방 술집이 늘어서 있고 간혹 미장원, 게임방, 세탁소 등이 끼어 있었다. 아파트단지 주변에 들어서기 마련인 먹자골목이다. 낮이라 거리는 차량도 행인도 한적했다.

차는 도로 끝 지점까지 직진해 삼거리 길 정면을 막아선 5층짜리 건물 앞에 멈추어 섰다. 그리고 사내는 나더러 내리라고 했다. 지하

주차장에 차를 박고 올 테니 이 앞에서 잠깐 기다리라는 것이었다.

인도에 올라서서 건물을 쳐다보니 공실 하나 없는 듯 갖가지 간판이 빼곡하게 벽체에 붙어있다. 벽면 허공에 매달린 아크릴 광고판들이 벽체에 붙은 간판들을 가린 것도 많아 눈이 어지러웠다.

사내가 가리킨 건물의 1층은 편의점과 부동산이고 2층은 무슨 설계사무소와 당구장 간판이 걸려 있다. 3층은 위아래 돌출간판들에 가려서 잘 보이지 않고 4층이 학원, 5층은 보험사 간판이 크게 걸렸다.

음식점은 없었다. 혹여 3층인가 싶어 다시 고개를 들어 살펴보니 가린 간판들 사이로 직사각형의 크지 않은 벽간판이 보였다.

"기원정사"

절집 이름이 분명했다. 자세히 보니 간판 테두리가 사찰 문양이다.

("아, 여기구나!")

한참 후 올라온 사내가 손가락으로 가리키면서 말했다.

"선생님, 3층입니다. 저기가 제가 머무는 집입니다. 하하하~"

"아, 그래요? 기원정사…."

사내는 승강기를 놔두고 앞장서 계단으로 올라갔다. 생각보다 가파른 계단을 덩치 큰 사내는 긴 다리로 축지법을 쓰는 양 성큼성큼 단숨에 올라갔다. 가쁜 숨 몰아쉬며 뒤따라온 내게 사내가 말했다.

"선생님, 제가 평소 승강기를 쓰지 않아 본의 아니게 선생님을 고생시켰네요, 죄송합니다. 관세음보살!"

"아닙니다. 전혀 아니에요, 저희 집도 아파트 4층인데 운동 삼아 늘 걸어서 오르내립니다. 이까짓 3층이야 뭐… 하하하~"

헉헉거리며 단락을 끊어 대꾸하는 나를 향해 사내는 빙긋이 웃었다.

사내가 문을 열고 안으로 안내했다. 들어서니 밖과는 완연히 다른 불가의 세계가 들어왔다. 사찰 대웅전을 그대로 옮겨놓은 완전한 절이었다. 금빛 찬란한 대형 삼존불이 본전 불단에 모셔져 있고 그 양쪽에 아담하게 빚은 많은 보살과 나한들이 갖가지 표정과 몸짓으로 석가세존을 옹위하듯 늘어섰다. 그리고 사방 벽체는 화려한 탱화다.

천정은 저마다의 기원을 적은 연등이 백여 개 달려 있고, 짙은 밤색의 바닥 마루는 깨 기름을 친 듯 반들반들하다. 여느 절처럼 본존불 아래 설법단 앞에는 두툼한 예불 방석이 놓여져 있고 마루 양쪽에는 신자들이 앉는 방석이 50여 장씩 가지런히 포개져 있다.

먼지 한 톨 있을 게 없는 청정한 도량 분위기에 절로 엄숙해졌다. 타 종교 신앙인이든 무종교자든 아니면 반종교주의자든 상관없이 일단 사원에 들어서면 진지해져야 한다. 존중의 표현이고 결국은 인간에 대한 예의다. 내가 교회에 가면 성의껏 찬송가를 따라 부르고, 절에 가면 진정한 마음으로 합장 기도를 따라 하는 이유다. 종교 간 평화가 세상의 평화다. 간절한 기도로 구하고 바라는 바는 같을 것이다.

시내 한복판 콘크리트 건물 안에서 산새나 넘나드는 청량한 산사를 대하는 느낌은 처음 맛보는 신선한 경험이다.

법당 안채 쪽에서 40대 중반으로 보이는 남자가 문을 열고 나왔다. 복수의 인기척을 듣고 사무 중에 나온 모양이었다.

사내가 웃으며 인사 소개를 시켜주었다.

"이분은 우리 정사에서 종무를 맡아보고 계시는 종무실장 경덕 법사입니다. 출·퇴근을 해도 늘 함께 지내니 가족이나 마찬가집니다."

"아, 그러세요? 저는 이처산입니다. 자칭 처삽니다. 반갑습니다!"

경덕 법사는 작은 체구에 운동선수 출신같이 근력이 탄탄하고 다부져 보였다. 선량한 인상에도 눈매가 날카로워 절집 살림을 잘 꾸려갈 것 같은 느낌이 들었다. 스님인 사내는 덩치만 컸지 목소리나 피부색이 여성적이고 뭔가 허허로웠다. 둘의 조합이 맞아 보이는 연유다.

"스님, 점심 공양 못 하셨지요? 어서 들어오세요, 처사님도요. 차려놓고 기다리는 중이었습니다. 찬도 넉넉합니다."

회의실을 겸한 식당은 한 칸짜리 종무실 안쪽에 붙어있었다. 신자 10여 명이 함께 할 수 있는 사각 식탁과 의자, 냉장고와 주방기기가 가지런히 자리했다. 그 안쪽에 화장실이 딸린 요사채가 있다. 스님 침실이다. 알뜰한 40평 절집 '기원정사'다.

어느 사찰이든 법당은 말할 것도 없고 살림집도 마당도 해우소도 청결 그 자체다. 청정한 도량 공간에서 청결은 수행의 엄격한 방편이다. 물상의 청결이 깊어지면 재물에 대한 청결심으로 이어지고 이는 마음의 청결을 넘어 삼라만상에 대한 사유적 궁구로 향한다.

모든 종교와 일정한 거리를 두는 내가 절집에 가서 느끼는 청량함의 심리적 근원이 여기에 있다. 점심 공양을 마치고 경덕 법사가 일을 보러 외출했다. 국악원에서 첫 만남을 가진 후 둘만의 자리는 오늘이 처음이다.

"공양이 좀 부실하죠? 저녁 외식 공양 잘 모시겠습니다… 하하하~"

차담을 나누며 사내가 건넨 말이 무슨 뜻인지는 거기 가서 알았다. 깜짝 놀랄 일이었다.

"근데 스님, 행우가 법명입니까? 왠지 속명 같은 법명입니다."

시간 여유도 있어서 나는 신도가 아닌 3자 처지에서 편하게 말을 나누기로 했다.

"하하하~ 둘 다입니다. '행우'는 나가 지은 자명(自名)입니다. 밖에서는 속명으로 쓰고 안에서는 법명으로 씁니다."

"무슨 말씀인지요? 법명은 스승인 은사가 내려주는 것 아닙니까?"

"맞습니다. 나가 받은 수계명(受戒名)은 '불각(佛覺)'입니다. 근데 이름이 너무 무거워요. 머리에 만 근짜리 납덩이를 이고 사는 것 같아 승적에만 올리고 서랍에 집어넣은 지 오랩니다. 행우라고 붙이고 삽니다. '모자란 짓만 골라서 하는 중생'… 뭐 이런 겁니다. 보살님들도 좋은 이름으로 알고 다들 그렇게 부릅니다. 그렇다면 그런 줄 알지 안 묻고 안 따져요. 우리 법사 말고 보살님들 다들 몰라요, 하하하~"

"스님들은 속명 법명 이름이 여러 개지 않습니까?"

"그렇지요. 아버지가 붙여준 아명은 문둥이, 호적에 올린 정식 이름은 '지우'… 최지웁니다. 알 지(知), 대우받을 우(遇)… 출가해서 행자 시절 받은 이름은 덕근(德根)입니다."

"최지우…. 어디서 듣던 익숙한 이름인데요?"

"네… 그 있잖습니까? '겨울연가' 여주인공 최지우… 하하하~"

"아, 그러네요! 잘은 모르지만 스님 성정과 어울리는 좋은 이름인 것 같습니다. 아버님께서 통찰력이 있으셨던 것 같습니다!"

"출가하면서 다 떼버린 속세의 흔적입니다. 행자 명도 그렇고요. 행웁니다, 행우라 불러주시면 됩니다. 근데 선생님 춘추가 꽤 연만하신 것 같은데 여쭤봐도 될까요?"

"아이고, 늘 열 살은 더 봐서 문젭니다. 용띠 6학년 3반입니다."

"아, 그렇습니까? 저랑 친구 하면 되겠네요. 동갑이네요, 동갑…."

"그래요? 근데 엄청 젊어 보이십니다. 스님!"

"하하하하~ 동갑은 동갑인데 띠동갑이네요. 앞으론 행님으로 모시겠습니다. 처산 행님! 밖에서도 그냥 행우라 부르시면 됩니다."

"아이고 거 무슨 말씀을요, 속세에 때 덕지덕지 묻은 중생이 스님과 무슨 친굽니까? 되지도 않는 말씀 거둬주시고 그냥 민요 교실에서 좋은 동행으로 인연을 유지하면 족합니다. 많이 일깨워 주시면 고맙겠습니다, 스님! 근데 기원정사라는 이름은 세존이 정각(正覺) 후 저잣거리에 나와서 처음으로 법당 회중 설법을 연 상징성 큰 첫 사찰 아닙니까? 스님의 포부가 짐작됩니다."

"아이고, 그런 건 아니고요… 불자들 뿐 아니라 불교에 관심 있어 하는 분들한테 인지도가 좀 높은 것 같아서 붙였습니다. 이 이름 전국에 널렸습니다. 이것도 욕심이라면 욕심일 수 있지요. 모두 함정입니다. 이름에 속고 지위에 속고… 속이는 이나 속는 이나… 하하하~"

차담을 나눈 후 스님은 요사채에 들어갔다. 잠시 후 가사 장삼을 두른 승복으로 갈아입고 나온 스님은 조금 전과 다른 엄숙함을 풍겼다. 나는 꼼짝없이 그를 따라 법당으로 나갔다.

스님은 불단에 불을 밝혔다. 양초에 성냥불을 붙이는 대신 전원 스위치를 켜서 촛불이 타오르는 모양을 형상화한 전구 촛불이다.

꼭 양초 촛불이 타오르는 모양 그대로다. 이런 건 세상 변화에 맞출만 하다. 화재 예방에도 좋다. 예전에는 스님이 차를 몰고 다니거나 절에 TV가 있고 냉장고가 있으면 뭔가 이상스러워 보였다. 고정관념이다. 문명에 양지와 그늘은 늘 있다.

스님은 홀로 목탁 박자에 맞춰 염불 독경을 하기 시작했다.

3

"정구업진언(입으로 짓는 모든 업을 청정케 하는 진언)…

수리수리 마하수리 수수리 사바하(오방내외 모든 신을 모시는 진언)…

나무사만다 못다남옴 도로도로지미 사바하(경전을 펴고 서원하는 게송)…

무상심심 미묘법 백천만겁 난조우 아금문견 득수지 원해여래진실의

옴 아라남 아라다… 천수천안 관자재보살 광대원만 무애대비심대다

라니계청(진리의 곳간을 여는 진언)……."

나는 이 짧지 않아 보이는 예불이 얼마 안 가 끝날 줄 알았다. 천

수경이 예불의 첫 순서에 불과하다는 걸 나중에 알았다. 두 구절, 한

구절, 세 구절로 나누어 세 번씩 반복하는 이 염불은 이제 시작이었

다.

스님은 장기전인 듯 잠시 멈추고 자세를 고쳐 앉아 호흡을 가다듬

었다. 그리고 독경을 이어가기 시작했다. 빠르지도 않고 그다지 느리

지도 않은 속도로 리듬을 살린 염불 독경은 흐트러짐 없이 계속됐다.

"계수관음대비주 원력홍심상호신 천비장엄보호지 천안광명변관조

……."

끝날 듯 끝날 듯 끝도 없이 이어지는 염불 독경에 나는 점점 물리

기 시작했다. 의식 경전 천수경으로 시작해서 신묘대장구다라니… 반

야심경 등 신도 대중에 익숙할 법한 경전 독송이 이어졌다.

민요 교실 동료 수강생을 불러 앉혀놓고는 뒤도 안 보고 땀 뻘뻘

염불 삼매경에 몰입한 스님이라니! 무신자인 나도 엉겁결에 경건해지

긴 했지만 점차 등골이 뻐근해지고 사방 관절이 삐걱거리기 시작했

다.

종무실장이 나를 지켜보면서 깊은 불심 소유자인 줄로 알 게 틀림

없다. 어릴 적 어머니를 따라 절에 따라다니긴 했다. 강점기 도피 승려를 몇 년 했던 아버지로 해서 불교에 관심은 많아도 그게 다다.

여성적인 스님의 맑고 청아한 목청에도 점점 탁한 기(氣)가 끼기 시작했다. 세 시간이 흘렀다. 무슨 뜻인 줄은 몰라도 보약 같은 부처님 말씀이려니 했다. 고개를 옆으로 돌려 스님 앞쪽을 보니 넘기는 경전 책갈피가 많이 얇아졌다.

("아, 이제 끝이 보이는구나….")

드디어 염불이 끝났다. 스님은 장시간 가부좌로 굳어진 무릎 관절을 조심스레 펴며 몸을 돌렸다. 그리고 바로 뒤편 가장자리에 앉아있는 나를 보더니 깜박 잊었던 존재인 양 겸연쩍어했다. 그는 땀을 뻘뻘 흘리면서 법당을 나와 요사채로 들어갔다.

평상복으로 갈아입은 스님과 나는 종무실 탁자에 마주 앉았다. 차를 나누며 말없이 미소 띤 스님의 얼굴은 나이보다 20년은 젊었다. 목소리도 그렇고 얼굴이나 걷어 올린 소맷자락 밖으로 드러나는 팔등과 섬세한 손가락까지 하얀 피부는 여성보다 더 여성적이다.

나는 평소 스타일대로 대뜸 직진했다.

"스님, 아까 올린 예불은 무엇에 대한 것입니까? 설법을 들으면 무슨 말씀인지 알겠는데 염불은 들어도 전혀 뜻을 알 수가 없습니다. 요즘은 우리말 번역본이 많이 나왔지만 경전 자체가 어려운 한자라 접근 자체가 어려워요. 대부분이 보살님들인데 열심히 주문은 잘 외우는 것 같긴 합니다만 솔직히 알고 하는 분들이 얼마나 될까요?"

"하하하~ 다 폼이지요 폼… 나도 그래요. 아까 그건 천수경부터 시작하는 의식인데요, 영가(돌아가신 이)가 극락왕생을 하시라고 올리는 독경 의식입니다. 요즘 49재 올리는 중입니다. 천도젭니다. 속가에서 올리는 제사… 뭐 그런 겁니다. 불가에서 드리는 일종의 제례 의식이라고 생각하시면 돼요. 천도제가 원래 민간에서 하는 '굿'인데 절에서도 합니다. 바라춤도 그렇고 거기에 쓰이는 바라 태징 북이 모두 속세 전통 굿 악기에서 나왔습니다. 절의 산신각이란 것도 사실 '굿' 제당이거든요. 불교가 살아남는 방법이었지요. 내 고향 동네에선 '씻김굿'이라 해요. 지역마다 이름도 다르고 형식도 조금씩은 다릅니다…."

"아, 그럼 스님 고향이 진돕니까?"

"하하하, 구렙니다. 진도 씻김굿이 유명하니까 다들 거긴 줄 아는데 전라도 내륙지방이나 충청도 바닷가 동네도 씻김굿이라고들 해요. 음~ 얼마 전에 신행 깊은 보살님 한 분이 돌아가셔서 49재 중이고요, 오늘이 30일 찹니다. 하루 세 시간씩 예불 올리는데 마지막 날은 유족들이 와서 크게 키우면 종일 행사도 됩니다…."

"아, 그렇습니까? 근데 스님 아까 '폼'이라고 하셨지요? 하하~ 저는 연미복 정장 차려입은 포멀(fomal) 폼으로 이해하겠습니다, 스님!"

"그거야 행님 맘입니다. 속가에서 '개폼 잡는다'는 말이 있는데 진언(眞言)으로 올리는 진폼 의식(儀式)이라 봐주시면 돼요, 하하하~

말이 나왔으니 말인데 행님요, 오감체현(五感體現)이 사실 다 겉폼 아니겠어요? 8만4천 장경도… 입으로 죽어라 주문 외고, 머리에 경판 이고 지고, 108번뇌 365일 탑돌이 뱅뱅 돌면 업장이 스르르 소멸됩니까? 깨달음 본질은 고요~합니다. 태평양 한가운데 마리아나 해구 밑 바닥보다 더 고요합니다. 쉬운 말로 '적멸'이지요. 그 안에 에베레스트산도 들어가고 백두산도 들어가는 깊은 심연입니다. 소리도 빛도 형상도 없는데 어둡지 않은 묘묘~한… 이것도 다 사기 치는 겁니다.

비유가 비유를 낳고 거짓말이 거짓말을 낳아요. 언어도단입니다. 말이 끊어진 자리… 거기에 보궁이 있습니다. '적멸보궁'…! 근데 지금 제가 얼마나 말이 많습니까? 죄는 죄로 덮고 사건은 사건으로 덮는다는 말이 있잖습니까, 행님? 말로 말을 덮으려고 지금 끝없이 행님한테 사기를 치는 중입니다. 시방 나가… 하하하~! 부자 천국이 낙타 바늘구멍이이라 하지 않습니까? 목사 신부가 지옥에 제일 먼저 떨어진다는 말이 있다는데 중생 등쳐 먹는 중이라고 별반 다르겠습니까? 중이 북 치고 장구쳐요…."

"스님, 지금 하시는 말씀 신도들한테는 못 하시는 거죠? 스님께 의지하는 근기(根氣) 약한 신도들은 아마 골절상 입을 겁니다. 다 나가 떨어지면 스님이나 절은 뭘 먹고 삽니까? 처산도 심중(心中) 거처가 물 위를 떠다니는 부평촙니다. 저도 믿지 마세요, 하하하!"

"아이고, 행님요! 나가 행님을 바로 봤습니다. 행님 눈 속에 아미타여래가 앉아있는 걸 봤습니다. 나가 여기 온 게 10년인데 속가 인연을 모신 건 행님이 처음입니다. 돌아가신 내 행님과 겹치는 것도 있고요. 중도 외로움 많이 탑니다. 출가승도 절이 아무데나 자기 집 아닙니다. 제 고향집이 있고 남의 집 타향살이가 있습니다. 옛날 같질 않아 요즘은 객승이 찾아들면 눈치를 줍니다. 모든 게 인연법 따라가고 오는 건데 행님과 만남을 어찌 피할 수 있겠습니까?"

"원 참, 스님도… 똥 싼 바지 입고 다니는 처산에게 무슨 납덩이를 자꾸 매달아주십니까! 마리나 해구에 극락이 있으면 몰라도 그것도 사기라고 하시니 오갈 데 없는 중생이 따뜻한 차 한 잔이면 족합니다. 스님 말씀 하나하나가 실은 제게 충격입니다. 이제껏 단편으로 접한 불경이나 듣고 본 설법의 고매함이 흩어지는 느낌입니다. 설법도 다 불교 경전에서 꺼내오는 것일 텐데, 저희가 보고 듣는 경전의 진짜 메시지는 뭐라고 할 수 있습니까?"

"8만4천 경전 법문이 사실 뭐 모두 비유라면 비유지요. 모든 종교 경전이 비유로 돼 있다고 해도 틀린 말 아닙니다. 그거 아니면 중생 전달이 어려워요. 쉬운 비유도 있고 어려운 비유도 있고요. 시절 상황과 듣는 이들의 수준이나 근기에 따라 거기에 맞춰 알아듣기 쉽게 말로 풀어준 것인데요… 이걸 글로 옮긴 게 경전 아닙니까? 비유도 그렇고 책으로 엮은 것도 그렇고 이런 건 불교나 기독교나 회교나 조로아스터교나 우리나라 천도교 증산교 대종교가 비슷해요.

종교경전의 본질적 공통점이라 봐요, 행님! 근데 우리 경전의 비유나 메시지는 사실 상대적이긴 한데 신도들 처지에선 다른 종교들에 비해 고답적이고 추상적인 게 많아요. 자기를 버리고 마음을 열면 쉽다고 하는데 그래서 어려워요! 경전을 보면 더 어려워요.

무슨 뜻인지 가리키는 알맹이가 뭔지 알기 어렵습니다. 1920년대 용성 선사 때부터 경전 일부가 우리말로 번역되기 시작해서 지금은 웬만한 경전들이 번역이 돼서 읽기는 편해졌지만 여전히 내용을 제대로 이해하긴 참 어려워요. 이게 우리말인지, 한자말인지, 범어 원문인지… 섞인 건데, 뒤에 주기(註記)를 모아 달았어도 누가 그걸 봐요?

봐도 또 모르는 게 생기고, 하하하~ 그러니 신도들이 설법에 더 매달려요. '꿈보다 해몽'입니다."

"결국 '해석이 권력'이네요. 하늘의 권위를 업은 성직자가 전하는 神의 목소리…? 의사도 그렇고 스님 목사 신부 이슬람 이맘도 잘못 만나면 삶이 피폐해지고 더 잘못되면 결딴이 난다… 이 말이잖습니까?

근데 이마에 '나는 돌팔이요… 땡초요… 사이비 교주요….' 써 붙인 게 아니니 문제군요. 그럼 스님은 불경을 반은 믿고 반은 버립니까?"

"하하하~ 중이란 직업이 고뇌를 버렸다고 말은 하면서도 그걸 달고 삽니다. 서로 진짜라고 다투는 투쟁의 바다 한복판입니다. 저마다 코끼리 뒷다리 붙잡고 논쟁하고 종파가 갈립니다. 신도들은 말할 것도 없고요, 전문적으로 파고드는 학인 학승들조차 그게 고대 인도 산스크릿 범어 원문인지, 거기에서 유래한 변용인지, 차용 어문인지, 한자 차음인지 용어나 낱말 자체를 명확히 가려내질 못해요. 잘 모르니까!

그걸 제대로 알고 구별하느냐에 따라 해석도 설법도 천 갈래 만 갈래 찢어져요. 근데 잘 몰라요. 어려워요. 남의 것 갖다 쓰는 게 그런 것 아닙니까, 행님? 배가 바다로 가는지 산으로 가는지 알 일 없이 비싼 탑승료 낸 신도들은 선장 스님 따라 뜻도 모를 주문 열심히 외면서 따라가요. 별 수 있어요? 기복이 판을 치는 이윱니다…."

"스님이 해인사 강원(講院)에서 2년, 동국대 승가학과에서 4년에 대학원 2년을 공부하셨다는 말을 청산 스님한테서 들었습니다!"

"행님, 그게 뭔 소용입니까? 손으로 뭉쳐 먹는 알랑미 인도 밥을 아끼바리 진밥에 숟가락으로 바꿔 떠먹는데 같은 밥입니까? '대승불교… 대승불교' 하는데 그쪽 안남미 쌀 소승불교가 원형입니다, 행님!

학승들도 온전히 제대로 알고 해석해내는 이가 흔치 않아요. 나가 땡초 중의 상 땡춥니다. 부끄러워요. 한국 불교가 '불립문자 교외별전'을 앞세우는 선종이 대세가 된 배경도 그런 이유가 없진 않아요.

말하자면 예수와 같은 시기에 불상을 들고 내륙 지나(후한 시대)로 흘러들어온 서역승들이 십년 이상 한자 문화에 익숙해지면서 처음으로 한자로 번역을 해서 우리가 접하는 불경전이 생겼어요. 세존 설법

600년이 지난 후예요. 그 이전에는 전부 말로 하고 극 형식을 빌어 구전으로 내려왔어요. 이런 건 기독교도 같아요. 초기 기독교도 다 그런 식이다가 예수 사후 100년 이상 지난 후에 구전들을 모으고 골라서 신약이 만들어진 거거든요."

"스님, 근데 왜 우리말 훈민정음이 만들어졌는데도 지금까지 한자 경전만 고집해온 걸까요? 언문이라 격이 떨어질까 염려됐나요?"

"글쎄 말입니다. 그게 여러 말이 있는데요, 내 소견엔 기득권과 연결된 배경이 주된 원인 같습니다. 행님께서 아시는지 모르겠는데 역사적으로 불가에 내려온 전통에 '불번역(不飜譯)'이란 게 있습니다.

우리말 번역 금집니다. 조선이 숭유억불(崇儒抑佛) 아닙니까? 산속 절집이 포교가 막혀 기껏 저자에 구걸 탁발 아니면 아녀자들 사주풀이 기복 일색인데 홍루몽은 몰라도 불전 언문 번역이 가당하겠습니까요? 근데 그것보다는 '지식 권력'이 본체라고 봅니다, 행님….

문제는 한자 경전이 세존 당시 원문을 한자 차음에 치우쳐 범어와 차음이 뒤섞여 진언(眞言) 해석이 어렵다는 문제도 있어요. 서역 이방 승들의 한계면서 대승불교의 한계였다고 봐요. 이걸 제대로 알려고 하면 고대 산스크릿어를 공부해야 해요. 근데 말입니다, 자주성 없는 사대주의 조선불교 현실에 거기가 어디라고 유학을 가겠어요? 그럴 필요가 있겠어요, 행님? 지금도 거기에 관심들 없어요. 지금은 차음 경전 아닌 본래 원문 경전처럼 아주 굳어졌어요. 좋은 게 좋잖아요?

진짜 중요한 건 난해한 학문이나 근접이 어려운 정보 지식에 대한 독점욕구가 클수록 해석 권력으로 세속권력 집착 욕망도 비례하는 겁니다. 전통으로 치장된 '불번역(不飜譯)'의 감춰진 속내가 이런 것도 중하게 내포된 게 아닌가… 나는 그렇게 봅니다, 행님!"

"스님 말씀으로 봐선 불교만의 문제는 아닌 것 같습니다. 기독교도 매한가지잖습니까? '성서'라는 게 교황과 신부 등 교역자들 전유물이었지 신자들이 언감생심 접근했습니까? 루터 성서가 퍼진 게 겨우 500년입니다. 그마저도 로마 시민이 라틴어를 해독하는 이가 얼마나 됐겠어요. 히브리어 성서독점이 권력 핵심 아닙니까? 그 기득권 쟁탈로 100년, 200년 전쟁 벌인 거잖습니까, 스님! 성서독점으로 기독교가 유럽을 천 년 지배했습니다. 십자군 전쟁이나 흑사병 인구 절멸은 종교 타락의 끝판왕으로 봐요, 저는… 소크라테스도, 공자도 다 똑같았어요.

저는 그 공통점이 무엇인지 지금도 찾는 중인데 아직 명쾌한 답을 못 찾았어요. 지식 권력이 곧 해석 권력이고 그건 결국 세속의 정치 권력으로 이어진다는 것에 동의합니다. 생각을 덧붙이면 결국은 해석 권력의 최정점이 종교 권력인 것 같습니다. 종교 타락이 지배이념으로 전화되어 정치 권력체로 변질되는 해석 권력의 에스컬레이터로 봐요. 스님한테는 듣기 불편한 죄송스런 말씀입니다!"

"아닙니다, 행님과 첫 만남 때 도반을 만난 느낌이었습니다. 행님! 지금 다섯 시 반입니다. 나가 퇴근 시간 30분 오밥니다, 하하하~"

"예? 퇴근 시간이요?"

두 사내는 종무실 방을 나왔다. 이때 마침 현관으로 나가는 법당 한쪽 벽면에 걸린 대형 불화가 눈에 들어왔다. 들어올 때는 못 본 큰 걸개그림 불화였다.

박물관과 어느 도록에서 본 듯한 그림이었다. 벽체 바닥에서 천정까지 닿는 2m는 됨직한 보기 드문 수작이다.

"스님, 근데 이 불화 혹시 고려 수월관음도 아닙니까?"

"아, 네… 맞습니다. 원화를 복제한 몇 안 되는 귀한 그림입니다!"

"그래요, 어디서 구하신 겁니까?"

"하하하~ 이거 우리 국악원 원장님이 큰돈 들여 구입하셨던 건데 기증하신 겁니다."

나는 깜짝 놀랐다. 행우 스님을 처음 소개할 때 원장이 이 절에 다니는 인연을 얘기한 기억이 살아났다. 복제품이라고 해도 진품보다 더 화색이 돋보였다. 수백 년 묵은 그림을 모델로 재연한 근년 작이기 때문일 것이라 생각했다. 골동 경매장에서도 복제가 비싸게 거래된다.

"근데 행님요, 제게 숙제가 하나 있습니다. 원장님 보살 명을 지어 드려야겠는데 아직 마땅한 법명이 떠오르지 않네요. 좋은 것 생각나시면 알려 주세요!"

나는 대뜸 생각이 났다. 고요한 물 위를 비추는 달빛 아래 어디선가 들리는 그윽한 관음보살의 음성… 불심은 없어도 詩想은 뜬다.

"스님, '수월화(水月花)' 어떻습니까? 원장님이니 꽃 화 자를 붙였습니다."

"아, 참 좋은 것 같습니다. 원장님의 성정이나 인품이 잘 들어맞는 법명입니다. 동명을 쓰는 분도 없으니 그러겠습니다. 이름을 앞에 두고 시방 만 리에서 찾으니 미련한 중생 갈 길이 아득합니다."

"원 참, 스님이 갈 길 먼 중생이면 저는 뭡니까, 하하하~"

둘은 걸어서 5분 거리의 4차선 큰길로 나왔다. 바로 옆 갓길에 택시 승강장이 있는데 대기 중인 택시는 없었다. 스님이 소매를 걷고 손목에 찬 시계를 봤다. 나도 덩달아 시계를 열어봤다. 여섯 시가 다 돼 간다. 퇴근 시간대가 가까워진 탓인지 거리는 다시 붐비기 시작했다.

"아, 벌써 퇴근 시간이 많이 지났어요, 행님…."

"예? 직장인들 퇴근 시간이 여섯 시 아닌가요?"

"하하하~ 제 퇴근시간이요!"

"아… 아까 말씀하신 스님 퇴근 시간이요? 처음 듣는 얘기라 궁금했습니다. 스님들도 퇴근 시간이 있습니까?"

"행님요, 나가 다섯 시에는 칼퇴근입니다."

"그래요? 스님들도 정해진 출퇴근 시간이 있습니까? 몰랐습니다. 그래도 스님은 살림이 있는 대처도 아니고, 정사에 요사채도 함께 있는데 퇴근하시면 어디로 하신다는 말입니까? 하하하~"

"아이고, 참 나… 행님 왜 그러십니까? 아까 다 말했잖습니까, 중도 인간이라고요! 출근 시간은 따로 없고요, 퇴근 시간은 제가 정했습니다. 우리 실장이 다섯 시에 퇴근하면 시내 한복판 집에 저 혼자 남아 뭘 합니까? 일단 밖으로 나갑니다. 행님, 저 우울증 약 먹습니다.

우리 집이 3층이잖습니까? 몇 번 뛰어내릴 뻔했습니다. 약을 안 먹으면 밑을 내려다볼 때마다 뛰어내리고 싶은 충동이 일어나요. 그리고 훨훨 날아가는 한 마리 새가 될 것 같은 환상에 잡혀요. 한 마리 새… '극락조' 말입니다. 그런 꿈을 꾸기도 해요. 망상인 줄 알아도 꿔지는데 어떡합니까? 하하하~! 어쨌든 퇴근하면 집을 나서야 삽니다."

(극락조라… 없다는 극락에 무슨 새? 욕망이 만들어 낸 상상의 새… 아주 예쁜 새겠지! 이름도 보이는 만큼이지….")

우울증… 낙하 충동… 극락조라는 단어가 귀에 걸렸지만 흘려버렸다.

4

택시를 잡아타고 간 곳은 전혀 의외의 장소였다. 나는 몹시 당황스러웠다. 큰길에서 내려 이면도로 쪽으로 들어가니 5~7층짜리 모텔 건물들이 늘어서 있고 사이사이로 술집 간판들이 눈에 들어왔다. 어두워지지 않아서인지 네온 간판에 불은 들어오지 않았다. 현란한 불빛은 없어도 유흥가 분위기가 물씬 묻어났다.

나는 저녁 외식 공양이라고 해서 이곳을 지나 저쪽 다른 블록에 있는 음식점으로 가는 길목쯤으로 생각했다. 그런데 스님은 무슨 주점 간판이 붙은 건물 입구에 멈춰 섰다. 그리고 뒤를 따라오던 내게 여기라며 손가락을 가리켰다. 올려다보니 건물 2층이었다.

밖에서는 볼 수 없게 검정 선팅지로 유리창이 모두 가려져 있다. 오렌지색 바탕에 빨강색 아크릴 네온 간판이 창가 벽에 달려 있어 다시 보니 '가요주점'이었다. 가요주점 단란주점 그게 그거다.

룸싸롱이나 노래방이나 단란주점이 흔히 지하층에 있는데 여긴 2층이다. 스님이 입구 앞에서 무슨 주의사항을 일러주듯 내게 말했다.

"행님, 밖에서는 저 스님이 아닙니다. 그냥 '행우'라고 해주세요! 퇴근 후에는 나도 자유인입니다. 퇴근 전과 후는 공사 분명하니 그렇게 알아주세요, 하하하~"

"아, 그래요? 절이 회사도 아니고 월급쟁이도 아닐 텐데 퇴근입니까? 참, 스님도 신부도 월급을 받는다는 말을 듣긴 했네요."

"행님, 스님이라 하지 마시라니까요. 그리 아시요잉, 처산 행님!"

"아~ 알았습니다. 행우!"

전라도 경상도 사투리가 뒤섞인 행우 말투에 웃음 섞인 짜증이 살짝 얹혀 있다. 사실 세속인과 뒤섞여 어울리는 공간에서 스님… 스님 하는 건 피차 불편하다. 술집에서랴! 행우는 내 말에 답을 이어갔다.

"처산이 행님, 저는 자영업잡니다. 우리 절은 말하자면 동네 편의점 같은 겁니다. 종단이요? 거긴 프랜차이즙니다. 종단 지배력이 행님 생각만큼 강하지 않은 건 교회랑 비슷해요. 종단도 플랫폼이에요.

조계종도 직영 사찰이나 교구 사찰을 빼면 개인 사찰이나 다름없는 절집이 많습니다. 신자 없는 암자들은 들어가 살면 임자고 폐찰도 많습니다. 시줏돈 떼서 종단에 내면 그만입니다. 자유롭습니다. 나가 칼퇴근하는 거 누가 말할 사람 없습니다, 행님!"

나는 잠시 갈등했다. 지금 매몰차게 돌아서서 가버릴 수도 없고 한편으론 점점 알 수 없는 묘한 기대감도 생겨나기 시작했다. 염려되는 바가 있어서 짐짓 정색을 하며 물었다.

"스님, 술을 자시면 새벽 예불은 어떻게 합니까?"

"행님, 저는 자다 일어나 새벽 예불 같은 거 안 합니다, 하하하~! 어서 들어가십시다. 여긴 길바닥입니다."

그러고 보니 행인들이 힐끔힐끔 쳐다보며 지나갔다.

좁고 가파른 계단을 올라가니 바로 가요주점 입구였다. 두 사내는 '로또 가요주점' 상호가 붙은 밀폐된 출입문을 열고 들어갔다.

"오라버니~ 어서 오세요, 호호호~! 오라버니 말씀하신 사장님을 모시고 오셨네요, 호호호… 안녕하세요, 사장니~임!"

"아이고, 고 마담 그간 만강하셨는가요? 내 오늘 귀한 분 모시고 왔습니다. 잘 모셔요!"

둘은 오랫동안 교유한 사이인 듯 익숙하게 인사를 나누었다. 마담도 스님으로 대하는 낌새가 없어 보였다. 홀에는 마담 혼자였다. 서너 개 룸에도 손님 인기척은 없었다. 정식 영업시간 전이라서 그런 것 같았다.

"근데 오라버니, 이거 어쩌나… 모처럼 사장님을 모시고 오셨는데 우리 이쁜이들이 맞아주질 못해서요, 호호호호~ 금방 올 거예요. 지금 오는 중이랍니다. 퇴근 시간대라 차가 밀려서요…."

40대 중반쯤 돼 보이는 마담은 미모와 달리 시금털털한 성격에 아무에게나 붙임성이 좋을 듯한 인상이었다. 한눈에 척, 사람 알아보는 게 직업일 법한 마담 보기에 나는 사장도 회사 간부도 아닌 그저 촌티 나는 중늙은이가 분명해 보일 터였다. 차림새나 인상이나 무엇으로 봐도 이런 데 올 계제가 안 되는 타입이란 걸 내가 잘 안다.

마담은 행우 옆에서 어정쩡하게 웃음을 짓고 서 있는 내게 말했다.

"사장니~임! 저희가 업종이 업종이라 문은 일곱 시에 열어도 손님은 아홉 시나 돼야 오셔요. 정해진 건 없지만 보통 새벽 두세 시쯤이면 시마이(문을 닫음) 해요! 우리 오라버니가 오시면 늘 이맘때이셔서 연락을 주시면 우리 애들이 조금 땡겨 출근해요. 근데 오늘 조금 늦네요, 호호호~ 모처럼 오셨는데 기다리시게 해서요, 호호호~"

"아, 아녜요… 아닙니다. 제가 뭔…."

"마담, 이따 이쁜이들 우리 행님께 뽀뽀 많이 해주면 돼요, 하하!"

마담이 자리에서 일어나 뮤직박스로 가더니 잔잔한 음악 대신 경쾌한 트롯 곡을 틀었다. 윤수일이 부르는 '아파트'가 신나게 흘러나왔다. 동시에 천정에서 울긋불긋한 조명 불빛이 빙글빙글 돌아가기 시작하고 실내는 순식간에 콘서트 판으로 바뀌었다.

행우는 자신의 고정된 자리인 듯 긴 테이블 소파 한가운데에 큰 덩치를 '쿵~' 하며 앉았다. 마담은 미리 준비해놓은 음료 칵테일 두 잔을 들고 행우 옆자리에 가서 앉더니 나를 잡아끌어 자신의 옆에 앉혔다. 마담은 행우를 익히 잘 알고 있어서 더는 궁금할 게 없는 듯, 처음 대하는 내게 관심이 있는 것처럼 고개를 돌렸다.

"사장님, 정식으로 인사드려요. 고 마담이라고 해요. 고 자, 은 자, 정 자… 고은정이에요. 많으신 지도 편달 부탁드려요!"

"아이고, 지도 편달은 무슨… 제 성 씨는 '이' 가이고요, 이름은 처산입니다… 촌에 사는 사람인데 우리 행우 스… 아, 친구 덕분에 이런 데도 와보고 마담도 이렇게 잘 대해주시고요. 고맙습니다, 하하~"

"네, 근데 사장님 우리 오라버니와 친구세요? 법사님?"

대충 봐도 나이보다 늙어 보이는 나와 제 나이보다 깎아도 10년은 더 젊어 보이는 행우는 얼핏 삼촌 조카 사이로 봐도 이상하지 않다. 그런데 친구라니 마담 표정이 야릇했다. 행우가 한술 떴다.

"우리 친구가 맞아, 동갑내기야! 마담이 보는 눈 있네."

"정말요?"

"하하, 동갑인데 띠동갑이네… 하하하~"

"어쩐지… 우리 사장님한테는 좀 미안한 말씀인데 오라버니는 한 띠가 아니라 세 띠동갑인 것 같아요. 젊으신 건지 철이 들다 만 건지 모르겠어요… 동방삭이 울고 가겠어요, 호호호~"

"택도 없는 말이요, 마담! 동방삭이 몇 살을 살았는지 알아요? 우린 그 사람 발꼬락 때만치도 못 살고 가요. 겨우 한 갑자 60이요. 아

이고, 이런… 행님이 갈 때가 됐단 말을 해부렀네, 하하하~

요즘이야 좀 길어졌긴 하지. 그 사람 본래 타고난 운명이 삼십 갑자인데 저승사자가 데리러 오니 너무 대접을 잘 해줬단 말이요. 감동 먹은 저승사자가 염라대왕 명부에 적힌 이 양반 수명을 삼천갑자로 확 고쳐줬어요. 근데 사람 욕심이 끝이 없어요. 이 양반이 삼천갑자를 다 살고도 더 살고 싶어 도망 다니는 거라! 180년도 긴데 1만 8천 년을 살고도 더 살고 싶은 거야. 특명을 받은 저승사자들이 이승에 다시 내려와 돌아다니다가 어느 개울가에서 숯을 씻고 있었어요. 이때 한 젊은 나그네가 그 옆을 지나가다가 그 장면을 보고 물은 거지.

'숯을 씻으면 어떻게 돼요?'

'하얗게 되지요!'

'하하하~ 내 삼천갑자를 살았지만 이런 얘긴 처음 듣는 말입니다!'

동방삭이 무심코 던진 말이 자신을 들통내서 결국 저승에 잡혀갔다~ 이 말이요, 하하하~"

"제가 뭔 말을 못 한다니까요. 동방삭은 어릴 적 잠자리에서 할머니가 들려주던 얘긴데 젊게 오래 사는 때까지 살면 되지 뭐 더 바랄 게 있나요?"

내가 한 술 얹었다.

"욕심은 말 그대로 끝이 없어서 욕심이지요. 제 알기론 동방삭이 한 무제 총애를 업고 최고의 벼슬과 재물을 취했는데 술과 미녀에 모든 걸 탕진하고 실제는 백성의 수명만큼도 못 살고 죽었어요. 그 방탕과 욕심을 반대로 빗대서 말도 안 되는 수명을 누리다 죽은 걸로 꾸며낸 고단수 해학이라고 봐요! 하하하~"

이때 문밖으로 딱딱거리는 구두 굽 소리와 여인들 말소리가 났다.

잠시 후 출입문이 열리면서 젊은 여인 넷이 우르르 들어왔다.

"언니 조금 늦었어요, 아~ 오라버니 많이 기다리셨죠? 호호호~"

넷 중 제일 언니인 듯한 여자가 말을 건네왔다. 마담이 말한 이쁜 이들이었다. 룸싸롱도 아닌데 호스티스인 것 같다. 노래방은 외부에서 도우미를 불러들이던데 여기는 홀 한켠 대기실에 상주하는 듯했다.

여자들은 주방 안쪽 내실로 들어가더니 레이스가 달린 반짝이 의상으로 갈아입고 나왔다. 화장을 짙게 했지만 평균 30대 중후반쯤이고 그중 제일 고참 언니는 40 전후로 보였다. 내가 '아줌씨(아줌마아가 씨)'라고 하는 이유다. 접대부라 하기도 그렇고 아가씨라고 부르기도 뭣한 나이대다. 노련한 응대와 농익은 언사를 봐도 다들 기혼 또는 그런 경험이 있는 여성들이다.

들은 얘기인데, 20대 아가씨들은 이곳 차지가 아니다. 고급 룸싸롱이다. 이런 데는 한물 간 30대, 4~50대 아지매들은 노래방이다. 그래도 화장을 하고 번듯한 의상으로 치장하니 취객 눈에 다들 10년 20년은 젊게 보인다. 호박꽃이 화려한 벚꽃으로 변신하니 홀릴 만하다.

우리 둘 사이에 앉아서 이쁜이들 올 때까지 시더분한 얘기로 시간을 때우던 마담이 자리에서 일어서며 여인들에게 짧은 눈짓을 보냈다.

그러자 여인들은 기다렸다는 듯 떼로 몰려와 행우와 나를 각기 가운데 앉히고 양편에 둘씩 바짝 몸을 붙여 앉았다. 당혹스러운 생경함에 휘둥그런 표정을 짓는 나를 보며 양옆 아가씨들은 재미있다는 듯 깔깔거리며 이번엔 양 팔짱을 끼었다.

고개를 돌려보니 행우는 지긋이 소파에 파묻혀 그새 두 여인에게서 어깨 팔 등을 마사지 받고 있었다. 한두 번이 아닌 듯 '탁'하면 '척' 했다. 특급단골에 대한 각별한 매뉴얼 서비스의 시작이다.

("뭐야, 이건…! 조금 전 경건한 예불 승 모습은 어디 가고… 뭔 이런 돌중이 다 있나… 땡초구만~")

고기는 몰래 먹어도 이런 승려 모습은 상상할 수 없는 충격이었다.

("이건 파격도 파계도 아니야, 파괴야 파괴… 불상을 파괴하고 절집에 불을 지르는 만행(蠻行, 야만스러운 행동)이야. 이건 포행(布行, 승려들이 참선을 하다 잠시 방선을 하여 한가로이 뜰이나 절집 주변의 길을 걷는 일)도 아니고 만행(萬行, 불교 신자들이 지켜야 하는 온갖 행동)도 아니야!")

행우는 그야말로 자신을 부정하고 필생 일도 정진의 팔정도(八正道) 3학(3學, 계학戒學·정학定學·혜학慧學)은커녕 삼력(업력業力·습력쩝力·원력願力) 근처도 가기 전에 12지간 지옥문에 떨어질 마구니(魔仇尼, 불교에서 이르는 악마. 기독교, 이슬람의 사탄 마귀와 동의어. 불교에서 마구니는 어떤 형상을 가지고 있는 귀신이나 도깨비가 아니라 우리들 마음속에서 일어나는 온갖 번뇌가 곧 마구니다./출처: 실용 한·영불교용어사전)가 틀림없어 보였다.

경천동지할 일이다. 행우가 법당에서 내게 설(設)하던 말을 이 상황에 맞추어서 그대로 돌려준다면 이런 것이다.

그때 행우가 이렇게 말했었다.

"이 악업을 어찌 '시방 3세'(十方, 동·서·남·북 4방에 間方을 합하여 8方이 되고, 다시 상·하 2方을 합친 것/ 3世, 과거·현재·미래/ 온 우주 세계를 말함… 잡아경 등 초기 경전부터 널리 쓰인 말)에 모두 씻어낼 수 있을까! 마음을 비우고 떨리는 두려움을 부처에 가탁하면 성불의 문이 열립니다…"

행우가 또 말했다.

"마구니는 부처가 출가하기 전부터 따라 다녔습니다… '온 천하를 네가 다스릴 수 있게 해줄 테니 출가하지 말라'고 꼬이고, 부처가 죽음 직전까지 가는 고행의 마지막 순간에도 아리따운 여인들이 나타나 현을 켜며 유혹을 했습니다. 악마는 극한 단계에서 불쑥 불쑥 나타납니다… 부처가 성도(成道)를 했다고 아주 떠나간 게 아닙니다… 부처는 평생 마구니와 싸웠습니다. '본생경'에 나오고 여러 경전에 자주 나오는 다들 아는 얘깁니다. 방심하면 잡혀갑니다, 하하하!"

그때 내가 물었다.

"성불하면 된 것 아닙니까? 그래도 마구니가 계속 괴롭히고 마라(천상 욕계, 하늘 위 욕망계 최고의 마왕)가 미인계로 끊임없이 유혹한다는 말입니까, 스님! 걔들이 미망에 찌든 나 같은 중생에게나 나타날 일이지 득도 성불한 불각(佛覺)한테 뭔 얻을 게 있다고 자꾸 덤벼듭니까?"

"그렇지 않습니다, 행님! 깨쳤다고 인간이 아닙니까? 깨달은 사람이라도 육신과 마음을 그대로 가지고 있습니다. 입고 먹고 자고 생각하고 그대롭니다. 다만 깊~이 깊~이 깨달음을 얻고 마음을 평정하여 원만 구족하게 잘 다스려 마구니가 낄 틈을 주지 않는 겁니다. 끼어들어도 바로바로 쫓아버려요. 미망(迷妄, 사리에 어두워 실제로는 없는 것을 있는 것처럼 생각하고 갈피를 잡지 못한 채 헤맴)에 잡히지 않는 거지요…."

내가 또 물었다.

"그러면 흔히 말하는 깨달음이란 게 돈오돈수(頓悟頓修, 단박에 깨쳐서 더 이상 수행할 것이 없는 해탈의 경지에 이르는 말)입니까, 돈오점수(頓悟漸修, 깨닫고도 계속 수행을 해야 한다는 말)입니까? 성철은 깨닫고도 수행할 것이 있으면 진정한 깨달음이 아니라며 돈오돈수를 강하게 주장하는데, 스님 말대로 부처가 성도 성불하고도 계속 마구니와 싸웠다면 돈오점수가 맞는 것 아닙니까?"

"하하하~ 그것 가지고 여태 싸워요. 우리 불교가 지나 혜능 선종을 받아서 돈오돈수가 전통 대세인데 남방에서는 신수의 돈오점수예요.

그게 한편으론 그거랑 직접 상관없는 얘기지만 대승 소승으로 갈라졌다는 건데 나는 불가에서 영원한 논쟁이라고 봐요…"

"그렇습니까? 스님은 좀 여지가 있으시네요, 하하하~! 저는 한때 성철에 심취해서 그 양반이 한 설법녹음테이프랑 책을 모두 사서 듣고 봤는데 요즘은 생각이 좀 바뀌었습니다. 돈오점수가 더 현실적인 거라고 봅니다. 진여(眞如, 궁극의 진정한 진리)… 진여… 하는데 진여가 꼭 선가(禪家)의 돈오돈수만의 독점물은 아니라고 봐요!

그리고 성철에 후일 실망했던 부분이 있어요. 그 양반이 시대의 도통한 대선사로 알았는데 말입니다, 박정희 때도 그렇지만 특히 전두환이 광주학살을 저지르고 그 총칼로 민주주의가 압살됐는데도 아무런 발언조차 않고 산문에 박혀 종단에서 제왕적 권위나 누린 사람이란 생각을 지울 수 없어요. 스님들이 딴 나라에 사는 것도 아니고… 아무 말도 안 하면 아무 일도 없고 아무 적도 없어요. 두루뭉술 좋은 게 좋습니다. 대신 아랫사람들에겐 호랑이로 알아요. 그 양반 설법이 속사포로 다다다다~ 제 보기엔 성정이 급한 탓인지 덕이 없었어요.

폭압에 신음하는 중생들이 지푸라기라도 잡는 심정으로 없는 재물 들고 산길 찾아온 걸로 대접 받고 사는 거 아닙니까? 그럼 할 건 해야지요!"

행우가 말을 끊으려고 했다.

"하이고… 행님 그만 하이소! 하하하~"

"생각나는 게 있어요. 스님 모찰(母刹) 해인사가 유명한 대찰 아닙니까? 저도 학생 때 수학여행을 가 봤는데, 그 입구에 많은 기념품 가게 식당 여관들이 있잖습니까? 상인들이 비싼 임대료에 시달리면서 절에 좀 깎아달라고 수도 없이 읍소해도 요지부동이었다 해요!

요샌 모르겠어요. 그때 성철 스님 아닙니까? 모르잖았을 텐데 끝내 무반응으로 열반했다는 거예요. 절에 내는 문화재 입장료도 어마어마할 테고, 토지가 또 얼맙니까? 들어오는 시주도 엄청나고. 저는 그 양반 소승불교 했다고 봐요. 절대 권위가 군림 리더쉽을 만들었어요!"

행우가 슬며시 말을 돌렸다.

"악마도 마구니 마라도 사는 집이 어딘 줄 아십니까? 내 마음입니다. '내 마음' 속에 그들이 살고 있어요. 딴 데 가서 찾을 것 없어요.

그들 소굴이 내 안에 있습니다, 하하하~ 행님 말씀이 틀렸다고 보지 않습니다. 그렇지만 진여의 관점에서 보면 현상의 일붑니다. 현상에 내재한 진여의 본질이 없다고 볼 순 없지만 그걸로 모든 걸 바라보고 재단하는 게 때로는 사물과 세상 섭리를 궁구하는 데 장애가 될 수도 있다고 봅니다, 나는…."

"글쎄 말입니다. 석가세존이 애써 성불하고 사바 세상에 나오신 의미가 무엇인지를 저는 늘 곰곰이 따져 생각하는 편입니다. 불교뿐 아니라 기독교 마호멧교 증산 천도교… 하다 못 해 사이비 종교까지 그런 관점에서 관심 있게 살펴봅니다. 제가 스님 법당을 따라오고 스님과 어울리는 즐거움이 그런 연유에서 동기로 작용하는 게 사실 큽니다. 사실 전 무종교입니다. 반종교라고 해도 부정 안 합니다.

우리나라에 종교의 자유는 과보호되는데 무종교 반종교의 자유나 권리는 불온시하는 경향이 없지 않습니다. 내놓고 떠들려면 용기가 필요할 지경입니다. 특정 종교가 국교인 나라들에서는 형벌감 아닙니까? 세력화한 종교 기득권이 제일 무섭습니다. 헌법에 정교분리라고 명확히 적어 놓았지만 정치에 제일 막강한 영향력을 써요. 정교유착이 끼치는 정신적 해악이 모순과 혼돈의 마구니지요. 저는 종교 그 자체뿐 아니라 정치 사회적 작용 관계에도 관심이 많습니다…."

"행님 말씀 현상적으로 부정하기 어렵습니다. 그걸로 해서 본질이 오해도 받고 부정당하는 일도 흔해요. 종교가 평화인데 갈등 주범이 되고 잔혹한 종교 전쟁으로 인류사가 점철된 것도 사실입니다.

타협이란 게 없잖아요? 싸움을 그만하자는 타협을 자기 神을 부정당하는 걸로 혼동을 해요. 종교로 세계정복을 꿈꾸는 것도 한 몫 해요.

절에 불을 지르고 불상도 단군상도 목을 쳐버려요. 적을 만들어 내 것을 완성하려는 논리적 귀결이지요. 거기에 이해관계가 끼어들면 광란을 넘어 광기가 돼요. 살육이에요. 십자군 전쟁 100년입니다. '믿음'은 증명이 없어요. 만들어낸 神으로 치환해버리죠, 하하하!"

내가 또 물었다.

"神이 평화의 적이네요? 그것 없다고 인간이 짐승 되진 않지요?"

"행님요, 神은 선, 악 양단(兩斷)으로 삽니다. 그거 없으면 악마도 천사도 없습니다. 부처님을 유혹한 마라가 천상욕계(天上欲界) 최고의 제왕이라고 하지만 비유로 지어낸 말입니다. 그냥 처염상정(處染常淨, 연꽃처럼 더러운 곳에 머물더라도 늘 깨끗하게 살라!)입니다. 마라에 굴복하면 지옥에 떨어져 끔찍한 고통 속에 산다는 건데, 뻥이에요.

근기(根氣)가 강하거나 글 줄이라도 꿰는 사람에겐 거기에 맞는 비유로 설법을 하고, 근기가 약하고 무지한 중생에게는 쉽고 쎈 비유를 넣어줘요. 경전이 다 그런 겁니다. 말하자면 화엄경 법화경 같은 건 앞의 사람들에 맞춘 것이고, 반야심경 금강경 천수경 잡아경 같은 건 근기 약한 중생들을 위한 것들입니다. 그렇지만 다 똑같은 방편에 불과한 것이고요, 각자가 자기 형편에 맞춰서 잘 수행해서 성불하면 됩니다. 방편에 좋고 나쁘고 높고 낮은 건 없습니다, 행님!"

5

술상이 들어왔다. 이런 데서는 생각할 수 없는 떡 벌어진 안주상이다. 비프스테이크와 떡갈비인지 햄버그스테이크인지 오렌지즙 향을 살짝 걸친 갓 구워낸 푸짐한 쇠고기와 밥을 곁들인 안주류를 중심으로 갖가지 과일류와 고급 아이스크림까지 큰 크리스탈 쟁반 두 개에 담아 내왔다. 말이 안주이지 고급스럽고 푸짐한 양식 만찬이다.

손님은 둘인데 네 명이 먹고도 남을 양이다. 여기가 '가요주점'인지 양식집인지 헷갈려 호텔양식집에 온 걸로 착각할 지경이다. 행우가 스님인 걸 모르는 건지, 알면서도 그런 건지 도통 이해하기 어려운 당혹감이 덮쳐왔다.

행우가 난감한 나의 속내를 들여다보듯 말을 던졌다.

"행님, 맛있게 드십시다. 점심을 제집에서 부실하게 해드려서 저녁을 잘 모시겠다고 말씀을 드렸지 않습니까? 우리나라 사람들이 원래 저녁을 제일 잘해 먹잖습니까? 하하하~"

"맞는 말씀이요. 옛날 점심은 새참으로 건너뛰고 하루 두 끼라 저녁을 그나마 잘해 먹어야 하루를 잘 보낸 걸로 쳤어요. 근데 여기 양식도 합니까?"

마담이 끼어들었다.

"아니에요, 우리 오라버니 오실 때만 특별히 해드리는 거예요. 오라버니가 오늘 귀한 분 모시고 오신다고 미리 연락을 주셨어요. 제가 예전에 양식집을 좀 했구요, 양식요리사 자격증도 있어요. 자격증 따기가 만만치 않답니다. 30가지 요리를 마스터해야 해요. 경쟁률도 3, 4대 1은 돼요."

"아, 어렵군요. 근데 전 귀한 사람이 아닙니다, 하하하!"

"자, 어서 먹읍시다, 행님! 고기를 든든하게 잘 잡숴야 곡차도 잘 들어갑니다. 아가씨들아, 우리 행님 고기 좀 잘 발라 드려라!"

여자들은 두 사내 양편에 붙어 앉아 행우에게 해온 익숙한 솜씨로 포크와 나이프를 놀려 먹기 좋은 크기로 자르더니 한 조각씩 내 입에 넣어 준다. 나는 대경실색하고 포크를 넘겨받아 직접 해결했다.

행우는 행복한 듯 푹신한 소파에 깊숙이 몸을 붙이고는 입을 벌린 채 두 여자가 교대로 넣어 주는 고기를 잘도 받아먹고 있다. 여자들도 간간이 한 조각씩 제 입에 넣으며 재잘재잘 애교를 섞어 음미하듯 맛나게 먹으며 거들고 있다.

둥글둥글 돌아가는 일곱 빛깔 네온등에 행우의 반들반들한 삭발 두상이 영락없는 승려임을 온몸으로 드러내고 있는 중이다. 그럼에도 행우는 나를 전혀 개의치 않는 듯 태평하게 여자들을 끼고 육식을 즐긴다. 기묘하고 기이한 기행의 연속에 더는 놀랄 것도 없다.

네 여자가 두 사내 시중을 열심히 드는 중에 마담이 양주와 맥주 소주 등 술병이 가득 챙긴 쟁반을 연이어 내왔다. 고기를 뜯는 동안 발라드풍의 잔잔한 클래식으로 바뀌었던 음악이 다시 경쾌하고 신바람 나는 트로트 경음악으로 돌아왔다.

행우가 내 쪽 여자에게 슬쩍 눈짓을 보냈다. 여자는 20년산 위스키 병뚜껑을 따더니 제 앞에 큼지막한 크리스탈 글라스 잔 네 개를 나란히 놓고 2/3쯤 부었다. 그리고 소주병을 따서 남은 공간에 마저 채웠다. 반면에 행우는 양주 칵테일 대신 맥주잔과 병맥주만 가득하다.

넘칠 듯 찰랑거리는 술잔 위로 붉은 조명 빛이 내려앉고 두 사내와 여자들은 러브샷을 하며 '위하여~'를 떼창했다. 이때였다. 갑자기 불이 나갔다. 순간 홀 전체가 어둠에 빠졌다. 그런데 스탠드 바 안쪽 조리실에서 불빛이 새 나오고 있다. 홀만 정전이다. 짧은 정적을 깨고 행우 목소리가 들렸다.

"키스 타임~!"

그러자 팔짱을 낀 채 러브샷을 단숨에 들이킨 두 여자가 내 양 볼에 마구 키스를 해댔다. 나는 놀라고 당혹스러워 마시다 만 잔을 얼른 테이블에 내려놓으며 몸을 뒤틀었다. 행우 쪽에서는 들으라는 듯 '쪼~옥 쪽' 소리가 났다. 안 봐도 의성어로 충분하다.

(행우가 별일 다 하네… 뇌동하는 나는 또 뭣 하는 놈이야?)

15~20초쯤 지났을까, 뭔가 갑갑해질 쯤에 불이 들어왔다. 홀 안은 아무런 일이 없었던 듯 오색 등불이 빙글빙글 돌고 있다. 문득 조리실 쪽에서 삐죽 고개를 내밀어 홀을 내다보는 웃음 띤 아주머니를

보고 나는 비로소 알아차렸다.

말하자면 '호러(horror, 공포심이나 당황·놀람·실망 등을 의도한 감정 상태)' 이벤트였다. 행우와 마담이 짜고 벌인 짧은 스릴러다. 이만하면 시골 촌놈 너끈히 놀래줄 급이다. 조리실 아주머니는 마담이 시킨 대로 홀 전원 스위치를 껐다가 약속된 시간이 되자 켜고 홀 안 동정을 슬쩍 내다본 것이다.

행우는 공언대로 저녁을 확실하게 잘 모시는 중이다.

절집 지키랴, 수행하랴, 보살님들 애환 들어주랴… 쏜살같은 나날 속에 오다가다 만난 민요 교실 동료가 대체 무엇이라고! 문득 김국환의 '타타타' 노랫말이 떠오른다.

"내가 나를 모르는데 / 난들 너를 알겠느냐 / 한 치 앞도 모두 몰라 / 다 안다면 재미없지~♪"

별 야릇하고 유치하기까지 한 유희 놀음에 들이는 비구 승려의 에너지가 아깝기도 하고 한편으론 헤아리기 어려운 행우의 속내가 몹시 궁금하다. 혹여 나를 자신의 스트레스를 풀 동반자나 유희적 희롱의 대상자로 삼고 있는 건 아닌지, 아니면 내밀한 교류의 지적(知的) 대화자로 믿고 툭 터 벌이는 행동인지 속단하기 어렵다. 들이는 노고가 감탄스러울 뿐이다.

한 시간은 족히 지났을 법한데 겨우 일곱 시다. 아직 이른 시각이라서 다른 손님은 그림자도 없다. 짙은 적색 선팅지로 길가 쪽 창문을 모두 가려놔서 낮인지 밤인지 전혀 알 수가 없긴 해도 해가 서산 마루를 넘어가려면 아직도 한 시간은 더 있어야 한다. 벌건 대낮이다.

마담은 호호~거리면서 널려진 술상 잔해들을 치우고 새 상을 차려 오는 일로 들락거렸다. 두 사내는 취중에 빠져 있고 여자들은 모두 플로어에 나가 반주곡을 틀어 신나게 노래 부르고 춤추며 저희끼리 기분을 내고 있다. 여자들은 여전히 쌩쌩하다.

그 많은 술병은 다 누가 마시고 치워졌을까? 사내 둘이 다 처치할 일은 없다. 마담은 벌써 세 번째 술상을 내왔다. 행우는 기껏해야 3홉짜리 병맥주 두어 병 마신 게 전부다. 술 맷집 약하긴 나도 매한가지인데 행우를 보니 내가 많이 센 것 같다.

소주 콜라를 섞은 도수 높은 칵테일 양주를 몇 컵 마셨어도 취한 듯 정신은 아직 똘똘하다. 맥주는 배나 나오고 취기가 세게 올 건 아닐 텐데 눈이 감긴 행우는 자는 듯 조는 듯 맛이 조금 간 것 같긴 해 보인다.

마담이 눈치를 챈 듯 내게 말했다.

"사장님, 오라버니가 맥주 몇 잔에도 온몸에 반점이 생겨요!"

"아, 그래요? 근데 왜 술상은 자꾸 내와요?"

"호호호~ 서로 나누면서 사는 거죠! 나눔요… 저희는 오라버니한테 정성껏 서비스하고 편안하시게 휴식을 드려요. 힐링하시는 거죠. 대신 오라버니는 넉넉하게 매출을 올려주시고요. 술값보다 우리 이쁜이들한테 주는 팁이 더 많을 때도 흔해요. 그래서 애들이 오라버니를 다 좋아해요. 찐드기 손님들처럼 달라붙어 귀찮게 굴거나 찌질한 것 없이 깨끗하고 통이 크셔요. 진짜 오라버니시라니까요! 저희한테는요. 특별한 VIP예요, 호호호호~~"

"아… 그러시구나! 알고도 속고 모르고도 속는다는데 우리 아우님은 그런 거 다 건너셨구나… 마담께서 산 중이시네요, 하하하~ 행우 아우님이 어떤 분이신지는 알고 계시지요?"

"호호호~ 스님이세요. 절 이름이 '기원정사'시잖아요. 제가 거기 자주는 못 가도 가끔 들려요. 가서 절도 하고 시주도 해요. 고맙잖아요, 오라버니… 참 우리 스님이요! 절이 왜 절인 줄 아세요? 절을 많이 할수록 부처님께서 복을 많이 주신다고 해서 '절'이에요. 108배는 저도 기본이고요, 1천 배도 해 봤어요… 제가 서울 한복판에서 양식집을 크게 했는데 어떤 일로 한순간에 쫄딱 망해서 빚 짊어지고 아무 연고도 없는 여기에 도망치듯 내려왔잖아요. 아… 그때 작은 아파트 전세를 얻고 만만한 게 물장사라고 이걸 차렸어요. 단골손님으로 사는 장산데 아는 이 없는 동네라 막막했어요. 근데 집 바로 옆 근방에 정사가 있는 거예요. 지푸라기 잡는 심정으로 가서 종일 절을 했어요. 세지는 않았지만 1천 배는 넘었을 거예요. 그 스님이 저 분이에요, 호호~"

("참 살다 살다 별 인연도 다 있네!")

나는 마담의 속내를 알아보기 위해 행우를 건드리는 말을 건넸다.

"아, 그래요? 참 기이한 인연이네요. 근데 고기를 먹고 음주를 하는 스님을 스님이라고 진짜 생각을 하시는 건 아니지요? 요사채에서 심야에 곡차를 하고 화투도 하는 스님들이 있다는 건 더러 듣는 얘긴데요, 대중이 아무나 올 수 있는 이런 공개된 영업집에서 이러는 건 솔직히 다른 얘기일 것 같은데요?"

"호호호호~ 사장니~임! 스님도 사람이잖아요. 부처님이면 지금 여기에 왜 살아요, 극락에 계실 것 아니에요? 살다 보면 마귀도 만나고 시행착오도 하고 속아서 사기도 당하고… 그런 걸 이겨내면서 도인도 되고 부처님도 되는 것 아닌가요? 부처님도 그렇게 해서 부처가 됐잖아요! 날 때부터 부처가 어딨나요. 예수님 공자님도 그런 거 하나 없이 거저 된 거 아니잖아요. 제가 지금 천한 직업으로 먹고살지만 죄안 짓고 열심히 살려고 애써요. 그러다 보면 극락도 갈 수 있지 않겠어요? 그렇진 못해도 지옥은 안 떨어지겠지 하는 희망요!"

마담은 내게 무슨 쌓인 억하심정이라도 있는 듯 다소 흥분했다.

"재물이 아무리 많고 행복이 넘쳐도 죽어서 지옥에 떨어질 거라면 무슨 소용이겠어요, 호호호~ 우리 이쁜이들도 다 가족이 있고 아픔을 안고 나오는 애들이에요. 근데 우리 스님 오라버니가 먹지도 못하는 술을 드시고 저희를 귀한 인연으로 품어주시고 있는 거예요.

도는 말이 있었어요. 절에서 고기 안 먹는 스님은 성철, 법정 스님뿐이라고요, 호호호~ 또 있겠죠. 하지만 다들 그렇다는 거예요. 풀만 먹고 어떻게 살아요, 도 닦다 영양실조로 먼저 죽어요! 스님이 저희에게 '보시(布施, 대승불교의 실천수행 방법 가운데 하나. 분별을 초월한 경지에서 스스로의 깨달음을 얻는 수행의 결실로 구제받지 못한 세상 중생을 구제한다는 이타 정신의 극치)'를 하고 계시는 거예요. 보시요, 호호호호~"

둘의 대화가 끊기고 잠시 정적이 흐르는 사이에 신나게 플로어를 누비던 이쁜이들이 우르르 자리에 몰려와 제 자리로 돌아왔다. 마담은 일어나 내 맞은편 옆에 의자를 끌어당겨 사선 방향으로 두 사내를 바라보는 자리에 앉았다. 행우는 여전히 눈을 감고 고개를 뒤로 반쯤 젖힌 채 소파에 파묻혀 있다. 진짜 취중 수면인지 명상 수행인지 아니면 짐짓 처신인지 알 수가 없다. 오리무중이다. 그 모습을 지긋이 바라보는 마담의 얼굴에 잔잔한 애정이 묻어나고 있었다. 측은지심은 사랑과 애욕의 원초적 감성이다. 표정이 그랬다.

사실 내가 행우와 말을 트고 담소라도 나눈 건 많지 않다. 대화를 많이 나눠야 곁이라도 알고 그 속을 가늠이라도 할 텐데 그렇지 못하다. 그런 저간의 엉성하거나 혹은 허접한 상호관계 속에서 '정사'에 가고 이곳까지 왔다. 오늘 낮 '정사'에서 모처럼 넉넉한 대화를 주고받은 것 외에 민요 교실에서는 수업받는 시간이 대부분인 데다 두 사내 말고는 모두 여성 회원들이라 따로 말을 나눌 기회가 별반 없었다.

여기서도 말이 없기는 마찬가지다. 소음 반, 노래 반 빙빙 도는 오색등으로 인해 취한 눈이 더 어지럽다.

행우는 마이크를 잡는 것도, 어울려 노는 것도 전혀 관심 없어 보였다. 놀 줄 모르는 것 같다. 민요 교실을 다니는 게 이상하다. 민요를 배우려는 목적보다 뭔가 틀에 박힌 일상에 변화를 주려는 의도가 더 큰 것이 아닌가 생각이 든다. 전통민요와 사찰 음악이 연관성도 있어 친밀감이 있을 만도 했을 것이다.

행우가 이런 데 와서 남들 노는 걸 슬쩍슬쩍 곁눈질로 훔쳐보는 즐거움이 있는 것 같다. 일종의 관음증이다. 그렇게 시간을 보내다 취기가 오르면 좋다 말다 마담이 깨워 택시로 보내는 식이다.

마담이 나와 대화를 주고받은 건 순전히 소파와 플로어에서 따로 노는 행우와 이쁜이들로 인해 외톨로 따분해진 둘의 공통점이 있어서다. 마담도 내가 심심해 보였던지, 뭔가 속이 있는 사람으로 보였던지 이쁜이가 곁에서 애교떨던 자리에 앉아 심심파적 말을 건네왔다.

내가 이 사내와 지난 4월 9일 첫 만남 이후 한 달 동안에 무슨 깊은 얘기를 나눈 것도, 그럴 기회나 여건도 안 됐는데 이런 곳엘 데려와서 자신의 신분에 크게 어그러지는 파계승의 밑천을 탈탈 털어 보이는 행동은 난해한 수수께끼다. 대체 내 어디에서 철석같은 '염화시중'의 구석을 찾아냈는지 도무지 알 수는 없지만 '이심전심' 동질의 도반으로 대하는 것 같았다. 굳이 말이 필요 없는 사이가 아니라도 쿵작거리는 여자 긴 니나노 술판에서 나눌 밀담도 진지한 대화도 사실 있을 건 없다. 마담과 여자들이 알아서 척척, 떠들고 기분 내는 건 이들 차지다. 유흥술판에서 주도권은 접객원들에게 있다.

놀아주고 따라주고 바디랭귀지도 하면서 능동적이다. 먹고 살려고 매일 같이 반복하는 고단한 일이다. 행우가 여기 오는 까닭이 나와 마담 혹은 이 여자들과 세상 돌아가는 얘기나 팍팍한 인생사를 입 털고 속 털며 기분 전환하려고 오는 건 아닌 게 분명하다. 편안하려고 택한 방법이다. 마담 말마따나 휴식 치유다. 마담의 스님 관은 자애롭다.

이쁜이들이 자리에 돌아오고 다시 술판이 벌어졌다. 두 사내는 초장에 이미 빌빌거리며 주인 아닌 객이 된 지 오래다. 이 장면을 보면서 나는 현대 여성들이 여기에서만 휘어잡는 게 아니라는 생각이 들었다.

여성 총리가 나왔고 지금 여성이 대통령이다. 국회의장도 나오고 대법원장도 나올 판이다. 학교는 여선생님 판이고, 여성 공무원이 태반에, 재판정에는 여성 판, 검사다. 비약도 논리의 연장이다.

두 사내는 여자들 부축을 받으며 자리에서 일어났다. 다리가 휘청거렸다. 행우는 잠에서 덜 깬 듯 비틀거리다 겨우 중심을 잡았다. 손목시계가 여덟 시를 가리킨다. 이 집에 벽시계가 없다. 인지부조화를 노린 상술이다. 시간이 끊긴 공간에서 사람은 심리적 미아가 된다.

둘은 마담이 밖에까지 나와 잡아준 택시를 탔다. 그런데 마담이 알려 준 절집 방향으로 얼마 가지 않아 행우는 기사에게 택시를 세우라고 했다. 대학가 이면도로변 카페촌이었다.

행우는 밀폐된 공기를 마시다 바깥바람을 쐬니 정신이 맑아진 듯 회색 두루마기 자락 휘날리며 여유로운 표정으로 뒤쪽 얕은 언덕 위에 있는 카페 문을 열고 들어갔다. 그럼에도 그건 행우의 기분일 뿐, 벌겋게 상기된 얼굴과 걸음걸이가 조금은 균형을 잃은 듯했다.

나는 이 사내를 어떻게든지 구슬러서 집에 데려다 놓을 요량으로 군말 없이 따라 들어갔다. 간판과 달리 고급 선술집 아니면 화면으로 본 무슨 바 같았다. 안쪽으로 길쭉한 직사각형 공간에 야경을 내려보는 창가를 따라 배치된 테이블과 쿠션 좋은 의자가 눈에 들어왔다.

말이 카페일 뿐 통로를 사이에 두고 볏짚으로 엮은 듯한 인테리어 가리개를 친 테이블마다 맥주 양주병뿐이어서 물정 모르는 내가 봐도 한눈에 2차 집이다. 올라오면서 본 한가한 술집 카페들과 달리 빈 테이블이 없어 소문난 술집인 듯했다.

행우는 들어서자마자 그 큰 덩치에 뒷짐을 진 다소 거만한 걸음으로 천천히 카페 안을 한 바퀴 돌기 시작했다. 카운터를 지키는 사장은 구면인 듯 염려 섞인 표정을 지으며 물끄러미 바라만 보고 있었다.

행우는 좁은 통로를 오가며 바쁜 종업원들의 불편함을 무시하고 통로 한 가운데를 느릿한 팔자 걸음새로 휘적거렸다. 낯선 민머리 돌중을 보는 손님들의 뜨악함도 아는 듯 모르는 듯 행우는 저마다 분위기에 몰입해 있는 테이블을 지그시 내려다보며 돌았다.

나는 그 뒤를 수행원 마냥 따라가는 이상한 장면이 연출되고, 그러다 결국 사달이 났다. 사건이 벌어졌다. 카페 안쪽 통로를 돌아 창가 쪽 바깥 통로 중간쯤에서다. 행우가 30대 후반으로 보이는 두 쌍이 자리한 테이블을 예의 지긋한 눈길로 내려다보며 중얼거리다 천천히 걸음을 옮기는 순간이었다. 비위가 상한 일행 중 건달로 보이는 친구가 행우를 쳐다보며 일어서더니 대뜸 험상궂은 말을 던졌다.

"당신 뭐야? 당신 뭔데 우릴 내려보고 실실 쪼개는 거야! 이거 중 아니야, 중? 중놈이 여길 왜 와! 당신 술 먹고 고기 먹어? 이거 완전 돌중이네!"

이웃 테이블 일행들이 일제히 우리 쪽으로 고개를 돌렸다. 말을 안 하거나 짐짓 그냥 넘겼던 것이지 내가 봐도 행우의 모습은 기분 나쁘게 보이거나 오해를 살 만한 행동이었다.

상황은 행우 편이 아니었다. 그 친구는 이런 분위기에 자신감을 얻었는지 먹살잡이를 할 태세였다. 당황한 행우가 한 걸음 옆으로 빼면서 한 마디 던졌다.

"왜 이러십니까? 나는 저 여성분이 어디서 많이 본 듯해서 혹시 내 아는 그 사람이 아닌가 해서 잠깐 쳐다봤습니다. 근데 아니네요!"

이 말이 또 일행의 염장을 질렀다. 난데없이 행우의 가리킴을 당한 여자는 황당한 듯 당혹스러워하며 맞은 편 자신의 파트너에게 손사래를 쳤다. 남자는 별 이상한 놈 다 봤다는 표정이었다. 그건 행우가 급히 상황을 모면하려고 그냥 뱉은 말이었다.

두 사내는 자신들보다 덩치가 훨씬 큰 행우에게 위축된 듯 섣불리 덤벼들진 못했다. 하지만 일어선 사내가 파트너 앞에서 뭔가를 보여주려는 듯 두 주먹으로 행우 가슴을 밀어쳤다.

뜻밖에 일격을 당한 행우가 뒷걸음치다 통로 맞은편 가림막 화분 분리대에 부딪쳐 바닥에 나동그라졌다. 주변 일행들이 놀라 일어나고 그 웅성거림에 또 건너편 통로 손님들이 다들 일어나 이쪽을 쳐다보는 소동이 일어났다.

나는 뜻밖의 상황에 잠시 멈칫하다가 바닥에 널브러진 행우 쪽으로 다가갔다. 행우는 취기가 올라 있는 상태에다 큰 덩치로 인해 제 몸을 스스로 수습하지 못했다. 게다가 내가 아무리 용을 써도 혼자 힘으로 그를 일으키기에는 역부족이었다.

행우를 밀어친 건달 친구는 넘어져 있는 행우와 나를 내려다보며 두 주먹을 움켜쥔 채 씩씩거리며 여전히 폼을 재고 있었다. 행우가 일어나서 덤벼들기라도 하면 다시 주먹을 휘두를 기세였다.

("하아~ 이거 뭔 망신이여… 망신 중에 망신일세! 이 나이에 이런 델 와서 젊은 애들한테 봉변당하고 이게 무슨 일이여~! 행우, 당신 스님이 맞어? 지천명 넘긴 양반이 불법(佛法)은 어딜 팔아먹고…! 동방삭 아니랄까 봐 마음만 애들 같아가지고는…….")

내가 혼자 독백을 씹어가며 쩔쩔매는 그때 누군가가 행우 뒤쪽으로 다가왔다. 그리고 대(大)자로 넘어져 있는 행우 양쪽 겨드랑이로 두 팔을 집어넣더니 단숨에 그를 버쩍 일으켜 세웠다. 그리고 내게 말을 던졌다.

"처산 선생! 여기서 만나니 뜻밖이네, 하하하~ 나 학진이야!"

"아이고, 이거 학도 형 아닙니까? 이런 데서 형을 만나니 뵙기 민망합니다. 거참…."

"근데 이분 스님 같은데 같은 일행이요?"

행우가 화분대에 기대어 몸을 추스르며 어색하게 웃었다.

누가 봐도 한눈에 스님 표가 딱 나는 사람이 이런 술집에 오는 것도 그렇고, 남 보기에도 다른 손님 테이블에 와서 치근덕거리고 멱살잡이하다 넘어지고 자빠지고 그런 그림이니 내 대답도 궁색하기 짝이 없었다.

"예, 제가 존경하는 스님입니다. 우리 스님과 함께 시내 볼일 차나왔다가 지나가는 길에 여기 간판이 카페라서 찻집인 줄 알고 들렀는데 술집이네요. 젊은 양반이 뭔가 오해를 하고 스님 몸에 손을 댄것 같습니다. 근데 형은…?"

"아, 스님 몰라봬서 죄송합니다. 저 친구 이따가 제가 혼을 좀 내주겠습니다. 잘 아는 동생입니다. 처산, 스님 모시고 저기 자리 잡으시게. 오늘 차 내가 사겠네, 하하하~"

"형, 괜찮습니다. 내일 연락드릴게요, 저흰 나갈랍니다. 천천히 놀다 오세요."

"아, 그러지 뭐. 스님, 사과는 받으시고 가셔야지요! 이보게, 얼른 스님한테 절 올리고 용서를 빌어!"

행우를 밀친 친구가 몹시 미안한 표정으로 학도 형 말대로 통로 바닥에 넙죽 엎드려 큰절을 했다. 그는 일어서더니 연신 허리를 굽신거리며 잘못을 빌었다. 사실 경찰에 신고하면 일방 폭력으로 유치장 행이다. 학도 형이 행우 체면을 세워주는 듯해도 그 친구 신상을 지켜주는 게 더 컸다.

물론 스님 체면에 경찰에 신고하기도 그렇고 여론을 타면 신도들에게 망신살이다. 공공연한 비밀과 비밀은 다르다. 아는 사실과 문제돼서 사건화되는 사실은 다르다. 그렇게 사건이 엉거주춤 수습됐다.

행우는 늘 돌발변수였다.

학도 이름은 변학진이다. 이름이 이름이라 춘향전 악질 사또 변학도에 빗대어 학도라는 별명이 붙었다. 학도 형 친구들이 웃자고 붙인 건데 퍼져서 주변 선·후배들이 다들 그렇게 부른다. 그도 꽂히는 이름이라며 재미있어하고 스스로 학도라고 소개하기도 한다.

여기서 그를 만난다는 건 전혀 생각지 못할 일일뿐더러 그도 내게 마찬가지다. 학도 형은 학교 2년 선배이고 나이는 한 살 위다. 그는 글공부와는 천성이 거리가 먼 마당쇠 판돌이다. 어려운 집안 탓을 핑계삼는 친구들이 많은데 그때는 사는 형편이 다들 그랬다.

학도 형은 분명하고 선이 굵게 놀았다. 싫은 건 싫은 거고, 좋은 건 좋은 거였다. 타고난 체질이나 기질을 따라 인생이 흘러도 간다.

학도 형은 무술 고단자다. 태권도 7단에 합기도 공수도(가라데) 쿵후 검도 유단자다. 가지가지 많아서 각기 몇 단인지 본인도 헷갈려 한다. 합쳐서 공인 18단이다. 도 단위에서 최다단자, 최고단자다.

감투가 여럿인 무도계 지명인사다. 늘 허름한 시골사람 차림새라 일반인들은 알아보는 이가 거의 없어 자유롭게 산다. 지금도 그의 이름을 건 태권도장이 다섯 개에, MMA(종합격투기) 무도관도 두 개다.

그는 이날도 지인과 등산 후 뒤풀이로 들렀다가 우연히 나를 본 것이었다. 그 건달은 학도 형의 손제자라고 했다. 제자의 제자다. 급한 성질로 사건이 많아 별이 여러 개라 했다.

우연을 가장한 학도와 행우의 인연이 그렇게 이어졌다.

6

행우가 민요 교실에 나타나지 않는 게 벌써 한 달이다. 나는 그동안 그에게서 아무런 연락도 받지 못했다. 민요 교실에서 1주일에 두 번 정해진 만남 외에 주로 밤중이긴 하지만 어떤 때는 시도 때도 없이 전화를 받는 일도 흔했다.

한 달에 두 번쯤은 수업이 끝난 뒤 함께 정사(법당이란 말 대신 행우는 '집'이라 하고 나와 학도 형은 '정사'라 했다)에 갔다가 학도 형을 불러내 셋이 식당이나 주점을 나다녔다.

원장도 통 모르겠다고 했다. 정사에도 없고, 종무실장도 입을 다물고 있다고 했다. 다만 얼마 있으면 돌아오실 거라고 한다는 것이다.

나는 경덕 법사한테 전화를 걸었다.

"아, 그게 저… 아무에게도 알리지 말라고 하셨는데요… 선생님께는 말씀드리죠 뭐. 한 달 전에 속가 부친상을 당하셔서 내려가셨습니다. 정리할 것도 많고 해서 시일이 오래 걸릴 것이라구 하셨는데 곧 올라오신다고 어제 연락이 왔습니다!"

"그래요? 어디신데요?"

"네, 구례라고 알고 있습니다. 지리산 부근 어디라고 들었습니다… 더는 저도 모릅니다. 그게 답니다."

종무실장 말대로 이틀 후 행우가 돌아왔다. 한동안 절집을 비웠으니 밀린 일이 많을 텐데 산골잽이 내게 내려오라는 기별이 왔다. 갖가지 고정된 예배와 모임이 있는 교회와 달리 절은 법회가 콱 못 박혀있는 것도 아니고 모임도 상대적으로 느슨하다. 조선 500년 산중 사찰 영향이 큰 탓인 것 같다. 행우의 절은 사찰이라기보다 암자다. 오다가다 들르는 뜨내기 신도가 대부분이다.

둘은 정사에서 경덕 법사가 내온 대추차를 놓고 마주 앉았다.

"아이고, 이거 스님 뵌 게 그새 두 겁(겁, 불교에서 숫자로 나타낼 수 없는 무한한 시간. 범어 kalpa 음역 겁파의 약칭. 인간세계인 범천의 시간으로 4억3,200만 년을 1겁이라 한다)은 지나간 것 같습니다, 하하하하하~"

"행님은 그대롭니다. 두 겁을 타임머신 타고 대천세계(끝없는 우주계) 한 바퀴 돌고 오느라 나가 좀 바빴습니다, 하하하~"

"근데, 예전에 스님 속가 고향이 구례라 하신 적 있는데 혹시 거기 다녀오신 것 아닙니까?"

나는 경덕 법사가 말해 준 사실을 모른 체 하고 짐작인 듯 물었다.

"맞습니다. 아비님이 돌아가셔서 상 치르고 이것저것 치우고 정리할 게 많아서 한 달을 머물다 왔습니다. 하나뿐인 자식놈이 출가자라 어머니 사별하고 20년을 고향 집에서 혼자 사셨습니다. 세수 90이니 호상이라 하는데 자식에게 호상이 어딨습니까?"

"그렇지요. 그렇구말구요. 요즘엔 웬만하면 요양원에 들어가고 거기서 어려워지면 요양병원으로 모시는 추센데…."

"행님, 아버지는 집에서 스스로 곡기를 끊고 생을 마감했습니다. 단식이란 말입니다. 단식을 방법으로 선택했습니다. 이웃집 할매가 연락을 주셨는데 사흘 전까지 집 툇마루에 앉아계신 걸 봤는데 사흘 넘도록 기척이 없으셔서 방문 열어보니 누워 계시는데 숨이 멎었더라는 겁니다. 아버지의 마지막 모습은 예고됐던 일입니다. 음… 아마 20일은 넘기시고 숨이 멎었을 겁니다."

"예? 미리 그렇게 돌아가실 걸 알고 계셨단 말씀이요?"

"아버지는 단식을 자주 하셨습니다. 어머니 생전에는 1년에 한 번씩 건강관리 차원에서 1주 정도 한다고 들었는데 혼자 되신 뒤부터는 1년에 두세 번은 정례적으로 했습니다. 기본이 2주일이고 3주를 채울 때도 흔했습니다. 대신 하루 우유 한 컵에 미량의 소금을 섭취했습니다. 주위에선 아무도 모른 거지요. 근데 그게 일종의 훈련이었어요.

당신께선 평소 '나는 끌려가기보다 선택할 것'이라고 했어요. 아버지에겐 모델이 있었습니다. '스코트 니어링' 교수 말입니다. 이 말을 하면 집안 얘기로 길어지는데 음⋯."

행우가 신음 같은 소릴 꾹 삼키는 듯 목젖이 순간 불룩했다.

"아, 스코트 니어링? 저도 압니다. 왜 그 책 있잖습니까? 뭐더라, 음⋯ 맞아요, '아름다운 삶 사랑 그리고 마무리'⋯ 부인 헬렌 니어링이 쓴 일종의 부부 자서전인데 베스트셀러였어요. 그 책을 통해 스코트 니어링 교수의 사상과 실천적 생애를 접하고 감동 받은 기억이 새롭습니다. 그 책을 읽은 많은 사람들이 영향을 받았을 겁니다.

법정 스님이 그중에 한 사람인 것 같습니다. 이 양반이 만년에 그 책 이름을 본따서 책을 하나 냈는데 '아름다운 삶 그리고 마무리'였어요. 그리고 스코트가 버몬트 숲에 들어가 노동으로 자급 생활을 하면서 글도 쓰고 책도 내며 만년을 보낸 걸 따라 했는지 어쨌는진 모르나 불일암을 버리고 오대산 숲속에 들어가 스코트·헬렌 부부의 생활과 비슷한 생활을 하다 입적한 것 아닙니까? 다른 건 마지막이 스코트와 달리 폐암을 얻어 병원에서 열반했다는 거지요!"

"아이고, 행님이 더 잘 아시네요. 내사 마 가리고 자시고 할 게 무애 있능교⋯ 하하하하~"

"아니, 스님 말씀이 화개장텁니다. 전라도 경상도 왔다갔다⋯ 근데 스코트 니어링 교수와 스님 부친 영면이 무슨 관련이 있다는 말씀입니까?"

"행님, '이제는 말할 수 있다' 뭐 그런 방송프로그램 있잖습니까? 나가 단디 말씀드리겠습니다, 행님! 잘 들어보이쇼잉⋯."

아버지는 사회주의자였어요. 그건 순전히 외갓집⋯ 큰이모 때문이었습니다. 큰이모는 큰이모부 때문이었구요. 말하자면 아버지는 어머니로 인해 처가에 대한 혈연적 의리를 지켜주느라 그리됐습니다. 솔직히 대목장 집안인데 그게 뭔지 알고 그랬겠어요? 그렇다는 거지⋯.

스코트 박사가 사회주의자잖습니까, 행님! 그것도 1920~30년대 자본주의 한복판 미국에서 말입니다. 자본주의 지배사회에서 그 체제와 야만성을 줄기차게 비판하고 도전한 사람도 대단하고요, 그런 사람을 교수로 쓴 대학도 대단합니다. 그렇지만 결국은 체제 압력에 두 손 들고 그를 두 번씩이나 쫓아낸 것 아닙니까? 근데 행님, 그게 중요한 게 아니고요⋯ 행님이 알다시피 스코트 부부가 정글 같은 버몬트 숲에 들어가 자본주의를 모두 배제하고 공동체 삶을 추구하는데 열광한 미국 젊은이들이 수없이 거길 방문하고 그 삶의 방식이 퍼져 나간 걸 아버지가 큰이모부, 그러니까 윗 동서한테서 듣고 영향받았어요.

이론보다 감성이지요. 말하자면 미국판 브나로드 운동(러시아에서 1930년대 초에 일기 시작한 민중 계몽운동으로 뜻은 '민중의 바다로~')인데 자본주의 폐해의 반작용 그런 게 아닌가 해요. 근데 아버지가 철학가도 운동가도 아닌데 스코트에 꽂힌 건 그의 죽음 방식이에요. 그 양반이 평소 철학을 그대로 실천했다는 건데, 능동적으로 삶과 죽음 방식을 가져갔다는 얘기죠. 물론 부인의 동의를 받았고 헬렌도 그 방식을 따르기로 했단 것 아닙니까? 그 양반이 나이 100살을 먹은 날 딱 단식에 들어가 21일째 되는 날 누운 채 고요히 떠났다 말입니다!"

"맞습니다. 그랬어요. 실은 나도 그걸 모델로 삼고 있어요. 그런 생각하는 이들 꽤 있을걸요? 과연 실행할 건지는 또 다른 문제지요."

"근데 우리 아버지는 했어요. 단전호흡으로 단식에 따른 내과적 불균형 후유증을 이겨내면서 2~3주를 어렵잖게 이어가는 걸 주기적으로 반복했어요. 돌아가시기 전 해 검진에서도 건강나이는 70대라고 했어요. 아무 질환 없는 상태로 영면에 든 거죠. 이번엔 완전 단식으로 소금물 한 모금 안 마셨을 겁니다. 그러면 마지막엔 혀가 갈라지고 눈알도 튀어나와요. 평소같이 일상을 이어가다 아마 7일 전쯤엔 그런 한계치가 와서 누우셨을 겁니다. 할매가 발견 전 그 7일 동안 아버지는 지나온 생을 돌아보며 천천히 적멸의 세계로 들어가신 겁니다. 절집에선 '입적(入寂)'이라고 말하지요, 하하~"

행우의 표정이나 말투 어디에서도 육친의 죽음에 대한 애틋한 정서는 좀체 드러나지 않았다. 승려의 내공이 있을 것이었다. 그런데 한 가지 말이 뇌리에 남았다.

"그렇겠지요? 스코트 교수는 평생에 자유로운 혼으로 살다 간 양반인데 아버님도 그러셨던 건가 봅니다. 그런 분들 보면 정신 밑바닥에 보헤미안 기질 같은 것도 있어요. 근데 스님 말입니다, 부친의 사상이 외갓집에 받은 영향이 크다고 하셨는데 그건 뭔 말씀입니까?"

"하아~ 간단치 않은 얘깁니다. 나라 역삽니다, 역사…."

"우리 현대사와 무슨 관련이라도 있다는 얘기로 들립니다…."

"맞습니다. 내 이모가 빨치산 여전사였으니까요. 그 이모는 이모부로 인해 그리됐고 우리 집은 외갓집 영역에 갇힌 거죠!"

행우 외갓집은 경남 산청이다. 지리산 동쪽 자락 동네다. 문제의 이모는 동네에서 유지 소리를 듣는 딸부잣집 맏이로 자라나 고녀(강점기~해방초기 고등여자보통학교, 오늘날 중고등학교)를 나온 신여성이다.

열여덟에 중매로 혼인을 했는데 배우자는 도쿄 유학생 출신으로 만주에 건너가 사회주의 독립운동을 하다 해방이 되자 고향인 산청으로 내려온 동네 지주 집안의 자식이다. 두 집안이 잘 아는 사이다.

해방정국이 소용돌이치고, 제주 4.3 학살과 저항하는 민간 진압 출동 명령을 받은 여수·순천 주둔 부대 내 좌익이 주도한 반란 사건이 일어났다. 패주한 반란군 일부가 지리산에 들어가자 행우 이모부도 따라서 들어갔다. 1949년 11월이었다. 문제의 시작이다.

지리산에는 패주한 반란군뿐 아니라 이미 북한지역에서 내려온 사람들과 미군정에 의해 불법화된 남로당 계열, 그리고 행우 이모부 같은 사회주의적 지식인들과 일부 우파 독립군 출신 인사 등 다양한 출신 경로를 지닌 사람들 2천여 명이 모여든 상황이었다.

이들의 공통점은 해방정국에서도 여전히 일제 식민 지배에 앞장서 부역했던 인물들이 미군정 비호 아래 통치기구의 손발 노릇을 하면서 호가호위하고, 통일 대신 남한 단정 수립을 기정사실화 하는 미군정과 이승만의 민중 억압에 대한 절망감이었다.

행우 이모는 혼인 1년 만에 남편과 생이별을 하고 양쪽 집안은 경찰의 중요 요시찰 대상이 됐다. 그 얼마 후 이모는 결국 남편을 찾아 지리산에 들어가 남편과 해후했다. 하지만 한 달 만에 남편은 국군토벌대와 전투에서 총상을 입어 사망했다. 이때부터 이모는 본격적으로 이른바 지리산 빨치산 여전사가 됐다. 그리고 그 몇 달 후 6.25 한국

전쟁이 발발했다.

하지만 휴전이 됐어도 지리산 전투는 끝나지 않았다. 지리산 전체가 잔존 빨치산 섬멸 때까지 민간 출입 통제구역으로 선포됐다. 빨치산들은 고립무원의 극한상황에서 총상 사망자와 아사자가 속출했다.

이탈 귀순자가 늘어나면서 부대 조직은 와해됐고 행우 이모의 생사도 묘연했다. 행우 외조부는 전란 후 이모 셋을 급히 여기저기 시집 보냈다. 자식들을 보호 도피시킨 것이다. 막내딸인 행우 모친은 멀리 지리산 서편의 전라도 구례로 시집을 갔다. 열일곱 나이에 열살 위 노총각 행우 아버지를 그렇게 만났다. 행우가 전라도 사투리와 경상도 사투리를 섞어 쓰는 연유다.

행우 아버지는 목수 집안이다. 증조부 때부터 3대를 이은 대목장이다. 그중에도 절집 전문이다. 증조부-조부가 전라도 일대 큰절 건축에 소문난 도편수인 데다 아버지는 나이 60에 인간문화재를 했다.

행우 모친은 다행스럽게 친정의 화를 피했으나 '미확인 행불자' 집안 리스트에 올라 보이지 않는 공민권 제약을 받고 있었다. '미확인 행불자'는 이를테면 '공비'라고 불린 '빨치산' 전투원이나 부역자 또는 동조자로 의심은 받지만 명확하게 확인되지는 못한 이들이다.

행우 부친은 직업이 직업인지라 연좌제 가족의 굴레와 상관없이 생업을 이어갈 수 있었다. 행우는 위로 연년생 누이 둘이 있었는데 행우가 태어나기 전 어릴 때 모두 병사했다. 그 몇 년 후 행우가 태어났다. 아버지가 나이 40이 돼서 얻은 늦둥이 아들이다.

행우 이모 생사가 확인된 것은 신문 보도였다. 행우 아버지가 늦가을 어느 절집 암자 건축 현장에서 잠시 쉬면서 깔고 앉았던 신문지를 펴다 우연히 기사를 본 것이다. 1면에 대문짝만하게 실린 기사 제

목과 사진이 그의 눈에 띄었다.

행우 아버지는 긴가 민가 했다. 제 눈을 의심했다.

[최후의 빨치산 정○○ 생포]…….

처형 이름이었다. 사진을 보니 오랜 기간 굶주린 탓인지 바짝 마른 몸매에 총상을 입었는지 어쨌는지 옷에 핏자국이 묻어있었다. 사진으로는 누가 봐도 헤진 민간인 복장에 촌 아낙네 행색이다. 그 옆에는 총을 맞고 죽은 또 다른 남자 빨치산 시신이 있었다. 처참했다.

이 둘이 끝까지 저항한 마지막 '공비'라는 게 군 당국의 공식 발표였다. 실제로는 더 있는지 어쩐지 알 일이 없다. 이를 확인이라도 해주려는 듯 마침내 길고 길었던 지리산 입산 금지 포고령도 해제한다는 발표가 따랐다. 1963년 11월이다. 행우가 태어나기 전 해다.

사람들은 이 가냘프고 가련해 보이는 여인이 최후의 지리산 빨치산이라는 것에 놀랐다. 비록 휴전이긴 해도 전쟁이 끝난 게 언제인데 지리산에서 여지껏 전투가 계속 이어졌다는 사실에 더 크게 놀랐다.

행우 아버지는 아내와 혼인 전에 일어났던 처갓집 일이라 이름 만 알뿐 생전에 이 여인, 그러니까 맏 처형을 본 일은 없었다. 처갓집 내력과 형편을 익히 들어서 알고 있는 것뿐이다. 행우 아버지 어머니 모두 그녀를 생전에 끝내 만날 수 없었다.

후일 행우가 전해들은 말은 이모가 치료 후 재판에서 무기징역 언도를 받고 감옥에서 몇 년 수형생활 끝에 병사했다고 한다. 언론에서 사라지면 세간의 뇌리에서도 잊혀진다.

문제는 행우였다. 이모의 행적이 공식 확인을 받으면서 연좌제에 편입됐다. 행우의 인생 선택지에서 절반이 제외됐다. 태어나기 전 외가의 일이다. 본 일도 알 일도 없는 행우는 태어나서부터 연좌제 명에가 그의 목에 씌워지고 평생의 굴레가 됐다.

행우가 다시 말을 이어갔다.

"나가 중이 된 건 그것도 그렇고 아버지가 영향을 끼친 게 더 큽니다. 아버진 한 번 일을 나가면 보름이고 한 달이고 집에 안 들어와요. 절집 짓는 게 장난 아니게 큰 공삽니다. 전라도뿐 아니라 전국 팔도를 돌아다니니 이해가 되긴 해요. 게다가 누이 둘이 연달아 죽어 무자식인 데다 외갓집이 쑥밭 되고 어머니한테도 정이 떨어지고 집에 무슨 애착이 있겠어요?"

"하아~ 스님 애길 듣다 보니 꼭 우리 집안 애길 듣는 착각에 빠집니다. 그놈 연좌제 때문에 어머니를 어머니라 부르지 못하고 평생 남남으로 살다 가셨습니다. 외갓집으로 해서 아버지가 어머니를 호적에 들이지 못한 겁니다. 사망신고를 안 한 보지도 못한 큰어머니 자식으로 올려졌어요. 커서 알았지요. 자식 앞날을 위해 아버지가 머리를 쓴 건데 사춘기 때 충격이 컸습니다!"

행우는 자신이 세상에 나온 건 천우신조라고 했다. 아버지가 공사 중에 큰 낙상을 입어 집에 돌아와 장기간 요양을 하는 바람에 세상 천지 구경을 하게 됐다면서 웃었다.

"행님, 고맙지요, 아버지께 고마운 일입니다. 하하하~ 범천이 있어 대천도 가는 건데 아버지가 지나는 길에 이 세상에 씨앗 하나를 떨어트려 주셨으니 우연치고는 기이한 인연입니다. 행님을 본 것도, 학도 행님을 만난 것도… 세상에 인연 아닌 게 없습니다.

우리 어머니가 아버지 병구완 하는 중에 저를 낳았어요. 근데 산후조리도 변변히 못 한데다 이모도 그렇게 돼서 독한 우울증에 걸렸어요. 젖도 떼기 전에 아버지가 어머니를 산사에 데려놨습니다.

아버지는 어머니를 정신병자 취급했어요. 그때 일반 병원도 없는데 무슨 정신병원이 있어서 진단을 받아보길 했겠어요? 점집을 찾든지 어디에 가두는 게 상책이었습니다. 아버지가 절집 공사를 산지사방 다니다 보니 아는 스님도 많고 맡길만한 암자도 아는 데가 많았어요.

어머니를 거기다 모셔놓은 거지요. 그리고 나를 이웃 동네 사는 둘째 이모한테 맡겨놓은 아버지는 계속 팔도를 돌아다녔어요. 말하자면 나가 집안이 없는 겁니다, 하하하~ 나가 웃는 게 이해됩니까, 안 됩니까, 행님?"

나는 우리 현대사에서만 해도 닮은 꼴 집안이 수도 없이 많으리라 짐작이 됐다. 행우는 담담하게 출가의 동기와 과정을 털어놓았다.

"나가 먼 길 다닐 줄 알고 버스도 탈 줄 알게 되면서부턴 아버지가 보고 싶어서 초등학교 3학년 때부터 아버지를 찾아다녔어요. 거기서 놀다 돌아오곤 했습니다. 거기 가면 내 위아래 뻘 동자승이 있는 데도 있어 개들과 놀기도 하고 스님들이 반갑게 받아주고 사탕도 주고 밥도 맛있게 먹고… 큰집이에요, 큰집! 아버지도 애써 막지 않았고요. 학교가 걱정이긴 해도 자식이 곁에 있는 게 안심도 되고 싫지 않았던 겁니다. 거기가 놀이터고 학굡니다. 결석 날이 대추나무에 조롱조롱 달린 대추알 만큼이나 달렸어요, 하하하하~"

행우는 잠시 큰 숨을 쉬더니 식은 찻잔을 비웠다.

"행님, 제가 중학교에 들어갔는데 아버지가 한 날 나를 부르더라고요. 하는 말씀이 '너가 이제 어쩔 것이여? 언제까지 날 따라다닐 것이냐 말이여. 허구한 날 절이나 놀러오구, 너가 중이 될 것이여? 아니믄 뭘 할 것이여… 목표를 세우고 뭔가 해야 할 때 아닌거여?' 하더라고!

나가 그랬어요. '아버지, 나 중이 되면 안 될랑가요?' 그랬더니 갑자기 뺨따구가 한 대 날아와요. 얼마나 아픈지 머리에 지지직 소리가 나요. 그때부터 아버질 더는 찾지 않았습니다. 아버지도 어쩌다 이모네 집에 날 잠깐 보고 가는 게 전부라요! 남남이요, 남남…."

행우가 출가하기로 마음먹은 건 고등학교 졸업 직후였다. 중학교 졸업 후 전주에 있는 고등학교로 진학해 자취를 하며 학교를 다닌 행우는 직업군인이 되기로 작정하고 사관학교를 지원해 합격했다.

그런데 신원조회에 걸렸다. 낙방이 아닌 선발제외자다. 연좌제 연루 가족이라는 사실을 아버지는 한 번도 말해 준 적이 없었다. 그런 제도가 있는지조차 알 턱이 없던 행우는 큰 충격을 받았다. 아버지에 대한 미움이 일었지만 그게 아버지 탓이 아니란 걸 알게 됐다.

진로를 상의할 가족도 딱히 없고 담임선생도 겉일 뿐 신뢰가 가지 않았다. 예상치 못한 절벽 앞에 선 행우에게 일반대에 간다고 앞날을 보장할 현실적 대안이 보이지 않았다. 생각이 많아진 행우는 머리도 식힐 겸 간단한 세면도구만 챙겨 어느 산사를 찾아갔다.

그곳은 친하게 어울렸던 동자승이 머무는 절집이었다. 행우 한 살 위인 그는 정식으로 출가해서 승려가 돼 있었다. 그는 행자 생활을 마치고 수계를 받아 법명도 받았다. 그는 해인총림 강원(講院, 선禪 강講 교敎 중 강을 강설하는 것이 중심인 교육과정)에서 사미과(沙彌科)를 거쳐 사집과(四集科) 과정 중이었다. 고등학교~전문대쯤이다.

그는 행우의 차림새와 손에 든 작은 보따리를 보면서 왜 자기를 찾아왔는지 대충 짐작을 하고 있었다. 행우는 며칠을 그와 스님들과 오랜만에 어울리면서 머릿속을 어지럽히던 여러 고민들이 사라졌다.

아버지와의 관계에서도, 이모네 집에서 지녔던 불편함도, 3년간 외톨박이로 자취생활을 하며 가졌던 외로움도 시나브로 날아가고 마음이 편안해짐을 느꼈다. 결심이랄 것도 없이 자연스러운 선택이었다.

"행님, 이때가 살아오는 동안 나가 처음이자 가장 큰 행복을 느꼈던 땝니다!"

"스님, 근데 부친 장사 치르고 무슨 정리할 게 많아서 한 달씩이나 정사를 비우셨어요?"

"행님, 말도 마시쇼잉… 아따, 재산 정리할 게 많아서 변호사를 사서 일을 벌였당께 아닙니까?"

"아, 그렇겠습니다. 한옥이 양옥보다 건축비가 곱절은 비싼데 사찰 건축단가는 그보다 두세 갑절 고가 아닙니까? 3대째 도편수 집안이면 경복궁 도편수 버금가는 명성이잖습니까! 궁궐이나 사찰이나 짓는 기본 구조와 방식이 같다는 말을 들은 적이 있습니다. 근데 재산 상속자는 스님밖에 없잖습니까?"

"하하하하~"

행우는 야릇한 표정으로 웃음을 멈추고 말했다.

"그렇게 생각할 수 있겠지요? 근데 나가 출가자 아닙니까? 그 재물 받아서 어쩔 것이에요? 근사하게 개인 사찰 지어버려요? 경전 공부나 하고 수행 잘해서 극락 가면 될 일이지 뭘 만들고 일 벌이는 건 다 정치하는 겁니다. 정치 승 아주 많습니다. 종정도 겉으로 추대일뿐 물밑에선 오리물갈퀴로 치열하게 다툽니다. 총무원장 뽑는 건 말도 아니게 질려버려요. 문중 돌려먹기가 틀어지면 싸움질에 합종연횡에…

신도 조직에 열 올리고 조폭 동원, 위장 승려, 종단 간 사찰 쟁탈전… 뉴스에 곧잘 나오는 거 보셨지요? 돈 되는 사찰 주지 자리 놓고도 사생결단 예삽니다. 여의도 정치판 못지않아요. 중이 개인이든 사찰 명의든 부처를 팔아 무슨 재단 만들고 이벤트 벌이고 산지사방 얼굴 내밀고 그런 게 다 정치질입니다. 재물이 재앙이에요!"

"그래서 스님은 그 재물을 다 어떻게 정리하신 겁니까?"

"으음… 아버지가 일찍이 내 가업승계를 체념하고 재단을 만들었습니다. 싹수가 노오~란 거로 본 겁니다. 정확히 보셨지요, 하하하하~

그리고 당신의 호를 따서 '용방 전통건축문화재단'을 만들었어요. 용방은 고향 동네 지명이고요, 구례 화엄사 바로 옆이 나가 나고 자란 고향 집이에요. 아버지는 종단 절이나 대찰은 하청을 받고, 개인 사찰이나 암자는 도급으로 공사를 벌였습니다. 작아도 억대 공사라 인건비 빼고 자재비 재료비 다 떼도 30%는 남겼어요. 기술 로얄티가 크죠. 근데 공사 기간이 일반 건축보다 두세 배는 긴데다 감리도 까다롭고 수주 물량 기복이 심해서 생각보단 남는 게 그리 센 편은 아니라고 하더라고요. 그래도 평생에 쌓은 재물이 작은 게 아니지요.

자식은 출가하고 어머니는 보살이 돼서 절집에 눌러살고 혼자서 어디 쓸 시간도 없이 역마살 끼어 팔도를 돌아다니는데 쌓이는 게 재물밖에 더 있겠어요? 사주팔자가 주역에만 있는 게 아닙니다. 돈은 모이는 족족 재단에 출연하고 그걸로 재단 산하에 제자들을 길러내는 '용방 전통건축학교'를 세웠어요. 지금도 거기 나이 불문 지원자들이 넘쳐나요. 애들 학교는 폐교가 늘어나는데 이상한 일입니다."

"근데 무슨 재물 정리를 하고 오신 거예요?"

"땅입니다. 이게 간단치 않아요. 공사대금 일부를 토지로 물납 받

는 일이 흔했다 말입니다. 1억 원이면 현찰이 모자라니 2,3 천은 땅
으로 가져가라는 건데 그거라도 받으니 다행 아닙니까? 질질 끌거나
없어 못 주겠다고 나자빠지면 민소 갈 것도 아니고 도리가 없어요.

받은 절집 땅이란 게 외진 산골 임야나 자연녹지 비탈밭이 대부분
이라 돈으로 바꾸기도 쉽질 않은 게 문제지요. 물납이 공사대금 반절
을 차지할 정도면 땅을 싸게 되팔아 현금화하고 아니면 지역농협에
저당 잡히고 입체를 해서 급한 불을 끄곤 했어요. 2~30% 정도면 당
신의 익금이라 그냥 깔고 앉았지요. 조부 때부터 깔고 앉은 땅이 이
번에 확인해보니 20만 평은 돼요. 그중에 고속도로 부지로 잘려 나가
고, 골프장, 관광지 개발부지 등등 수용당한 땅이 1만 평쯤 되는데
아버지 통장에 합쳐서 들어있는 보상비가 35억인 거지요.

그래도 남은 땅이 전라도 갱상도에 강원도 골짜기까지 몇백 평, 몇
천 평짜리가 곳곳에 널린 겁니다. 그럴 생각도 없지만 돈이고 땅이고
넘겨받으면 면제액 5억 제하고 남은 재물이 지금은 땅값이 겁나게 올
라 공시가만 백억은 넘는다는데 상속세 30% 내고 어쩌고… 나가 뭐
관심이 있어야 이런 줄 알지 뭘 압니까? 변호사가 알려주니 그런 줄
아는 거지….”

“그래 어떻게 정리했습니까, 스님?”

나는 스님의 본심이 무엇인지 조금은 궁금했다. 돈 앞에 장사 없
다. 세속에 들어가 놀고 즐기는 데 이골이 난 이 파계승이 과연 어떤
심산으로 어떻게 처리했다는 건지 알고 싶어졌다.

“행님, 궁금해요? 궁금하면 500원… 하하하~ 뭘 어떻게 합니까? 돈
도 땅도 몽땅 재단에 넘겨주고 왔지요. 그거 복잡하데요. 아버지처럼
그냥 변호사에게 도급을 주고 구경만 했어요. 다 벌어먹는 직업이 따

로 있어요. 그거 변호사들이 할 짓이지 아무나 못 해요. 그렇게 벌어먹게 법을 그따위로 만들어놨어요. 마피아 카르텔 그런 겁니다.

3천 줬어요. 변호사가 사무장 둘을 데리고 매달려 한 달이 걸렸는데 아직 다 마무리 못 했어요. 서울 변호사 쓰면 1억 달란다 그라데요. 단순 등기이전이 많긴 한데 지분 땅도 있고 송사 건도 있고!"

"고생하셨네요, 스님! 그럼 재단 자산이 꽤 크겠어요?"

"으음~ 아버지가 돈 나오면 무조건 모두 출연했는데 나가 출가 전부터 그랬으니 30년도 더 됐다는 건데 나도 잘 몰라요. 그건 회계사가 해봐야 알 수 있는 거고 기존 게 200억쯤 되잖을까 싶어요!"

이번에 출연한 것 합치면 적어도 4~500억 규모다.

"행님, 그거 큰 거 아니에요. 학교 운영비 강사 월급 주고 하면 이자 벌고 건물, 토지임대료 받는 수익금으로 충당이 빠듯합니다. 학생들 수업료로는 택도 없습니다. 민간 사회학교라서 일반 사립학교처럼 정부지원금이 나오는 게 아니고, 아버지 인간문화재 지원금이 월 100만 원 조금 넘게 나왔는데 이제 그것도 끊긴 거지요!"

"아, 스님 큰일 하셨네요. 보시 중에 상 보십니다. 재단은 누가?"

"거기 이사들이 나를 떠밀다시피 떼밀어서 나가 이사장을 맡았어요. 나야 바지 아닙니까? 천 리 밖 떨어져 중노릇하는 놈이 뭘 안다고 쥔 행세하겠습니까! 그렇다구 저희들끼리 누굴 세워 놓으면 자중지란이 일어날 테니 일단은 날 올려놓은 겁니다. 사람 욕심이 층층에 상층층이라 분쟁의 씨앗입니다. 권력이 돈을 훔치고 그 돈이 다시 권세를 만들어요. 둘이 여반장입니다. 골 때리는 일이에요, 행님!

출가했다고 나가 세상 사람 아닙니까? 중도 자유롭지 못해요. 업장

(業障)이 도 닦고 염불 수행한다고 절로 없어지는 게 아니에요. 아픈 건 아파야 안 아파집니다. 업장이 길면 긴 만큼, 작으면 작은 만큼 값을 치러야 해요. 즐거우면 즐거운 거고 슬프면 슬퍼지는 겁니다. 아닌 척하는 건 자신을 속이는 겁니다, 하하하~"

"스님, 사람이 아무리 고고하고 정의롭게 살려고 해도 흙을 먹고 살 순 없는 일이니 '돈'입니다. 돈은 지배와 착취, 자본과 노동의 대결에서 땀과 피를 먹고 나온 갈등의 산물입니다. 그러니 돈도 재물도 좋든 나쁘든 함부로 할 물건은 아니라는 게 제 신줍니다…

스님도 돈은 잘 받고, 재미있는 데 가서 선심도 잘 쓰는 거 아닙니까? 하하하하~ 신도들이 내든, 아버님이 보내 주시든! 스님이 직접 일을 하고 경제활동을 해서 돈과 재물을 창출해내는 건 없잖습니까?

물론 종교활동을 통한 용역제공도 생산활동 범주에 들긴 하지만요. 경제학적 관점에서 보면 일종의 간접 생산이죠. 파생상품… 정치학의 이론적 시각을 빌자면, 종교도 스님도 상부구조의 착취계급 일부라고 봐요. 인간의 본성적 욕망을 재료로 정교하게 가공해서 판매이득을 취하는, 인간계에서 존재하는 고도의 상술 권력의 지배 도그마, 인류가 빚어낸 창조적 모순! 냉정한 객관입니다. 달리 해명이 안 돼요!"

"맞습니다. 엄존하는 사실입니다. 중놈이 하라는 염불 수행, 중생구제는 뒷전이고 술집 가서 흥청망청 조상 피땀과 중생에게 착취한 돈으로 펑펑 기분 내고 겉으론 부처 말씀으로 세상 홀리는 아수라 원흉 아니냐…? 다음 기회에 진땡이로 토크 합시다, 행님! 하하하하~"

"원, 스님도. 무종교론자가 보는 일반론을 얘기한 것뿐입니다. 괘념치 마세요, 부친께서 출가자도 자식인데 무슨 유언장이라도 남기신 건 없으셨습니까?"

"남기셨어요. 모두 알아서 처분하되 재단에 출연해 기업이 계속 이어지길 바란다는 것이고요, 내게 시주 명목으로 따로 통장을 남겼어요. 자식 놔 놓고 아비 노릇 제대로 못한 죄 부처께 자복하고 용서를 빈다고 통장에 딱 10억이요! 시주 형식이라 세금 같은 건 없어요.

이것도 중생 착취죠. 중생들은 당연히 내는 세금인데… 그간에도 매달 500씩 하셨지요. 베풀어야 스님 대접도 받는다고, 하하하~"

7

오랜만에 삼학산에 갔다. 나는 직업 은퇴 후 산골에 살다 보니 사실 따로 어디 등산하러 갈 일은 없다. 매일 조석으로 하는 일과가 주변 산을 나도는 것이다. 삼학산에 가는 특별한 이유는 없다. 겨우 텃밭이나 만지작거리는 산골 백수가 어쩌다 문득 발길을 옮기는 것뿐이다.

굳이 이유라면 거기에 사람이 있다. 청산(靑山)이다. 그도 스님이다.

내가 현직에 있을 때 제자다. 나와 동갑내기로 방송통신고등학교 학생이었다. 이 학교는 특수학교다. 똑같이 3년제인데 한 달에 두 번 일요일마다 출석하면 졸업장을 준다. 월 2회 출석 수업이니 형식적이다. 대부분이 중장년층으로 학력 증명서에 목마른 사회인들이다.

그때 민머리에 회색 두루마기를 걸친 중늙은이 같은 사람이 맨 뒷자리에 앉아있었다. 앉아있을 때는 몰랐다. 그냥 보통의 대머리인 줄 알았다. 일어서니 스님이었다. 진급에 필수라며 '중'을 따기 위해 들어온 부사관들이나 대학 진학 또는 취업 자격을 위해 들어온 사람들이 주류인데 스님이 들어온 건 처음 봤다.

그런데 풍기는 체취가 달랐다. 마른 몸매에 형형한 눈빛, 조금은 쉰 듯 카랑카랑한 목소리가 내 귀에 꽉꽉 꽂혀 들어왔다. 학생들의 짧은 상견례 인사말에서도 그는 분위기를 압도했다. 40명 반원이 생면부지라 누가 누군지 서로 알 수도 없는데 그는 만장일치로 반장에 뽑혔다.

학년장 선출을 위한 두 반 합반에서도 그는 만장일치로 뽑혔다. 방송고에서 반장 학년장 역할은 일반 학교에 비할 바 없이 크다. 집에서 가장이고 직업인들이라 담임도 조심스럽다. 자치가 중요하다. 그가 표를 안 내고 조심스럽게 처신하려고 애를 써도 어쩔 수 없이 드러나는 존재감을 구성원들은 금방 알아봤다.

청산 스님이다. 그와 나는 그렇게 3년을 함께 보냈다. 한 사람은 학창 생활이고 나는 직장생활이었다. 같은 해 태어나고 한 시대를 같이 살아온 동년배라는 동질감과 일정한 기간을 긴밀한 관계로 함께 가야 할 동행자라는 특별한 인연은 둘을 가까운 사이로 만들었다.

그가 법랍(法臘, 승려가 된 그해부터 세는 나이)이 얼마인지 내게는 무관했다. 그건 절집이나 승려 사이에서 따지는 일종의 선·후배 연공서열인지 모르나 여긴 세속이니 세수(世壽, 세속의 나이)다.

그와 나는 스승과 제자, 교사와 학생의 관계가 아니었다. 그런 건 제도화된 형식일 뿐이다. 형식이 실질을 지배하고 공간이 내용을 규정한다는 말도 있지만 피상적 피동성일 뿐 사람과 관점의 문제다.

그는 스님이기에 깊은 수행에 연유하는 겸손함으로 내게 깍듯이 '선생님'으로 대할 수 있겠으나 나는 그렇지 아니했다. 그는 내 담임 반 학생이나 제자가 아닌 나의 동시대를 사는 인생의 동행자이자 친구라는 생각으로 그를 대했다. 청산도 나를 굳이 불가(佛家) 아니라도 인생의 도반(道伴, 길을 함께 가는 사람)으로 여기는 것 같았다.

청산과 나는 그렇게 3년을 교정에서 여름, 겨울 방학 한 달씩 빼고 매월 두 번씩 일요일마다 어김없이 만났다. 다들 사회인들이라 결석을 밥 먹듯 해도 청산은 한 번도 빠지지 않았다.

1년 개근은 많아도 졸업식 때 3년 개근은 손을 꼽을 정도인데 그는 우등상 교육개발원장상 교육감상 공로상을 모두 받았다. 시험이 문제은행식 출제로 쉬운 탓도 있지만 그래도 한두 개는 실수하기 마련인데 늘 전 과목 올 100점이었다.

궁금했다. 스님인 그가 사찰 교육기관도 많고 나이도 있는데 속세의 방송고 졸업장이 대체 무슨 의미가 있어서 3년을 공들이나?

행우를 만난 건 청산을 만난 10년 후다. 청산과의 흔치 않은 인연과 오랜 관계가 있어서 행우라는 낯선 승려에 대한 만남에 별 거부감이나 이질감이 없었을 수 있다. 지금 시점에서 깊은 산중에 있는 청산보다는 민요 교실을 매개로 한 잦은 만남과 시내에 있는 절집 등으로 인해 행우와의 교류가 아무래도 더 익숙한 건 자연스러운 일이었다.

지나면서 보니 행우는 여러모로 청산과 공통점이 많고 닮은 꼴도 많아 보였다. 행우를 보면 청산이 보이고 청산을 알면 행우의 행동이 이해가 됐다. 말하자면 청산은 행우를 향한 키워드였다. 굳이 행우에게서 그의 행태에 대한 해명을 직접 들을 필요가 없었다. 그에 대한 답은 청산을 통해서 얻을 수 있었다. 청산을 길게 얘기하는 연유다.

청산과 함께 한 3년 동안 내리 담임을 하고, 도반 삼아 친구삼아 가까이 보냈어도 그의 산중거처를 가 본 일은 한 번도 없었다. 그를 다시 만난 건 그의 절집이 있는 산으로 등산을 가서다. 예전에 직원들과 이쪽에 친목 등산을 연중 한 번씩 온 적이 있어 낯설지 않았다.

입구 쪽 폭포를 지나 등선봉을 넘어 다시 오르막길을 타면 제일 높은 용화봉 정상이다. 치솟은 직각 암벽 옆으로 난 오솔길을 따라 그 아래 가파른 내리막길을 뱅글뱅글 돌아내려 가면 제법 큰 사찰이 나온다. 거기서 시원한 물 한 바가지 마시고 조금 더 내려오면 국도 변이다. 코스가 험하다. 산성이 있었던 이유다.

그때는 헉헉거리며 용화봉 정상을 기어오르면서 그 뒤쪽에 암자가 있는 줄 알 일이 없었다. 청산이 있는 암자라면 들러서 물이라도 얻어먹었을 것이었다. 청산의 절집이 있는 삼학산을 다시 찾은 것은 그가 졸업 후 1년이 지나서였다. 삼학산은 해발 654m로 이 지역 산중에서는 가장 높다.

3면이 댐으로 생긴 큰 호수가 둘러싸고 있어 산수가 수려하나 산세가 험하고 동쪽은 설악산 울산바위를 연상케 하는 우뚝 솟은 기암절벽이다. 이런 산에는 악(岳, 작아도 크게 보이는 큰 산)이 붙는데 산봉우리 3개가 이어졌다고 해서 삼악산이라 부른다. 호수에서 먹이활동을 하는 학들이 여기에서 쉬며 머문다고 해서 삼학산이라고도 한다.

청산의 집은 암자였다. 3개 봉우리 중 가장 높은 용화봉 정상 뒤편 바로 아래쪽 좁은 구릉지에 너와지붕을 얹은 평범한 집이다. 지나가는 등산객들 눈에 잘 띄지 않는 위치인 데다 절집인지 산중 가옥인지 얼핏 구분이 안 됐다. 처마 양 끝에 풍경이 매달려 있고, 마당한 켠에 상단 옥개석 모서리가 깨진 작은 3층 석탑이 있어 암자인줄 알겠다.

빼꼼 열린 문틈 맞은편에 불전과 불상이 보였다. 그때 마당 저쪽에서 인기척이 나서 돌아보니 청산 스님이 나뭇단을 한 지게 짊어지고 올라왔다. 나를 보자 청산은 그 자리에 지게를 내려놓고는 반갑게 다가와 합장을 했다. 나도 엉겁결에 합장했다.

둘은 손을 맞잡고 인사를 나누었다.

"아이고 선생님, 연락도 안 주시고 갑자기 누옥에 나타나시면 어쩌십니까, 허허허~"

"미안하게 됐습니다. 오랜만에 등산 삼아 스님도 뵐 겸 큰맘 먹고 한 번 올라왔습니다, 하하하~"

"귀한 걸음 하셨는데 차 한 잔 드시고 쉬다 내려가시지요!"

열 평쯤 되는 방은 법당과 방문자 응대실을 겸하고 있었다. 한쪽에 기거하는 작은 장작 구들방과 부엌이 딸려 있었다. '용화암'이다.

나는 청산에 대해 기실 아는 게 없었다. 그가 방송고 입학 때 학적부용으로 제출한 내용은 속명 생년월일 중졸 증명서 주소가 전부다.

3년을 함께 학교생활을 보냈어도 신분이 스님인지라 친구삼아 도반 삼아 가까운 사이임에도 사적인 부분은 조심스러웠다. 일반인도 아니고 수행을 하는 성직자이니 그런 부분을 함부로 물을 일도 없다.

어린 학생들은 생활지도 진로지도 부모 상담 등등으로 세심하게 개인 성격과 가정환경까지 알아야 하고 신경을 많이 쓰는 게 좋은 선생님 소릴 듣는다. 반면에 사회인 교육과정은 중장년뿐 아니라 부모님 뻘의 노년층도 있어서 교육의 성격과 접근 방식이 같을 수 없다.

이를테면 둘은 형식적 '불가근 불가원'… 내면은 이심전심이었다.

청산에 대해 그때 궁금하고 묻고 싶은 것을 오늘 물어볼 참이다.

제일 먼저 묻고 싶은 것은 다소 엉뚱하긴 한데 육식을 하느냐였다.

그만한 이유가 있었다. 청산이 방송고 시절, 그러니까 2, 3학년 때 도내 방송고 연합체육대회가 열렸다. 한 번은 본교에서, 3학년 때는 다른 학교에서 열렸다. 대항전은 형식이고 먹고 노는 단합대회다.

학교마다 고기와 음료에 주류는 비공식 반입을 해서 드럼통 바비큐 파티를 열어 온 운동장이 고기 굽는 냄새와 연기로 가득했다. 그때마다 청산은 반장, 학년장에 학생회장 타이틀 때문인지 좋아서 그런 건지 팔소매 걷어붙이고 삼겹살 굽는 일을 도맡아 했다.

오뉴월 더운 날씨에 삭발의 민머리가 햇발에 반짝거리고 땀이 이마를 타고 얼굴에 흘러내려 고기 판에 뚝뚝 떨어져도 긴팔 모시옷을 입은 청산은 수건으로 얼굴을 연신 닦아내며 고기구이에 온 정성을 들였다. 동료 학생들은 그가 스님인 줄 알지만 다른 학교 학생들이나 외부인들은 그저 대머리 아저씨로 알 것이었다. 알아도 그만이다.

동료들은 스님이 아무렇지도 않게 열심히 삼겹살 구이를 해주는 것을 조금도 이상하거나 불편하게 받아들이지 않고 형님, 아우 하면서 좋아했다. 곁에서 지켜보는 담임 처지에서 나는 구경만 했다.

그러다 짓궂게 한마디 던졌다.

"스님, 스님도 굽지만 마시고 좀 잡수세요!"

나는 다른 학생들의 이름 끝에는 꼭 '씨' 자를 붙이는데, 청산에게는 이름을 생략하고 '스님'이라 불렀다. 청산은 빙긋이 웃었다.

웃음의 표현방식이나 표정으로 보아 그는 내가 장난기나 비아냥 삼아 실없이 던지는 말로 받아들이는 것 같지는 않았다. 사실 나는 진심이었다. 스님이라고 별종이 아니다. 점심때도 끝나가는 시간대에 더해 그 삼복더위 속에서도 햇발 쪼는 운동장 한 켠에서 숯불 바비큐와 씨름하는 그가 너무 고생스러워 보였다. 나무 그늘에 모여앉아

중식 삼매경인 동료들을 맛있게 먹여주는 일에 열심인 그의 책무감에 안쓰러움도 있었다. 한 점이라도 먹어야 양반이다.

"이따가 남으면 먹어야지요. 염려 마세요, 선생님도 드셔야죠!"

그러나 자리가 파할 때까지 함께 있었지만 남은 고기가 몇 접시 돼도 청산이 고기를 먹는 장면은 끝내 보지 못했다. 그다음 해에도 그랬다. 그걸 오늘 물어본 것이다. 가장 묻고 싶은 궁금증이었다.

청산은 나의 의도를 알아채고 말했다.

"선생님, 저도 아주 가끔 먹긴 먹어요. 풀만 먹고는 건강을 지탱하기 사실 어렵습니다. 고기를 조금이라도 먹지 않으면 신체 균형이 무너지고 영양실조에 걸려요. 석가세존도 제자들이 탁발해온 고기를 다 먹었어요. 그러다 세존 마지막 설법인 열반경에서 고기를 먹지 않는 게 공부에 좋다고 했는데 그래도 육식은 계속 했습니다. 그게 대승 소승 갈라지면서 백제 속국 양나라 무제가 자기 나라 승려들에게 육식금지를 명한 게 퍼진 거지요. 그래도 먹을 건 먹었습니다. 지금도 동남아 소승에서는 다들 먹습니다. 아, 임진왜란 때 승병들이 풀을 먹고 어떻게 싸웠겠어요. 고기와 술을 배불리 먹고 싸움터에 나갔어요. 옛날에도 다 그랬어요. 지금 지나 군대도 군승이 있는데 전투 군승은 육식을 합니다, 요즘 변칙으로 콩고기를 해 먹는데 눈 가리갭니다. 고기가 먹고 싶어 만들어 먹는 건데 콩을 먹는다고 말하는 건 속이는 거지요. 고기로 생각하고 먹으니까요. 마음입니다!"

"그런데 그때 왜 고기를 굽기만 하고 드시지 않았습니까, 하하하~"

"아이고, 참… 그래도 보는 눈이 있고 체신머리가 있는데 배고프다고 덤벼드는 게 모양 좋지 않을 것 아닙니까, 허허허허~ 집에서는 가끔씩 구워 먹어요. 사람이 만든 계율 위에 생명이 있지요, 허허허~"

"스님은 어느 종단이신지요? 종단이 의외로 많다는 걸 알았습니다. 이 산에도 사찰 암자가 꽤 많은 것 같습니다."

"조계종입니다. 이 산 주변에 여기 용화암을 포함해서 열 개도 넘습니다. 제가 들어온 10년 전만 해도 다섯 개였는데 그새 다섯 개가 더 늘었어요."

"근데 말입니다, 제가 재작년엔가 교직원 몇몇과 여기 등산 왔다가 아래쪽 길목에 있는 암자에 들른 적 있습니다. 그때 거기 스님한테 물어봤더니 개인 사찰인데 자신은 관리만 해주고 주인은 서울에 산다고 해서 깜짝 놀랐습니다. 삭발에 절집 의복을 입고 있어서 스님인 줄 알았는데 관리인이라고 그러는 겁니다. 스님이 아니래요.

그분의 너무 솔직한 대답에 제가 되려 당황했습니다. 염불은 좀 할 줄 안대요. 근데 그 양반은 아무렇지도 않은 표정이더군요. 모르는 사람이 이상한 거지 그런 건 흔한 일인 듯한 말투였어요. 그러면 서울 사는 주인이 스님이냐고 물었더니 아니라는 거예요. 사업하는 사람인 거예요. 그러면 스님도 아닌 사람이 스님 없는 절집을 운영하면서 신자, 등산객들 시주돈 받아 챙기는 것 아닌가 하는 생각이 들었어요."

내 말을 듣는 청산의 얼굴이 다소 상기됐다.

"선생님이 저도 그렇게 의심하겠어요, 허허허~ 중놈이 학교 운동장에서 고기를 굽지 않나, 절에서 고기를 먹는다고 하질 않나, 진짜 중이면 그렇게 할 수 없지 않나… 일반적 관념이고 믿음이지요.

그 암자 주인 양반은 그 절을 투자 개념으로 사들인 거지요. 절집도 사고파는 일이 흔해요. 대부분이 종단 이름만 걸어놓은 것뿐이지 실제로는 개인 사찰이에요. 이런 데는 말하자면 '지입 차주' 그런

식인 거죠. 겉은 회사 소속인데 각자 자기가 사장님인 그런 것 말입니다. 종단 없는 순수 개인 사찰도 많구요.

개인 사찰이 생각보다 아주 많습니다. 절집 3만 개 중 8할이 그렇다고 봐요. 교회당도 매매하잖습니까? 살던 집 팔고 평수 넓은 아파트로 이사 가듯 말입니다. 아예 교외 넓은 땅을 사서 크게 새집 지어 가는 일도 흔하잖습니까? 부동산 광고지를 보면 사찰이나 교회 매매 광고를 어렵잖게 볼 수 있어요. 그런 이들에겐 절이 자본이고 투자 이재(理財) 개념이에요. 조계종 이름을 건 오래되지 않은 말사나 사암들도 소유권은 기부채납 형식으로 종단에 귀속돼 있지만 공공연하게 양도 양수가 비일비재합니다.

그 관리인이 월급쟁인 걸 아무렇지도 않게 말하는 건 그 세계에서 흔한 일이기 때문에 감출 일도 아니고 일반인도 알 만한 사람은 다 알 거라는 생각에서 자연스럽게 튀어나온 말입니다. 사실 수행하는 스님들이 그런 거래를 할 줄이나 압니까? 사판승(事判僧)이면 몰라도…."

청산이 대체 날 뭘 믿고 자기 우물에 침 뱉는 말을 털어놓나…. 생각이 들었다. '선생님'이라서? 그는 말을 이어갔다.

"전세 월세 깔세 등 시중이나 똑같습니다. 임대료 내고 운영하는 절집도 꽤 있어요. 그 사람들은 삭발에 장삼만 걸쳤지 경전 한 줄 본 것 없는 가짜 중이 많습니다. 주먹들도 있어요. 대개 등산객이나 관광객들이 많이 꼬이거나 몫이 좋은 곳에 차려놓고 뜨내기 신자들이 주된 수입원입니다. 염불은 못 해도 상관없습니다. 녹음기 틀어놓고 목탁만 두들기면 되고, 펼쳐놓은 한글 경전 읽어가면서 목탁 박자 맞추면 됩니다. 들은풍월도 많아서 설법도 하는데 입심이 셉니다."

내가 또 물었다.

"스님은 조계종이라 하셨는데 진짜 가방끈이 중졸이었습니까?"

청산은 잠시 머뭇거리다 정색하고 말했다.

"절집에서 학력 따져서 받아주는 것 아닙니다. 무학자도 신심 깊으면 얼마든지 출가하고 받아줍니다. 공무원 시험도 학력 철폐인데 신앙자에게 그건 원천적으로 문제 될 것 없는 것 아니겠습니까? 허허허~

달마 6대 선종조(禪宗組) 혜능 선사가 그런 분입니다. 일자무식 부엌떼기 행자로 10년을 보내면서 멸시받던 혜능이 돈오돈수 선종 개조(開祖)가 돼서 선풍을 일으킨 대승불교 발원지 아닙니까?"

내가 다시 물었다.

"근데 스님은 왜 굳이 적지 않은 연세에 고등학교 졸업장을 따려고 하셨어요? 교사 생활을 오래 한 제 직관으론 그때 스님이 중졸 학력으로 전혀 보이지 않았습니다. 3년 전 과목, 올 100점은 문제를 알려주고 그중에 뽑아 출제해도 불가능에 가까운 일입니다.

대학생이 초등 5, 6학년 문제를 푸는 것 같았습니다. 선생님들이 입실할 땐 스님 때문에 교재 한 번 더 들여다봤습니다, 하하하~"

청산이 방에 들어가더니 크고 작은 화일 서너 권을 들고 나왔다. 펴 보여주는데 방송고 때 받은 3년 치 성적표와 갖가지 상장 졸업장 체육대회 등 각종 행사 배지 페넌트 등이 연도별로 편철돼 있었다.

그리고 맨 뒷장에 같은 반 교우들과 담임인 내가 함께 찍은 단체 졸업사진이 끼워져 있었다. 노란색 비닐 사각봉투에는 20여 쪽짜리 졸업앨범이 들어 있는데 그 둘째 장 윗머리에는 급훈 사진이 박혀 있었다. '유유자적(悠悠自適, 세상일에 쫓기지 말고, 아무것에도 매이지 않고 자유로우며 편안하게 살자!)'… 공부와 직업을 병행하는 반원들이 자칫 놓칠 수 있는 정서적 각박함을 나름대로 고려하여 정해준 문구였다.

청산은 이런 급훈은 학교 다니면서 처음이라 기억에 남는다고 했다.

그리고 또 다른 화일을 폈다. 나는 입이 벌어졌다. 그 안에는 두 개의 대학 졸업장과 학위증, 고등학교 졸업장, 티벳 불교지도자 달라이라마와 찍은 사진, 그의 망명정부가 있는 다람살라 풍경, 그리고 조계종 승려증이 끼워져 있었다. 청산의 학력은 화려했다. 서울 출신으로 서울고등학교, 서울대 인류학과, 동국대 인도철학과를 나왔다.

"선생님, 제 출가 경로가 좀 유난스럽습니다. 고등학교 1학년 겨울방학 때 우연히 교회청년회에 끼어 인도 선교여행을 한 달 다녀왔는데 그때 거기 사람들이 사는 형편에 충격을 받았지요. 그런데도 한국 사람들보다 더 행복감이 큰 모습을 보면서 여러 가지를 되돌아보게 됐습니다. 그리고 시야를 넓혀 대학엘 가면 문화인류학이나 세계 문화사를 공부하고 학자가 되는 걸 꿈꿨습니다. 목표한 대로 진학을 하고 다시 인도로 가서 전공이 전공이라 힌두교와 고대 인도 불교를 접했습니다. 그러다 다람살라로 가서 티벳 불교를 만났습니다.

종교사가 문화사더군요. 종교도 넓게는 문화의 부분이거든요. 종교문화사가 세계 문화사지요. 문화인류학의 학문적 얼개가 거기에서 나옵니다. 한국에서 온 젊은 대학생이 특별했는지 달라이 라마도 뵀지요. 거기 온 우리 스님들도 봤습니다. 인생의 전환점이었습니다.

대학 졸업 후 그 나라를 제대로 알고 싶어서 다시 동국대 인도철학과를 갔습니다. 그리고 해인사로 출가했구요. 방송고를 왜 들어갔냐 이 말씀이시지요? 암자 생활이 자유롭긴 한데 심심하기도 해서 속세 공기를 조금 마시고 싶었지요. 중도 그래요! 근데 제 살림 대부분이 학교, 강원, 절집이라 익숙하고 출석에 별 부담이 없는 방송고를 생각했지요. 대학 두 번, 고등학교도 두 번, 재미있잖습니까? 교우들한테 기(氣)도 받고 사는 재미 많았습니다~!"

청산이 머무는 용화암은 늘 그대로였다. 그가 방송고를 졸업한 1년 후 처음 방문한 뒤로 6년 동안 나는 관리직으로 전직하여 외지를 전전했다. 그 중간 어느 해 여름방학 때 잠깐 들른 게 전부다.

그리고 지금 발걸음은 그해 여름 곡차를 나누고 온 후 또 4년이 지나서다. 퇴직도 했다. 그새 6년이고 4년이 지났다. 세월의 속도가 점점 빨라진다. 이번에는 행우 스님에 대한 차담을 나누려 함이다.

나는 청산을 며칠 전에 만났던 사람처럼 느꼈다. 청산도 그랬다. 물리적 시·공간의 거리는 심리적 파동에 지배된다. 파동을 갈아타면 행성과 행성은 물론, 은하계 사이를 순간에 이동할 수 있다. 아인슈타인 타임머신, 시간의 왜곡이 가능한 이론적 배경이다. 36억 킬로미터 떨어진 우주선에서 보내는 전파 영상이 동시간대 NASA에 수신되는 건 파동 원리로 이해 가능하다. 이심전심은 인간의 내적 파동이다.

청산이나 나나 시간의 흐름은 관념일 뿐 엊그제도 만난 사이인 듯했다. 돌아보니 그렇게 흘렀다는 것이지 달라진 건 없었다.

"스님, 오늘은 곡차나 한잔 내 주시면 고맙겠습니다, 하하하~"

"아이고, 바늘이 실을 만났으니 수 한 침 놓아야겠지요, 허허허~"

"산자수명(山紫水明)에 장락무극(長樂無極)이니 청산과 처산이 도원

90

향의 붕우(朋友) 아니런가 합니다. 고맙습니다, 하하하하~"

청산은 손수 담근 탁배기 한 주전자와 나물무침을 내왔다. 둘은 막사발 가득 채운 곡차를 단숨에 들이켰다. 가파른 산길을 오르며 쌓인 갈증이 시원하게 해갈되는 기분이었다. 청산도 통상의 교육자 이미지에서 비켜서 있는 내게 문제적 동류애를 지니고 있었다.

후일 바람결에 전해들은 얘기인데, 청산은 이때 장좌불와(눕지 않고 꼿꼿이 앉아서만 수행하는 방법) 중이었다.

내가 단도직입적으로 물었다.

"스님, 혹시 행우 스님을 아십니까?"

"아이고, 선생님이 행우 스님을 어떻게 아십니까?"

"어떻게 하다 인연이 됐습니다. 면에서 하는 주민프로그램에 민요교실이 있습니다. 거기 강습장에서 만났는데 한 2년 됐습니다. 처음엔 그런 생각을 안 했는데 언젠가부터 스님이 연상되더군요. 조용한 말투도 그렇고 무엇보다 고기도 먹고 맥주긴 한데 곡차도 하시고요. 스님과 겹쳐 보이는 경우가 많아서 묘한 인연이라는 느낌이 들었어요. 두 분이 스님이라 혹여 아시는 사이인지도 모르겠고 해서 한 번 여쭤본 겁니다, 하하~"

청산은 생각에 잠기는 듯하더니 행우와의 관계를 얘기했다.

"행우 스님은 저와 출가 동깁니다. 세수로는 띠동갑 열두 살 차이지만 법랍은 같습니다. 그 스님은 고등학교를 졸업하던 해 봄에 출가했어요. 전 대학 여기저기를 다니고 군대도 갔다 오고 세상 물도 먹다가 서른 넘어 같은 해에 입산했는데 해인사에서 만났습니다. 거기서 행자 생활도 같이 하고 수계도 같이 받고 해인총림 강원(講院)도 함께 다녔어요. 속세의 가방끈은 지우고 함께 사미(沙彌, 불교에서 초등 교육과정), 사집(四集, 중등 과정)을 동문수학했는데 그 후 헤어졌습니다.

행우 스님은 서울에 올라가 동국대 승려학과에 입학했고 졸업 후 군종장교를 했다고 들었어요. 전역 후 다시 총림에 돌아와 사교과(四教科, 대학 과정)를 마치고 서울 조계 본찰에서 일하다 종단에도 있었어요. 종정도 그렇고 총무원장도 그렇고 해인사가 꽉 잡고 있어서 거기 간 스님들 많았습니다. 근데 얼마 안 돼 관뒀다고 했어요. 체질에 안 맞고 실망도 했던 모양입니다. 그 후 아주 끊겼습니다!"

"그러셨군요. 근데 여기서 어떻게 다시 만나게 되신 거예요?"

"돌고 돌아 또 만난 거지요. 행우와 전 참 질긴 인연입니다. 인생이 속세나 산골 중이나 맴맴 도는 건 같습니다. 현장법사 손바닥에서 놀던 손오공처럼요…."

청산은 이제 스님 자를 빼고 그냥 행우라고 했다.

"행우가 서울 올라가고 군종을 할 때 저는 강원에서 사교과와 대교과(大教科, 대학원 해당과정)를 마저 마치고 거길 떠났습니다. 10년을 강원에 갇혀 지냈으니 바깥 공기도 마셔야 뭉친 근육이 풀어집니다.

근데 한 번 나와서 돌아다니다 보니 다신 복작거리는 큰집에 돌아가기가 싫어졌습니다. 바람이 난 건지… 만행(萬行)에 재미를 들인 건지, 한가롭게 돌아다니는 만행(漫行)인지 그랬어요. 경전에 파묻히면 머리로 세상을 내다보고 사념만 느는 것 같아요. 감옥입니다.

무수히 많은 난해한 경전 글 감옥! 갖가지 주석을 달고 해석을 붙인 스님들 강설본도 넘쳐나고요. 안거(安居, 스님들이 한곳에 모여 외출을 일절 금하고 수행하는 것)를 할수록 사변(思辨, 생각으로 옳고 그름을 가려내거나 경험이 아닌 순수한 사고나 이성만으로 인식에 도달하려는 것)만 늘어나고 복잡해져서 머리가 개운치 않았어요. 중생을 구제하려면 중생을 만나고 속세에 섞여보는 걸 인색하면 안 된다는 걸 배웠지요.

중생으로 살면서 겪는 고통이 실존이고, 중생구제 원력을 가진 스님이 겪는 고통은 사변이에요. 그 덫에 빠지면 나르시즘의 교만에서 나오기 어려워요. 중생 속에 길이 있다는 걸 새삼 깨달은 거지요.

'상구보리'(上求菩提, 구도자가 깨달음을 얻기 위해 수행하는 것), '하화중생'(下化衆生, 아래로 중생을 이끌어 깨달음으로 이끄는 것)이 같아요. 중생을 잘 돌봐야 보리도 하지요. 알면 웃음이 나요. 제 손에 쥐고 헤매는 거지요, 허허허~! 경허가 삼수갑산에서 머리 기르고 중생들과 섞여 살면서 글공부도 같이하고 막걸리도 함께 마시고 살다 간 게 그런 거 아닐까요? 선생님은 경허가 성불했다고 보세요? 계율을 어겨 무간지옥에 떨어졌다고 보세요? 중봉을 욕질하는 사람도 많고, 절에서는 승적을 박탈했어요. 승려는커녕 사람 취급도 안 한 거지요. 비교할 건 못 되나 저는 경허의 연장선에서 봅니다!"

"공감합니다, 하하하~ 근데 행우 스님과 어떻게 다시 만난 건지 아직 말씀 안 주셨습니다…."

"행우가 종단 종찰에서 못 견디고 나와서 해인사로 안 돌아가고 여기저기 다닌다는 말을 바람결에 듣고 ("그렇구나….") 했어요. 저러다 머지않아 나를 만나게 될 거라는 생각을 했습니다. 둘이 사주팔자가 같은 별을 탄 건지 어쨌는지 그럴 것 같았지요. 유유상종이라고 부자는 부자를 좋아하고 사기꾼은 사기꾼을 알아보고 돌중은 돌중을 만납니다. 둘 다 역마살이 있어요. 정신세계도 사는 것도 그렇고요….

저는 지식으로 허기를 채우려 학교와 책방을 해맸고, 행우는 온전치 못한 가족사로 인해 평생 따라다니는 그리움을 안고 아버지 절집 공사장엘 따라 돌아다닌 거지요. 한곳에 오래 머물지 못하는 역마…."

둘은 빈 잔을 채워 또 단숨에 들이켰다. 청산이 말을 이었다.

"어느 날 행우가 여길 불쑥허니 찾아 왔어요. 경상도를 돌다 오대산에 들러 오대암허구 설악산 봉정암에도 한겨울씩 머물다 왔다는 거예요. 6년 전 봄이지요, 아마? 제가 여기 온 게 10년쯤 됐을 때지요.

덩치는 남산만 한 사람이 빈 망태기 바랑 하나 걸머지고 여자 같던 피부는 꺼매지고 행색은 상거지라! 계곡에 데려가서 목간시키고 고길 굽고 곡차 먹여 기운차리라 했지요. 그때부터 가까이에 떨어져 자리 잡은 겁니다. 전 얼마 있다가 갈 줄 알았는데 여태 있어요, 허허~"

"그러면 스님, 행우 스님 육식, 곡차는 스님이 길들인 거군요!"

"글쎄 옳습니다, 허허… 가야산에서 헤어진 후 처음 봤으니 그새 어디서 어떻게 지냈는지 모르지요. 중생도 구제하고 상구보리도 하려면 잘 먹어야 합니다. 같은 물도 양이 마시면 우유가 나오고 뱀이 마시면 맹독이 나오는 것 아닙니까? 착한 일도 하고 성불도 하려면 그런 건 흠이 될 수 없다는 게 제 관(觀)입니다. 계율은 세존이 만든 게 아닙니다. 제자들이 필요에 따라 만들어낸 겁니다. 필요라는 건 시대와 환경의 산물이라서 유한합니다. 주어진 조건이 변하면 달라지기도 하지요. 진리의 금강석은 율법이 아니라 깨달음이지요!"

"말씀에 공감합니다. 제 선친도 실은 강점기 학병을 피하려 함경도 안변 석왕사에서 3년 승려 생활하다 해방 후 환속했어요. 살면서도 때때로 나타나는 모습이 승려였어요. 받는 영향이 나이를 먹을수록 컸어요. 행우 스님에 가졌던 궁금증을 대충은 알게 돼서 행우 스님한테 직접 물을 게 없을 것 같습니다. 답이 다 나왔어요. 제가 행우 스님 서프라이즈(의외의 놀라움)에 별 거부감이나 이질감을 안 받은 건 스님한테서 예방주사를 맞은 덕이 아닌가 합니다, 하하하하~"

"아, 그렇습니까? 사실 행우와 제 팔자가 다르지 않다는 걸 많이 느꼈지요. 행우와 저는 이판승입니다. 타고난 성정이고 체질이에요. 사판승이 주지도 하고 종정도 총무원장도 하고 간부도 합니다. 권력이 생기고 돈이 따라오고 명예도 올라가요. 이판승은 학승이 되거나 강원 강사를 하든지 아니면 토굴 암자에서 수행이나 하면 됩니다.

그러다가 떠도는 걸승이 되고, 낯선 절집 객승으로 기식도 하고 지금처럼 이런 데 자리를 잡고 홀로 자유롭게 지내는 것도 좋은 방편입니다. 대찰에 있어봤자 우리 같은 이판승은 늙고 병들면 외떨어진 골방에서 뒤웅박 찬 뒷방살이로 쓸쓸히 세상을 뜹니다. 절이 크면 대중도 많고 일도 많아요. 행정승도 필요하고 살림 승도 많고 재가와 뒤섞여 하는 일이나 행사도 많고… 점점 세속화 돼 가요. 혼자 이거 저거 못 해요. 역할 차이지요. 수행승이 그 덕을 봅니다. 명리 공명만 비우면 그런 거 부러울 일 없습니다! 그럴려고 입산한 거지요, 허허~"

"스님! 지금 궁구(窮究, 깊이 파고들어 연구하는 짓)하고 있는 공안이 뭐가 있으신지요?"

"음… 공안(公案, 선종에서 조사가 수행자를 인도하기 위해 제시하는 과제)이랄 게 없습니다. 깨달음이란 게 삼라만상을 관통하는 본질성 불변성 영원성 아니겠습니까? 한 번이지 열 번 백 번 아닌 거지요. 돈수(頓修)냐, 점수(漸修)냐 하는 건 또 다른 문제고요."

"스님의 돈수냐 점수냐… 에 대한 유보적인 듯한 말씀은 한국 불교에서 자칫 이단적 오해를 부를 수도 있을 것 같네요. 종교에서 이단 이란 말은 무서운 형벌이고 파문을 당할 낙인이잖습니까! 관점이든 견해든 행우 스님과 거반 비슷한 것 같습니다. 소신의 우연한 동행인 지, 역마살을 공유하는 상호작용인지는 모르겠습니다만, 하하하~"

"깨달음은 '깨져버리는' 거지요. 깨달음의 본말이 '깨다'입니다. 병아 리가 알 안에 있는데 먹이를 주면 먹을 수 있습니까, 도야지한테 금 덩어리를 주니 알아보겠습니까? 깨고 나와야 삽니다. 내가 깨지 누가 깨주겠어요? 그게 말처럼 쉽진 않으니 온갖 비유 들어주고 겁도 주 고… 종교 창시자들이 다 그랬어요. 종교가 내재한 속성이지요!

근데 화두(話頭, 마음에 중요하게 여겨 생각할 거리가 되는 말)를 삼는 건 있습니다. 행웁니다. 행우가 제 화두이고, 행우는 제가 화두일 것 같습니다. 허허허허~ 재미있지 않습니까, 선생님! 땡초(땡추, 술을 마 시거나 고기를 먹는 등 승려가 지켜야 할 계율을 지키지 않는 승려)가 땡초를 곁에 두고 지내니 즐겁기도 하고 든든하기도 하고요, 행우는 제 도반 이지요, 허허허~"

같은 길을 가면서 주고받는 두 사내가 부럽다.

산길을 내려오면서 들어오는 호수의 풍광은 오를 때와 달랐다. 방 향이 다르면 같은 것도 낯설어진다. 늘 다니던 길을 어쩌다 다른 길 로 돌아오다 방향을 잃고 맴도는 일은 흔하다. 미혹(迷惑)이다.

호수로 지는 햇살이 반짝인다. 청산과 행우는 질긴 동행이다. 시절 인연이 맺어준 고리를 마주 잡고 마치 마니차(티벳불교에서 쓰는 기물. 한 번 돌릴 때마다 한 번 경전을 읽는 것 같은 공덕이 생긴다고 믿음)를 돌리 며 같은 방향으로 한 길을 가는 두 사내가 부럽다. 한편으로 청산이 나 행우의 행태는 고뇌의 반증으로 생각했다.

청산의 선시(禪時)가 맴돌았다. '밤은 깊고 깊어…' 쯤이다.

"밤은 깊고 / 그대 아니 오는데 / 새는 잠드니 / 千山이 고요하다

소나무달이 꽃숲을 비추어서 / 온몸에 붉고 푸른 그림자 얼룩이 진다"

청허집(淸虛集)에 실린 청허휴정의 시구다. 선사의 깊고 깊은 생각이나 뜻을 내가 알기는 어렵지만 말 그대로 읽으면 청허도 인간이니 산중 적막과 외로움이 깊은 밤중에 더욱 밀려와서 달빛 물든 숲이 그리움으로 물든다는 뜻으로 읽힌다.

"시든 그림이든 읽는 이, 보는 이 마음이다"

청산이 내게 건넨 말이다. 저마다 살아온 궤적이 다르고, 현재 처한 형편이 같지 않으니 자신의 생각과 처지에서 해석해내기 마련이라는 것이다. 청산이 내려가는 내 뒷덜미에 한 마디 던졌다.

"선생님, 다음엔 행우와 같이 오세요, 허허허허~"

8

행우에게서 나를 보자는 연락이 왔다. 그를 이틀 전 민요 교실에서 봤다. 내일도 '교실'에 나간다. 일주일에 두 번씩 요일을 고정해서 나간다는 게 쉽지는 않을 것이다. 암자 수준의 작은 절집이긴 해도 날마다 진행하는 기본적인 의식이 있고 뜸뜸이 찾아오는 신도들도 있다.

"스님, 내일 뵐 텐데 무슨 일이 있으십니까?"

"하하하~ 무슨 일 없습니다. 저녁 공양이나 하자구요. 밥 먹은 지 꽤 오래됐잖아요? 오늘은 학도 행님도 연락해놨습니다!"

"알겠습니다~!"

지난번 단란주점 K 노래방에서 우연히 만나고 한 달 만이다. 그때 내가 대학 동기 모임 2차 집인 그곳에서 생각지도 않게 행우를 만나 그 방에 들어갔다가 술에 못 이겨 중간에 도망친 일이 있었다. 종종 있는 일이긴 해도 행우에게는 아쉬움으로 남았을 것이다. 의외의 장소에서 만났던 반가움이 컸던 만큼 개운하게 풀어야 한다.

학도 형도 시간을 냈다. 학도 형이 정사에 어쩌다… 다. 주로 바깥에서 만난다. 나와 행우가 교실이 끝나면 정사에 함께 이동해서 차담을 나누고 약속 장소에서 학도 형과 합류하는 게 관례다. 학도 형은 노는 마당이 다르고 여전히 왕성한 활동형이라 시간을 내기가 쉽지 않다.

오늘은 학도 형도 정사로 불렀다. 셋이 정사에서 만난 건 오랜만이었다.

"학도 행님! 제가 말을 안 해서 그렇지 행님 덕 많이 봅니다!"

"원 무슨 말씀을요, 내 우리 스님한테 도와드리는 것 없이 맨날 곡차 얻어 마시는 게 일 아닙니까요, 하하하하~"

나이는 먹었어도 어깨 딱 벌어진 학도 형이 호탕한 웃음을 지었다.

"행님요, 한 3~4년 전부터 건달들 발걸음이 뜸해지더니 이젠 싸~악 사라졌습니다. 주점에 가도 술 사달라고 시비 거는 놈도 없어요…."

내가 말을 받았다.

"아니, 스님들 절에 무슨 건달들이 와서 돈을 뜯어간다 말입니까? 여태 그런 말씀 하신 적 없는데 듣는 이 처음이네요?"

"모르시는 말씀이에요. 그 야들이 절이고 중들 우습게 봐요. 혼자 오기도 하고 두셋이 오기도 합니다. 절을 지켜준다고 보호비를 달라는 거지요. 나도 개들이 유흥점이나 난전 같은 데 가서 그러는 줄 알았는데 여기도 그렇습니다. 큰 데는 깡패고 이런 데는 동네 건달들입니다.

말 안 들으면 법당 물건들 날려요. 그래도 거절하면 불상도 흔들어댑니다. 할 수 없이 적당히 줘서 돌려보내는데 이게 걔들 말로는 계약입니다. 수금 시작이에요. 관행이 돼버립니다. 하하하~"

"경찰에 신고하시지 그래요?"

"참, 행님도… 걔들 올 때마다 신고합니까? 신고하면 제때 오는 것도 아니고 한두 번입니다. 오기 전에 가버려서 현행범으로 잡기도 어렵고 5만 원, 10만 원 소액이라 형사입건도 안 합니다. 신고하면 후과가 따라요. 원인이 있어요. 종단 간 사찰 쟁탈전에 조폭 용역들이 동원돼 몽둥이 휘두르고 중들과 뒤섞여 난투극을 벌이는 게 신문, 방송에 도배질 되는 걸 야들이 봤잖습니까? 그게 층층이 내려오는 겁니다.

요즘은 순번제인데 문중끼리도 종정 자리 싸우고, 총무원장 호위 깡패들이 승복 입고 절을 좌우했어요. 지금도 많이 남아 있습니다!"

묵묵히 듣고 있던 학도 형이 물었다.

"그래서 이젠 그런 놈들이 스님한테 찾아오는 일이 없단 말씀이시지요?"

"그렇습니다. 학도 행님 덕분입니다, 하하하하~"

"아, 제가 걔들을 일망타진 한 경찰도 아니고 도와드린 게 없는데 무슨 말씀을 하시는 건지 원……"

학도 형 얼굴에 조금은 당혹스럽고 난감한 표정이 돌았다. 행우의 말이 무엇을 의미하는지 아주 모르지는 않는 듯했다. 그의 무도계 지명도가 지역은 물론 전국구 급이라 그들 조폭 건달 세계와 아무런 연계나 관련이 없긴 해도 학도 형의 무게감도 그렇고 본질적으로 주먹을 밑천으로 하는 그들이 학도 형에 대해 지니는 존중과 조심스러움은 상당할 것이라는 생각이 들었다.

게다가 경찰 무술 지도를 오래 한 데다 지금은 제자들이 맡고 있어 경찰 인맥이 두텁다고 봐야 한다. 행우가 그런저런 것까지 알 일은 없을 테고 '덕분'의 근거는 나름대로 확실한 것 같아 보였다.

행우가 말했다.

"있잖습니까, 몇 년 전 처산 행님과 요산동 카페에 갔을 때 제가 봉변당해 행님과 제가 쩔쩔매는데 학도 행님이 짜-잔 나타나서 처리해준 일 말입니다. 그때 저를 밀친 그자가 나중에 신원 파악됐어요.

그게 우리 (절)집에 삥 뜯으러 온 건달들 하구 몇 번 접하게 되니까 저절로 친해지게 되더라구요. 그래서 그때 일을 얘기했더니 대뜸 누구라고 알려주면서 그 동네 토착 건달이라 하대요. 걔들 눈이 휘둥 그래지더니 제와 학도 행님 관계를 놀라 하는 표정이더라구요.

카페 그 친구가 학도 행님 얘길 주위에 한 게 조금씩 퍼진 건지 그 이후 우리 집에 오는 건달들이 눈에 띄게 줄었습니다. 그 친구 신원을 알려줬던 건달들도 발길을 딱 끊었어요. 지금은 싸-악 사라져 그림자도 얼씬 안 합니다, 하하하… 제가 성가신 건 덜해졌는데 말입니다.

우스운 게 처음엔 불편하고 자존심이 상했지만 걔들과 여러 번 만나면서 서로 가까워지더라구요. 걔들도 그 세계에선 의리가 남다르고 마음이 여리고 단순해요. 겉으로 겁 주려고 험한 말 쓰고 폼을 잡는 거지 야물딱지지도 못해요. 건달 삥이 거지 적선… 부처 시주로 돈이 변해가요. 마음이 변해가요. 그러다 한패가 되겠습디다, 하하하~"

학도 형이 뜻밖의 말을 했다.

"아, 이태 전 우리 어머니 돌아가셨을 때 스님이 오셔서 독경 올려 주셨잖습니까? 우리 어머니가 독실한 천주교 신자인데 제가 신부님 왔다 가신 후 스님한테도 부탁을 드렸던 거지요. 신부님이나 어머니 성당 신자분들도 스님을 잘 맞아 주시고요… 그때 부고를 걔들한테 전혀 보낸 일 없는데 보스급 윗 애들 서넛이 왔다 갔어요. 걔들이 인사할 땐 꼭 ○○○회 대표니, △△주식회사 대표이사나 이사 직함을 썼어요. 사장이니 회장이니 그런 말 안 써요. 그러면 아, 이놈 조폭이구나! 하는 거지요. 딱 보면 알아요. 무술인과 조폭 깡패는 눈빛이 다르고 행동도 달라요. 쭉정이는 뻣뻣하고 벼는 숙입니다. 하하하….

동네가 좁아서 오다가다 얼굴은 어쩌다 봤어도 조폭인 건 몰랐는데 나중에 대충은 알게 되는 일이 생겨요. 화환을 보낼 적에는 단체 명의지 개인 이름 안 집어넣어요. 그날 스님이 빈소에 와서 염불 독경하는 걸 애들이 처음 본 모양이라! 그게 작용했을진 모르겠어요, 하하하! 누가 들으면 제가 강패 건달들 두목으로 오해하겠는데 우리 스님이 계시고 처산 아우님이 보증하시니까 뭐…!"

세 사내는 시내에 나갔다. 행우 단골 술집이 서너 군데 되는데 셋이 갈 때는 '로또 가요주점'을 찾았다. 이유는 마담인 것 같다. 마음이 제일 편한 듯했다. 늘 같은 시간대인 여섯 시다.

여자 여섯이 자리 마중을 나와 있었다. 주점 분위기와 달리 잔잔한 팝송이 흐르고 있었다. 케니 로저스의 '그린 그린 그래스 홈(고향의 푸른 잔디)'이다. 행우는 오기 전에 주문 사항 있으면 미리 고 마담에게 전화를 넣는다. 오프닝 뮤직은 행우의 심리적 시그널이다. 나중에 이 노래의 의미를 알았다. 그때 얘기하기로 한다.

마담은 양주 소주 맥주를 고루 내왔다. 양주는 두주불사 말통 학도, 소주는 분필 서생 처산, 남산 두꺼비 행우는 맥주다. 서로가 서로에게 붙인 별칭이다. 고 마담이 사내들의 음주 취향대로 알아서 내왔다.

여자 둘이 사내 한 명씩 가운데 앉혀놓고 모성애를 발휘하듯 술도 따라서 먹여주고 안주도 떠서 입에 넣어 주고 포옹하고 등짝도 어루만져주었다. 낯선 풍경과 접대에 몹시 불편했던 감정은 무디어지고 익숙해져 있는 듯한 내 모습에 내가 놀라면서도 한편으로는 행우의 외로운 습벽을 감싸고 동행해주는 측은지심으로 위안했다.

음악은 아바(ABBA)의 노래들로 바뀌었다. 댄싱 퀸… 카산드라… 안단테 안단테로 이어졌다. 아바 노래는 노랫말은 잘 몰라도 리듬이 밝고 경쾌하면서 빠른 템포의 댄스곡이 있고 이별과 사랑의 아픔이 담긴 은은한 슬로곡이 있다. 오늘 흘러나오는 노래들은 원치 않는 이별과 관계를 깨끗이 끊는 별리(別離)의 감정이 실린 것이 공통점이다.

나는 행우의 심리적 행간에 어떤 변화나 사정이 있는 듯한 예감이 들었다. 학도 형이 분위기를 빨리 바꾸려는 듯 술을 말자고 했다.

학도 형이 순식간에 아홉 잔을 말았다. 고 마담이 새로 가져온 큰 글라스 9개를 붙여서 주-욱 늘어놓더니 양주 소주 맥주 순서로 들이붓는데 그야말로 '피 한 방울' 안 흘렸다. 예술이었다.

30초나 걸렸을까? 그는 술병 뚜껑을 따고 손바닥으로 주둥이를 막더니 딱 다섯 번 약하게 흔들어주고 손을 떼었다. 그러자 술은 기포 하나 없이 술술 순식간에 쏟아져 나왔다. 내 평생에 막걸리는 흔들어

따라 마셔도 양주와 소주를 흔들어 붓는 건 생각지 못했다.

맥주는 캔으로 가져오라 했는데 병맥주와 달리 바로 채워졌다. 학도 형의 빠른 동작은 마치 칼로 촛불을 베는 '일 획 검법'을 연상케 했다.

무술 고단자 내공이 여지없이 나타났다. 처음 보는 장면은 아니지만 나와 행우는 볼 때마다 탄성을 흘렸다. 술맛보다 보는 즐거움이다.

여자들도 박수를 치며 "오빠"를 연호했다. 학도 형 말인즉 '말기'는 도수 높은 것부터 양-소-맥에 5:3:2 비율로 말아 세 번 나눠 마시는 게 좋다. 탈이 안 난다. '원샷'은 한 가지만 마실 때다.

학도 형은 말통 술이어도 나름의 확고한 음주 철학가다. 기실 나는 두 사내를 만났을 때 말고 양주를 마실 일은 없다. 말기가 뭔지 술잔을 베는 게 뭔지 알 것 없고 따라 할 일도 없지만 학도는 학도였다.

사내들과 여섯 여자가 술잔을 들어 "위하여~!"를 제창했다. 마담이 비시시 웃는다. 단숨에 비우든 나눠 마시든 그냥 내려놓든 자유다. 그게 세 사내의 방식이었다. 행우가 편하고 여자들이 좋아했다. 매일 마셔야 하는 여자들 부담을 줄이는 배려인 걸 그들은 안다.

행우가 취기에 젖은 듯 말을 꺼냈다.

"행님들 말입니다, 여자들보다 더 멋있는 남자들 많습디다. 태국 파타야에서 뮤지컬 쇼를 봤는데 무대에 쏟아져 나와서 공연하는 팔등신 미녀 수십 명이 모두 남자들이라는 겁니다. 게이라고 합디다.

근데 몸매도 가늘가늘하고 얼굴도 달걀만 하고 어딜 봐도 여자지 남자라는 건 상상할 수가 없어요. 공연 끝나고 밖에 나와 주욱 서서 관람객들하고 만나는 타임이 있디만요. 악수도 하고 달러도 주면서 봤는데 손도 영락없이 여자이고 얼굴도 화장발인지 몰라도 여하튼 미녀예요….”

학도 형도 가봤다는 한국 관광객들의 필수 코스다. 행우는 자신만이 본 것인 양 신나게 말했다. 행우의 말에는 그 무희들에게 지난 남다른 애틋함이랄까 친밀감이 들어있었다. 청산에게서 들은 얘기가 있다.

행우는 팔삭동이로 태어났다. 빨치산으로 잡힌 큰이모로 인해 집안에 쓰나미 같은 충격이 밀려와 임신 중이었던 어머니는 정신적으로 몹시 힘들어했다. 그 여파인지 알 수는 없으나 행우는 8개월 만에 조산아로 세상에 나왔다. 자라면서 덩치는 또래보다 큰데 피부는 여성적으로 흰 살결에다 얼굴도 하얗다 못해 창백했다. 목소리도 소프라노다. 말하자면 육신은 남성이고 성정은 여성성이 아주 강했다.

행우는 작은이모 집에서 다니던 초등학교, 중학교 시절 늘 외톨이인 데다 이런 신체적 특징으로 해서 걸핏하면 ‘다구리(부랑배들로부터 뭇매를 맞는다는 뜻의 은어)’를 당했다. 사춘기 때 겪었던 자신의 정체성 혼란이 그가 출가하는 데에 큰 영향을 끼쳤다는 청산의 말이다.

행우는 신바람 나게 말을 이어갔다. 여자들도 귀를 쫑긋했다. 마담은 뮤직박스로 가더니 음악 볼륨을 조금 낮추고 돌아왔다.

“행님들 그런 델 가보신지 모르겠는데 ‘그거’ 하는데도 가 본 것 아닙니까? ‘뒷골목 쇼’ 말입니다. 별별 포즈로 대놓고 별짓 다 보여줘요. 그러다 객석에 달려들어 아무나 붙잡고 덤벼요. 그건 각본 같아요….”

학도 형이 씨-익 웃었다. 나는 처음에 무슨 말인지 얼른 알아듣지 못하다가 학도 형이 흘리는 미소를 보고 설핏 알아차렸다. 행우는 대단한 뱃심가다. ‘끝까지 파보자’는 걸까? 진리 파지의 길은 험하다.

내가 행우에게 진지하게 물었다.

"아우, 그래 거긴 가발 쓰고 들어갔겠지? 불교 나라 아닌가?"

여기서 나나 학도 형에게 행우는 아우다. 초두에 말했다.

"아이고, 썼어요 썼어. 안 그러면 우리 일행이 불편해집니다. 인천 공항 출국장 나가서부터 가발 쓰고 나갔습니다, 하하하~"

마담도 여자들도 깔깔대며 박장대소를 했다.

"하고많은 나라 중에 거기엘 간 긴한 연유가 있겠지?"

나는 뻔한 농담을 진담인 듯 짐짓 진중한 표정으로 말을 던졌다.

"아이고, 수행하러 갔습니다. 방안에 틀어박혀 백날 동안거 하안거면 뭣합니까? 세상은 넓고 수행에 방편도 많습니다. 소풍이 포행이고 관광이 만행(漫行)입니다. 그때 태국에서 로마로 바로 건넜습니다!"

두 사내의 눈이 순간 반짝거렸다. 태국은 불교의 나라이고 로마는 기독교의 본산 가톨릭의 나라다. 두 사내는 비로소 행우의 여행이 평범하지 않은 의미를 지녔음을 이해했다. 그의 말이 변명으로 들리지 않았다. 행우가 방콕과 파타야에서 본 도심지의 사찰은 외화벌이 관광상품이었다. 민간 관리자만 있을 뿐 승려는 보이지 않았다.

태국불교의 신앙적 진수는 오히려 집집마다 모셔진 정원의 불탑과 실내 불단에서 찾아볼 수 있었다. 신앙이 깊숙이 내재 된 일상이 사회 질서를 유지하는 뿌리다. 그 정점에 국왕이 있다. 왕의 존재가 세습되는 기득권과 군부에 긴밀하게 연계된 권력 카르텔의 상징이고 그에 대한 '무릎 꿇기' 의식이 정치적 쇼맨십이긴 해도 불교의 힘이다.

태국불교는 도시형이다. 고려불교가 그랬다. 조선에서 산중불교가 됐다. 행우는 그곳 승려들과 한 번도 만나지 못했다. 안 만났다.

그리고 직항을 타고 로마로 날아갔다.

내가 행우에게 물었다.

"태국 하구 이탈랴 차이가 뭐신가?"

"아, 태국엔 놀러 갔구 로마는 구경하러 갔지요…."

"둘이 뭔 차이신겨?"

"하이고메, 노는 즐거움… 보는 재미 그거지 뭐가 있어요? 파타야
에 놀러 가지 구경 갑니까? 로마에야 구경 가지 놀러 갑니까?"

나는 그의 여행담을 이질적인 두 종교에 대한 비교론적 관점에서
들었다. 그런데 행우는 그 두 세계종교에서 보편적인 공통점을 찾으
려 하는 것이 아닌가 보였다. 그가 생로병사에 대한 본질적 번뇌에
기초한 나름의 치열한 구도의 길을 걸어가는 한편으로 승려 신분에서
일탈하는 세속적 행태를 거리낌 없이 벌이는 행동은 번뇌에서 출발해
고뇌의 여정을 거쳐 궁극의 해답을 얻으려는 파격의 용맹정진일 수도
있다는 생각으로 무게 추가 옮겨졌다. 아무나 행우가 아니다.

그가 얻고자 하는 궁극의 실체가 두 사내와 같거나 다를 수 있다.

해탈 열반, 극락 천국, 마귀 지옥… 결국 神은 인간이 만들어 낸
욕망의 분신 아바타다. 인간이 바라고 요구하는 바를 완벽하게 들어
줄 수 있는 정교한 형용과 논리의 덫에 스스로 빠진 확증편향이다.

나와 행우 사이에 선문답 같은 몇 마디가 오고 가자 뭔가 재미있
는 얘깃거리를 기대했던 여자들은 이내 시들한 표정이다. 학도 형은
묵묵히 듣기만 한다. 행우는 분위기 파악을 못 한 듯 말을 이었다.

"행님, 로마에 가니 성당밖에 없어요. 콜로세움 개선문은 곁가지예
요. 바티칸이 압도합디다. 걔들 영혼의 중심… 모든 도시, 모든 문화
의 중심! 그 앞에 광장이 있고 그 옆에 시청이 있고 시장 있고… 아

테네 신전-아골라시장 판박이에요. 유럽이 똑같잖습니까? 세계지도를 봐도 기독교 이슬람 불교가 두부모 자르듯 좌-악 찢어져 있는데 실제 다녀봐도 그래요. 날 때부터 한 가지만 보고 듣고 배우니 머릿속에 딴 게 들어올 틈이 없어요. 선택의 여지가 전~혀 없어요. 21세기에 기원전 교리규율로 사는 겁니다. 모순도 긍정하면 진리가 돼요.

아테네가 걔들 모태 젖줄이라는데 그 자리에 기독교가 꿰차고 들어앉은 겁니다. 예수도 대단하고 그걸 로마에 퍼트린 바울(바오로)은 더 대단해요! 어찌 보면 바울은 장사꾼입니다. 될만한 상품을 알아본 거예요. 제 걸 확 버리고 새 옷을 갈아입은 겁니다. 예수가 그랬다는 거 아닙니까, 갈릴리 어부 시몬이라는 사람을 보고는 물고기 잡는 어부 그만하구 사람 낚는 어부가 되라고 베드로라 했단 말입니다…"

학도 형이 행우의 말을 슬쩍 끊고 말길을 돌렸다.

"어부들이 가장 싫어하는 말이 무슨 말인지 알우?"

느닷없는 말에 다들 답이 궁색해지자 그가 말해줬다.

"배철수…"

다들 깔깔거리며 웃음을 터뜨렸다. 분위기가 조금 살아난 듯했다. 행우가 오늘따라 사설이 길다. 그의 여행담은 조금 더 이어졌다.

"맞습니다, 하하하… 여하튼지 베드로는 무지렁이 중생을 낚는 어부가 됐는데 바울이 정말 사람 하나 제대로 낚았어요. 생전에 예수를 만난 일 없는 사람이 예수를 낚아챈 거 아닙니까? 자기 목을 걸어 성공했어요. 기독교 기둥을 세운 절대 주주 바울, 신약에 예수보다 더 많이 등장하는 바울입니다. 신약 편집자들이 바울 제자들 아니면 그의 메시지를 사숙한 이들이에요. 바울이 진짜 주인공입니다. 베드로는 바티칸에 성당 이름으로 남았지만 바울은 교황의 이름이 됐어요. 그럼 뭣합니까? 석가 예수 마호멧 다 갔습니다. 가는데 장사 없어요. 나도 가고 행님들도 가고 우리 고 마담도 아줌씨들도 갑니다, 하하하하~"

학도 형이 행우 말에 추임새를 넣으면서 또 한 마디 던졌다.

"자~ 갑니다… 이제 들어가요. 인자필멸(人子必滅)이니 죽어서 무엇이 되어 어디서 다시 만나랴. 근데 소금이 죽으면 뭐가 됩니까?"

다들 다시 말문이 막혔다. 우스운 답일 텐데 오리무중이다.

"죽염……."

"하하하하하… 호호호호~ 호호호……."

학도 형이 보너스라면서 문제 하나를 더 냈다.

"맥주가 죽기 전에 남긴 말이 뭣인 줄 아시능가?"

"행님, 제가 맥주 팬덤인데 그건 압니다. 유언비어…."

다들 또 깔깔댔다. 분위기 탓인지 행우의 여행담이 끝났다.

9

기원정사가 사라졌다. 행우가 민요 교실에 나타나지 않은 게 한 달이 지난 때였다. 원장 선생님께 물어보니 이번 분기에는 등록을 하지 않았다고 했다. 그런데 원장의 표정이 밝지 않았다.

원장은 내가 묻지도 않은 말을 했다. 자기도 궁금해서 갔더니 정사 출입문이 잠겨있더란다. 밖에서 올려다보니 3층 벽에 붙어있던 간판도 없고 선팅도 일부 뜯겨져 있더라고 했다. 들어갈 때 보았던 입구의 임대 현수막이 정사 임대 건이었다는 걸 그때 알았다고 했다.

나는 수업이 끝나고 읍내로 나가는 마을버스를 탔다. 원장 말 그대로였다. 그러고 보니 전화도 끊긴지 한 달이 넘었다.

("이 양반이 대체 어디로 사라졌을까? 하늘로 올라갔나, 땅으로 꺼졌나? 올라갔으면 극락일 테고, 꺼졌으면 지옥일 텐데 거 참…….")

나는 중얼거리면서 돌아왔다. 안 좋은 예감이 머리에서 떠나지 않았다. 터밭 풀매기를 하면서도 행우 생각, 밥을 먹으면서도 행우 생각이 떠나지 않았다. 무지 중생이 우물가에 내놓은 자식 근심이다.

문득 옛날 있었던 일이 생각났다. 서무를 맡은 여직원과 출장비 관련 회계 착오 문제로 약간의 다툼이 일어났다. 잘못을 인정하기 싫어하는 직원이 꼴 보기 싫어 내가 꼬치꼬치 따져 묻자 그녀가 말했다.

"선생님은 잘못한 것 하나 없이 살아오셨어요? 소크라테스가 무슨 말을 했는지 아세요? '너 자신을 알라'고 했어요. 요새 말로 '네 꼬라지를 알아라!'는 거예요."

순간 감정으로 막말을 던진 그녀는 후다닥 밖으로 나가버렸다. 가슴에 박힌 그녀의 명언이었다. 내가 분수를 모르고 스님 걱정이라니!

어느 날 이상한 소문이 들려왔다. 상천암 절터 골짜기로 스님 같은 사람이 뜸하게 드나든다는 것이다. 나는 흘려듣고 지나쳤다. 그렇게 여름이 지나고 가을에 접어들 무렵이었다.

산골 동네에 10년 넘게 살면서도 사태울이니 곰골이니 삼방우니 은막동이니 동네 지명에 무심했는데 갑자기 '상천암'이 궁금해졌다. 지금은 없어진 옛 암자 터다. 인터넷으로 지도를 찾아봤지만 나타나지 않았다. 혹시나 하고 크게 확대해보았더니 작고 가는 글자가 나타났다.

상천암이다. 절터 표시는 없고 그냥 이름뿐이다. 그런데 내 집 바로 이웃 골짜기여서 깜짝 놀랐다. 지금껏 알 일이 없이 살았다. 그곳으로 가는 길은 집 아래 개울을 따라 올라가는 오솔길 하나다.

내 집은 산등성이 바로 밑에 있어 동네 집들보다 10여 미터 높은 위치인 데다 외떨어져 있다. 집 마당은 울창한 뽕나무숲으로 겹겹이 가려져 있어서 어쩌다 길을 지나는 외지인은 위가 산인 줄 알지 집이 있다는 것을 생각하지 못한다. 아래 길 건너 집 마당에 발바리 개 두 마리가 있어서 낯선 사람이 지나가면 짖기는 해도 무심했다.

'상천암 절터 골짜기로 스님 같은 사람이 뜸하게 드나든다'는 말이 맴돌았다. 그 골짜기는 심심풀이 삼아 가끔 올라간다. 집 아랫길로 내려와 30여 미터 떨어진 끝 집까지는 차가 다니는 편도 포장길이다.

거기서부터는 한 사람이 겨우 다니는 산길인데 오른쪽으로 낙차 큰 계곡이 가파르게 이어지고 왼쪽은 같은 방향으로 약간의 비탈밭 위로 소나무 낙엽송 등 침엽수림이 울창하다. 그렇게 2킬로미터를 숨차게 올라가면 8부 능선에 임도가 나타난다. 모 대학교 연습림이다.

그 아래쯤에 움막집이 있다. 그 옆에 빈 밭이 있고 뒤에 집채만 한 바위 몇 개가 병풍처럼 둘리있다. 지도 화살표가 그곳을 찍고 있다.

상천암 절터가 맞았다. 이 골짜기를 사람들은 응달말이라고 한다.

한낮 대부분이 응달진 산그늘로 덮여있어서 붙은 이름이다. 잘도 다니던 이 골짜기를 나는 지난봄 산두릅을 따라 두 번 다녀온 이후로 무슨 특별한 이유도 없이 몇 달을 가지 않았다.

생각해보면 그런 이유가 없지는 않았다. 그 움막집 주인장이 나와 동갑내기인데 읍내에서 환경미화원으로 일하다 폐암에 걸려 그만두고 병원을 전전하다 그곳에 조립식 움막을 지어 살아왔다.

그 터는 그가 아버지에게서 유일하게 물려받은 땅이다. 응달말 중에서도 움막집과 바로 옆 상천암 절터는 그나마 약간은 동남향으로 틀어져 있어서 오전 반나절은 해가 들이는 곳이다.

그곳은 화전민 자식으로 태어나서 자란 그의 고향이다. 그는 마음이 편해졌는지 맑은 공기 탓인지 종일 오물조물 몸을 움직이면서 1년을 못 넘긴다던 건강이 좋아졌다. 나도 친구 삼아 뻑 하면 올라가 놀다 내려왔다. 그런데 지난겨울에 병이 재발해서 급격히 상태가 악화된 그는 병원에 다시 실려가 살아서 돌아오지 못했다.

그는 생전에 아버지 무덤 옆에 자신도 묻어달라고 했지만 아내는 화장하여 시립봉안당에 안치하고 움막집과 터는 바로 팔아 치웠다. 매매가 어려운 곳이라 읍내 사람 소개로 헐값에 팔았다는 말이 돌았다.

나도 친구가 떠난 이 골짜기를 우정 찾을 일이 없어졌다. 그러다 '상천암 절터… 스님 출몰…' 얘기를 전해 듣고 약간의 궁금함이 생겼다. 절터 위치와 풍수도 보고, 혹여 그 스님이 다녀간 무슨 흔적이라도 볼 수 있지 않을까 싶어 오랜만에 올라갔다.

몇 달 만에 보는 골짜기는 초입부터 확연히 달라져 있어 나는 깜짝 놀랐다. 산새나 넘나들고 사람 구경 힘든 골짜기 경관이 화려해졌다.

소로길이 손수레는 다닐만한 폭으로 넓혀졌고 양쪽 길가를 따라 움막집 있는 곳까지 갖가지 화초류와 측백나무 향나무 등이 심겨져 있었다. 중간쯤에 있는 개울가 등나무 거목은 가지치기를 하고 그 밑은 평평하게 다듬고 강자갈을 깔아 평상을 놓았다.

계곡을 따라 다단계 폭포를 이루면서 암반 바닥을 흘러내리는 물은 말 그대로 옥수다. 이런 풍경을 연출하고 있는 이가 궁금해졌다. 스님이라던데 봐야 알 일이다. 나는 조금은 두근거리는 마음을 안고 더 올라갔다. 빈 절터에는 그가 심었는지 들깨가 한껏 자라고 있었다.

10여 미터 더 올라가면 높이가 10미터도 넘을 쭉쭉 뻗은 낙엽송이 둘러싼 한 가운데에 움막집이 있다. 깔끔해진 마당 한 편에는 예전에 쓰던 돌절구 돌확 토종벌통이 가지런히 놓여져 있다. 예전부터 쓰던 것들이다. 현관문 옆에 씻어 놓은 장화 한 켤레가 눈에 들어왔다.

("어, 사람이 있는 모양일세!")

가까이 가니 집안에서 목탁 소리가 새 나왔다. 스님이 산다. 동네 사람들이 말하던 그 스님이 맞는 것 같다. 있는 게 고마웠다. 나는 목탁 소리가 멈추어질 때까지 평상에 앉아서 기다렸다.

이윽고 30여 분이 지나자 조용해졌다. 나는 '나는 자연인이다' 방문 자와 같은 처지가 돼서 조심스레 문을 두드렸다.

"안에 누구 계십니까?"

"네~ 어느 분이 여기엘 오셨는가요… 누구세요…?"

"아, 계시는군요! 요 아랫동네에 사는 사람인데요… 산에 올라가다 한 번 들렀습니다…."

그런데 들려오는 목소리가 몹시 익숙했다. 높고 맑은 여자 목소리!

("혹시 행우 아니야?")

절집 문패 하나 없는 움막 안에서 왠 장대만 한 체구의 민머리 중 이 허리를 잔뜩 숙여 낮은 방문을 열고 나왔다. 영락없이 행우였다.

("아, 이런 데서 다시 만나다니…….")

눈길이 마주친 행우는 나보다 더 놀란 듯했다. 휘둥그래진 그의 눈 빛이 말하고 있었다. 그는 반가움과 당혹스러움이 교차하는 표정이 역력했다. 나는 추격자, 행우는 도망자인 듯한 구도가 된 것 같았다.

그러나 어색함도 잠시, 두 사내는 짧은 합장과 함께 누구랄 것도 없이 거의 동시에 손을 맞잡았다.

행우가 먼저 입을 열었다.

"아이고, 이거… 행님이 여길 대체 어떻게 아시고 찾아오셨단 말입니까? 나가 상상도 할 수 없는 일 아닙니까, 이거…!"

"아이고, 스님도 원… 그건 불초 이 처산이 할 말입니다, 하하하…."

"그렇습니까, 행님? 우선 저 평상에 앉아서 차나 한 잔 하십시다."

행우가 집에 들어가더니 부스타와 물 주전자 그리고 다기를 들고 나왔다. 여기는 전기가 들어오지 않는다. 전기는 길가 이웃집이 끝이다.

찻길도 휴대폰 통신도 거기가 끝이다. 2킬로미터를 더 들어간 외골짜기 산속이다. 둘은 차를 마시는 동안 흐르는 계곡물을 바라보며 말이 없었다. 잠시 후 내가 먼저 말을 꺼냈다.

내 집이 요 아래 야산 밑에 있다는 것과 동네 사람들에게서 들은 말이 있어 올라오게 됐다는 것과 이 집 먼저 주인장과의 관계와 이후 그 양반 사정 등 저간의 과정을 대충 말했다.

"스님, 근데 뜬금없이 이런 곳에 나르샤 한 것도 그렇고 우연이라도 하필 제 산방 골짜구니에 들어오신 것도 그렇고요. 전에 스님이 하신 말씀마따나 우연을 가장한 인연치곤 참 묘합니다. 사람이 뛰고 날아도 부처님 손바닥입니다, 하하하~"

"하하하하~ 행님 말이 맞습니다. 운수 납자들 사는 게 본래 뜬금없습니다. 이상할 게 없어요. 우주 사계가 빙빙 도는데 그 속에 사는 우린들 안 돌고 사는 재주 있나요? 흐르다 멈추고 만났다 흩어지고…

일체유심조 본래무일물이니 허당공천(虛堂空天)입니다. 있다고도 못하고 없다고도 못하고. 영원한 건 없잖아요. 실상이 그래요! 그게 허망스러워서 어딜 바라보고 믿고 싶어 해요. 집착이 심하면 독이에요!

연기법(緣起法)이 우스개 말로 모든 인연은 연기처럼 사라진다는 거지요, 행님! 힌두교 윤회가 불교에도 들어왔는데 있다, 없다 지금도 다퉈요. 나는 방편으로 봐요. 한 영혼이 끝없이 돌아다니면서 극락에도 가고 지옥에도 떨어지고 왕으로도 환생하고 짐승으로 태어나고 한다는 건데 그건 하는 얘깁니다. 극락에 가면 윤회가 끝났다는 말인데 거기서 왜 또 지옥에 떨어지고 왕이나 짐승으로 태어납니까?

내 영혼이 천국 가서 영생 복락을 누린다는 말과 동어반복입니다. 그걸 믿고 싶은 본성을 뭐라 할 순 없어요. 나쁜 일 짓지 말고 착하게 살아라. 그렇게 받아들이는 게 온전한 정신이지요."

"그 말을 성철 설법과 그 양반 책에서 보고 그 솔직성에 감탄했던 적이 있습니다. 그런데 그 문하들은 계속 딴 말을 해요. 엄폼니까?"

"행님쯤이면 그냥 넘어가서두 됩니다, 하하하! 사람이 죽으면 영(靈)도 흩어지고 없어져요. 흔히 영이 혼을 담는 그릇으로 비유해요. 그릇이 깨지면 담긴 물도 쏟아져 땅속으로 사라져요. 그릇이 깨졌는데 혼을 둘 데가 어딨습니까, 살았을 때 영입니다. 그래서 원래 불교에선 불변의 영 자체를 인정하지 않습니다. 영이 없는데 윤회가 어딨습니까? 윤회가 없는데 극락 지옥을 갈 수나 있습니까? 힌두교와 불교가 다른 이윱니다. 증발해서 구름 되고 바람이 되고 비도 되고… 영도 원소 물질이라 무수한 원소가 연기(緣起)하면서 우주에서 돌아다녀요!"

내가 행우의 말을 받아 눌러왔던 종교관의 일단을 던졌다.

"말씀을 들으니 호킹 박사가 죽기 전에 던지고 간 말이 생각납니다. '과학에 사후세계를 위한 공간은 없다'라는 건데 그 양반이 그 말은 하늘이라는 우주 어디에도 천국은 없다는 말이라고 부연했습니다.

그랬더니 기독신문 주간이라는 사람이 사후 세계는 과학의 분석 대상이 아니라는 무식한 말을 언론에 기고했습니다. 자연과학의 과자도 모르는 사람의 무지한 자의적 오해가 빚은 건데 이게 기독교의 일반적 논리 같아요. 神이 없어도 우주와 자연을 넉넉히 설명할 수 있고 되려 종교가 방해물인 것 같다는 말도 있어요. 평생을 교회 종지기로 살다 간 권정생 선생은 '종교가 없어진다고 도덕이 타락하지 않는다'고 한 말도 기억납니다. 제가 아는 어떤 의학도가 그러더군요.

'과학은 인간의 기억과 이해, 사물의 인식 등에 있어 얼마나 오류에 빠지기 쉬운가를 철저히 인식하므로 '증거로만' 말한다. 중력이 없다라는 패러다임론을 주장하면 중력이 없어지는가?…로 그의 패러다임론은 쉽게 파산에 직면한다. 왜냐하면 그의 패러다임은 진실과 상관없는 또 하나의 패러다임론에 불과하기 때문이다'라는 얘깁니다.

그가 그러더군요. '종교적 영성으로 과학이 발견하지 못하는 그 무엇을 알 수 있다는 주장에 대해 과학으로 증명된 의학적 진실은 그러한 경험의 대부분이 착각이나 오해로 뇌의 작용일 뿐임을 알고 있다. 뇌의 일부분을 제거하면 신앙심이 사라지고, 인간이 가장 고귀하게 여긴 모성애조차 호르몬이 없으면 사라짐을 과학은 알고 있다' 라고 합디다! 결국 믿음이라는 증거 없는 주장과 증거 있는 주장인 건데, 어느 쪽이 논리적이냐는 거지요.

저는 그렇게 생각합니다. 데카르트 합리론과 베이컨 경험론이 칸트의 순수이성과 실천이성에서 만났다면 칸트를 과학으로 증명해낸 사람이 아인슈타인과 호킹과 칼 세이건이 아닌가 해요. 그들은 기독교의 나라에서 기독 집안으로 배우고 성장했지만 그걸 넘었어요. 증명된 진실의 힘은 그들의 종교관에 그대로 투영됐어요. 그 의학도가 그러더군요. '모든 것에 대한 만사형통 식 답은 뒤집어 말하면 어떠한 것에 대한 답도 주지 못한다'는 겁니다.

제 생각과 같더군요. 도반이 따로 없어요. 그의 종교관은 간결해요. 불행을 겪는 인간의 감정 처리와 이해에서는 종교와 사후세계가 가장 좋은 방법이었다는 것이고, 이런 인간의 행동과 사고 양식을 '비합리의 합리성'이라고 합디다. 그의 결론은 이런 겁니다.

'인간은 종교라는 유모가 주는 이유식 없이도 자연을 이해할 수 있을 만큼 성장했다… 니체의 '샛길로 온 신'의 요청론적·논리적 무신론을 넘어 과학적 무신론의 시대에 인간은 언제까지 사후세계라는 기저귀를 차고 갓난아이의 사유방식으로 살아야 할까?'…"

행우가 나의 다소 열정 섞인 침 튀기에 상기된 듯했다.

"행님, 제가 절집이고 종단에서 겉도는 게 그런 것도 있습니다. 탐심이 기득권 되고 이해관계가 자꾸 뻗어가니 꼬리가 머리를 잡아먹어요. 이때 쓰는 말이 '주.객.전.도!' 하하하하~"

나는 이곳 먼저 주인장과 개울가에서 곧잘 곡차를 했던 생각이 났지만 행우 형편을 보니 그동안의 세속 행적을 단절한 것 같았다.

"근데 스님, 여긴 전기도 전화도 없고 교통도 불편한데 참 힘드시겠습니다. 연락 끊긴 게 이런 걸 모르고 여러 생각을 했었습니다. 고뇌 끝에 큰맘 잡수시고 여기 들어오긴 하셨을 텐데…."

"하하하하~ 행님, 나가 고뇌 같은 거 원래 없습니다. 그거 있었으면 행님들하구 여기저기 다녔겠습니까? 그런 건 옛날얘깁니다. 바람이 나를 여기로 불러서 왔습니다. 근데 행님 집 옆이라니 놀랍습니다. 행님 손바닥 안에 나가 들어온 것 같습니다, 하하하!"

"원 스님도 별 농담을… 골짜구니가 훤해졌습니다. 천지개벽입니다. 스님 신수도 많이 훤해지셨구요. 어떻게 여길 점지하신 겁니까?"

"작년부터 부동산에도 알아보고, 인터넷으로 지리 지형을 세세히 찾아봤습니다. 우연히 상천암이 눈에 들어왔어요. 해서 부동산에 근방 매물을 알아봐 달라했더니 여기예요…."

이 동네는 국도변에서 3~4km 들어와 있어도 북-동-남으로 둘러친 해발 900미터급 연봉이 줄줄이 이어진 첩첩산중이다. 우리나라에서 하나뿐인 자연환경연구공원이 그 남쪽 끝자락 산등성이에 있다.

이곳은 종일 인적을 찾기 어려운 외딴곳이어서 이런 데를 찾는 이들은 무릎을 칠 만 하다. 행우가 보는 눈이 있다. 수행자의 혜안이다.

"스님, 이젠 바깥세상과는 아무래도 더 멀어지시겠군요…."

"뭐, 마음이지요. 마음이란 게 살랑대는 봄바람 같아서 언제 어떻게 불어댈지 모릅니다. 중 생활 30년 하면서 놀아볼 거 놀아보고 다닐 데 다녀봤습니다. 그만하면 된 겁니다. 거기는 정리가 된 거지요."

담담한 행우의 얼굴에서 회오와 개운함이 동시에 느껴졌다.

행우가 짧은 선시(禪詩) 한 수를 읊었다.

" '눈 오는 삼경 밤에(雪月三更夜) 고향은 만리심이네(關山萬里心) / 이 바람 뼈에 깊이 사무치는데(淸風寒徹骨) 나그네 홀로 깊이 젖는다(遊客獨沈吟)…….' 이건 서산대사 사제 부휴선수(浮休善修)의 오언절구 시인데 선사들도 그리움에 절어 살았어요. 그리움에는 진리 궁구와 인간의 생래적 고향심이 함께 들어있어서 혜초도 그 시절 서역 만리를 헤매면서 고향 가는 길을 잃고 수도 없이 울었다는 것 아닙니까? 휴정, 유정, 만해… 그 양반들 詩가 다 그래요. 욕망 번뇌 비워도 생래성은 어쩔 수 없다 말입니다!"

청산이 시어(詩語)를 읊조리던 모습 그대로다. 그와 겹쳐 보인다. 행우는 지난봄 이곳을 거처로 정한 뒤 틈나는 대로 와서 가꾸며 꾸미는 재미를 붙였다. 마지막 머물 터로 삼은 듯했다.

"행님은 전기도 없고 휴대폰도 안 터져 많이 불편할 거라 하시는데요, 수행처는 이런 데가 명당입니다. 나가 선방을 나와 산속 암자에서 도반과 둘이 있다가 혼자 남아서 3년을 보낸 적이 있습니다. 거기도 이랬습니다. 요즘 너무 즐거워 하루 해가 짧습니다, 하하하하~"

"아, 그러면 됐습니다. 늙다리 처산이 뭘 걱정이겠습니까, 이웃에 거처하시니 되려 제 마음이 든든해집니다, 하하하~"

"행님, 중이 정해진 거처가 어딨습니까? 지금은 아주 여기서 죽치고 살 셈인데 무슨 바람을 타고 어디로 휙 날아갈지 나도 몰라요. 그래서 중은 죽는 것도 객사예요. 가장 슬픈 죽음이 객삽니다. 병사는 병들었으니 죽고, 노사(老死)는 늙었으니 죽는 이유가 있습니다. 객사는 나그네 객지에서 아무 이유 없이 죽어요. 무주 고혼 떠돌이예요!"

행우는 자신이 외우는 선시만 대략 200수는 넘는다고 했다. 어릴 적부터 유별나게 대중가요를 좋아해 가수를 꿈꿨던 내가 가사를 다 아는 노래가 100곡을 못 넘긴다.

"김시습이 매월당집에 써 놓은 '떠돌이' 시가 있어요. 제 얘깁니다.

'만견천봉 저 너머에 / 외로운 구름 홀로새 가네 / 금년은 이 절에서 머문다만 / 오는 해는 어느 산으로 발길이 갈지 / 바람은 꺾여 송창(松窓)이 잠들고 / 향가지 불 삭아 선실이 한가롭다 / 이 生이 이미 내 몫이 아님이여 / 물가는 곳 구름따라 흘러가리라……' "

행우가 이 시를 해제해주는 데 열중하여 나는 뜻도 모른 채 진지하게 들었다. 알듯 말듯 경계에서 뇌가 고생한다. 그런데 끝머리 한 구절이 귀에 꽂혔다. '…이 生이 이미 내 몫이 아님이여…'

"행님! 부처가 중생을 구제하는 게 아닙니다. 부처를 빌어 스님이 원력을 세우는 겁니다. 원력이 거저 세워지는 게 아닙니다. 禪家 납자의 길이 바늘 하나 꽂을 만한 땅도 없는 가난입니다. 가진 게 없으니 바람 따라 구름 따라… 물결 따라 인연 따라 여기저기 떠돌면서 자기를 찾습니다. 그래서 운수 납자라 합니다. 그러다 때 되면 한 자리에 머물러 인연 닿는 이들도 만나고 그 인연 다 하면 흔적마저 지워버리고 어디론가 날아가는 겁니다. '극락조' 말입니다, 하하하하~!"

말을 이어가던 행우가 느닷없이 한숨을 길게 내쉬었다.

"근데 행님, 나가 가진 게 많습니다. 물려받은 재물도 많고 미련하게 쌓아놓은 가방끈도 그렇고 사람들 속여 모은 죄업이 하늘에 닿아요. 중생구제는 고사하고 내 한 몸도 못 세우는데 어디다 원력을 세웁니까? 재물은 넘겨주고 지식은 지워도, 내게 속은 사람들을 나가 어쩌지 못 해요. 이제 참회 도량입니다!"

10

나는 행우 거처를 월에 한 번꼴로 올라가서 차담을 나누고 내려오곤 했다. 깊은 산중이라 저녁 무렵에는 집 뒤와 앞 개울 건너편 산등성이에서 고라니가 음울한 소리를 내며 자기 영역을 순회한다.

꿀꿀대는 멧돼지 소리도 난다. 그 둘은 이 골짜기 산속을 지배하는 최상위 포식자다. 개체수가 넘쳐나서 해진 후 산행은 위험하다. 인간의 활동 시간대를 피해 야행성이 돼버린 그들은 어둠의 세계를 지배한다. 그래서 해가 저물면 무조건 산에서 내려와야 한다.

고라니와 멧돼지의 관계는 묘하다. 적도 아니고 그렇다고 같은 산속의 동료도 아니다. 경쟁이 아닌 공생관계. 수시로 조우하면서도 부딪치지 않고 적당히 피한다. 같은 초식 동물이라도 멧돼지는 관목 뿌리와 뿌리 열매를 캐 먹고, 고라니는 나뭇가지와 초본류다. 멧돼지는 감자 고구마 뚱딴지(돼지감자)를 파먹고, 고라니는 보리 밀 깨 벼 등 열매를 훑는다.

나는 언젠가부터 밤중에 잠이 깰 때면 슬그머니 집 아래 개울가로 내려와 행우가 있는 골짜기 쪽을 바라보며 귀를 기울인다. 이 골짜기 지형 탓인지 초저녁에 위세를 부리는 동풍이 밤에는 뚝 꺾이는 특징이 있는데 때로는 살아 불어올 때도 있다. 그럴 때면 바람에 실려 목탁 소리가 가늘게 들려온다.

나는 사위 캄캄한 산길로 조금씩 발길 옮겨가며 귀를 쫑긋한다. 목탁 소리가 조금 더 선명하게 들려온다. 생각 없이 들으면 산바람 소린지 풀벌레 소린지 뭔지 모른다. 조금 더 옮기면 행우 특유의 맑은 소프라노 독경 소리가 들린다. 거기까지다. 그쯤에는 개울을 건너뛰는 고라니와 꿀꿀대는 멧돼지 소리가 난다.

나는 돌아와 잠시 생각에 젖었다. 읍내 기원정사 시절과 달리 행우가 산중에 돌아온 이후 새벽예불을 다시 시작한 사실을 알게 됐다.

함박눈이 내렸다. 겨울나기 초입에 내리는 첫눈이 함박눈이라니….

이런 눈을 두고 동네 사람들은 명년 풍년 농사를 예약하는 서설이라 여긴다. 아이나 어른이나 눈 내리는 풍경은 즐겁다. 눈치고 길 내는 건 다음 일이다. 나는 폭설이 내려도 집 마당이고 길가 내려가는 언덕배기고 좀체 눈을 치지 않는다. 뽀송뽀송한 눈길이 좋다.

혼자 사는 데다 들고 날 사람도 없어 누구 눈치를 볼 일도 없다. 눈치는 일은 된 노동이다. 차 다니는 길은 면사무소와 계약한 동네 트랙터가 장비를 달고 수시로 치운다. 동네마다 이렇게 연결돼 깨끗하다.

"형, 거기도 눈이 많이 와요?"

"아녀, 싸락눈 같은 게 오다 지금은 진눈깨비로 변했네그려…."

"아, 그래요? 여긴 함박눈 펑펑입니다. 그새 많이 쌓였어요. 간밤 추위에 상고대도 살짝 붙어서 숲도 장관입니다!"

"그래요? 산골이라 여기완 많이 다르군. 행우 스님은 어떤겨?"

"지금 눈길이 미끄러워 통행이 어려워요. 전화 불통에 촛불 살림에 뭐 지금 아궁이에 가을에 캔 고구마 구워먹고 있지 않을까요? 있다가 낮차로 나갈 테니 탁배기나 한 잔 하십시다!"

"그러자구… 백수들이 할 일 뭐 있나, 허허허허~"

이런 날은 읍내에 나가서 학도 형 불러내 탁주 몇 잔 걸치고 돌아와야 한다. 썩어도 준치라고 늙어가도 감성은 팔팔하다. 마음은 나이와 무관하다. 이제 산속에 돌아온 행우와 둘이든 셋이든 곡차를 나눌일은 없어졌다. 벌써 반년이 넘어 한 해 끝 무렵이다.

읍내 나가는 마을버스는 하루 세 번이다. 낮 2시 차로 나갔다 저녁 여섯 시 막차로 오면 된다. 5일 장 농작물을 팔러 나가는 노인들은 아침 8시 차로 나가 일찍 팔리면 낮차, 아니면 저녁차로 돌아온다.

　나는 차 시간에 맞추려고 서둘러 집을 나섰다. 마음 바쁘게 10미
터 마당 내리막길에 두 번 엉덩방아를 찧었다. 한 달 만이다. 학도
형을 본 지는 두 달 만이다. 사회관계를 다 정리하고 남은 읍내 유일
한 술벗이다. 행우로 인해 그와 나는 더 끈끈해졌다.

　눈이 많이 내리는 탓인지 버스가 10여 분 늦게 왔다. 앉고 서고
스무 명 타면 꽉 찰 중형 버스다. 장날 아니면 보통은 일곱, 여덟이
고 많아야 열 명 정도가 타고 내린다. 서너 개 마을을 경유하는 코
스라 승용차 20분 거리가 30분쯤은 걸린다. 평일 낮차는 한가해서
승객이 서너 명일 때가 흔한데 오늘은 읍내까지 혼자 전세를 낸 형
국이다.

　버스가 모랏재 고개를 막 넘어 내려갈 때였다. 맞은편 오르막차선
으로 경찰백차 한 대가 헤드라이트를 켜고 경광등을 번쩍거리며 나타
났다. 그리고 바로 뒤로 사이렌 소리를 요란스레 들리더니 대형 소방
차 2대가 연이어 올라오고 있었다.

　버스 기사도 나도 의외의 일에 다소 흠칫했다. 또 어디에서 불이
난 모양이다. 그런데 큰 불인 것 같다. 경찰차가 앞장을 서고 큰 소
방차가 2대나 출동하는 걸 보니 그렇다.

　("눈 내리는 날에 산불 날 것도 아니고, 대체 이런 시골 어디에서
큰불이 난 거지?")

　나는 궁금증을 안은 채 학도 형과 만나기로 한 읍내 초입새 버스
장 거리를 재면서 차창 밖을 내다보고 있었다. 이때 휴대폰 벨 소리
가 울렸다. 동네 이장이다. 내 집 맞은편 옆쪽에 사는 이장과는 의형

제 같은 아우다. 그런데 이장 목소리가 숨이 찬 듯 헐떡거렸다.

"형님~! 큰일 났습니다, 큰일…! 형님네 집 옆에서 불이 났어요!"

순간 나는 가슴이 철렁 내려앉고 몸에서 기가 빠져나갔다.

"아니, 시방 뭔 얘기야? 우리 옆집에서 불이 났다니? 내가 지금 버스로 읍내 나가는 중인데 조금 전 모랫재에서 경찰차하구서 소방차 두 대가 우리 동네 방면으로 달려가더구만… 난 부서원 쪽으로 가는 건 줄 알았는데 우리 동네 불 끄러 가는 것이여, 시방? 그럼 성 사장 집이 불 난 거여?"

나도 헐떡거리면서 황급하게 되물었다.

"아니, 그 옆집이요!"

"성 사장네가 끝인데 그럼 어느 집이란 거여?"

"아, 웅달말 골짜기 관영이 형네 집에서 사는 중 말이요. 거기서 불이 났어요! 눈이 오긴 하지만 지금 불길이 타오르고 있어서 잘못하면 산불이 날 판이에요. 성 사장네 마당인데 눈길이 푹푹 빠져 올라가기도 어려워요. 아, 저기 다리 건너편으로 소방차가 들어오고 있어요!"

이장 목소리가 다급했다. 웅성거림이 함께 들려왔다. 성 사장네 집 마당에 동네 사람들이 모여서 발을 동동 구르는 모양이다. 현장 접근이 어려워 발화 지점이 행우 집인지, 근처 산인지 아직은 정확히 알지 못하는 상황인 것 같다. 이장이 발견하고 119에 신고한 것이다.

나는 차 안에서 어쩔 도리 없이 이장 전화기만 붙잡고 있는데 통화가 끊어졌다. 경찰차와 소방차가 도착했으니 상황이 급박하게 돌아갈 시각이다. 버스 기사가 걱정스러운 말투로 나를 위로해주었지만 귀에 들어오지 않는다. 여기서 내려도 바로 되돌아갈 차가 없다.

4시간은 기다려야 막차를 타고 돌아간다. 그 사이에 상황은 끝날 것이다. 별별 상상이 머리를 아프게 했다.

("혹시 아궁이 불에 고구마 구워 먹다가 불길이 새어나와 불쏘시개 검불 더미에 옮겨붙어 순식간에 불길에 휩싸인 건 아닐까?")

나는 차 안에서 경우의 수를 세세히 상정해보았다.

("으음… 방안이 조금 컴컴하기는 해도 대낮인데 촛불을 켜놓고 있을 것도 아니고, 그 촛불이 혼자 떨어지거나 다 타서 촛농이 인화될 것도 아니지. 불길이 아무리 빨리 번져도 행우가 부엌에서 뛰쳐나오긴 했을 테고, 아니면 산불? 눈 내리는 이 겨울에 자연 발화도 아닐 테고, 오가는 사람도 있을 리 없고, 위쪽 연습림 임도는 대학에서 외부인 출입 금지로 막아놔서 담뱃불도 있을 것 없는데…….")

문제는 동풍이 불면 아래쪽으로 번져 온 동네가 위험할 수 있다. 그 첫머리가 성 사장 집이고, 그 아래 산등성이에 내 집이 있다. 그리고 그 아래 길가를 따라 장 노인네와 이장 집이 붙어있고 이장네 앞 개울 건너편에 30여 호가 몰려 있다. 겨울이라 북동풍이 세게 부는 때다. 그런데 내가 집을 나설 때는 바람이 잔잔했다.

나는 다시 휴대폰을 열고 인터넷기상청 예보를 찾아봤다. 북서풍이 초속 1미터다. 이 정도면 응달말 아래쪽 인가까지 불길이 번지지는 않을 것이다. 그 전에 얼른 진화를 해야 한다. 한편으로 내 집이 위험에 처할 일은 없어 보여 안도가 되면서도 당장 마음 졸이는 건 행우다. 원인이 어떻든 산불 가능성이 아주 높아 보인다.

불길이 산으로 번지는 것은 상태가 아주 심각하다는 표시다. 그러면 능선을 타고 불길이 자연스레 아래쪽으로 퍼져서 더 따질 것 없이 이집 저집 다 소실되기 십상이다. 소방차 두 대로 감당이 어렵다.

가슴이 점점 답답해져 올 때 휴대폰 벨이 또 울렸다. 학도 형이다.

"아니, 아우님 동네 방면에 불이 났다고 조금 전 지방방송 뉴스에 떴는데 알고 계시나? 차를 집에 두고 나오려고 들어가는 중에 라디오를 켜니 나오네!"

"형, 맞습니다. 아까 이장한테서 연락받았어요. 아, 근데 행우 집…"

내 말이 채 끝나기 전에 학도 형이 말을 받았다.

"무슨 말씀이여~ 행우 집이라니 불이 난 데가 거기란 말씀이여?"

"예, 소방차들이 거기에 왔다고 연락이 왔어요. 형, 지금 버스 안인데 학사리 버스장에 내릴 테니 차 돌려 얼른 그리로 오세요. 같이 가 보십시다!"

"알겠네. 한 15분쯤이면 오시지? 내 지금 가서 기다리겠네!"

두 사내는 눈길을 조심스레 달렸다. 모랏재에 가까워오면서 눈발이 다시 함박눈으로 돌변했다. 해발 300m가 넘는 고지대라 눈과 비가 유별나게 많이 내리는 지형이다. 여기서 교통사고가 많이 난다.

이 길에 익숙한 나는 마음 급히 운전하는 형에게 조심하라고 주의를 주었다. 아니나 다를까, 고개 정상 바로 아래 삼거리길에서 좌회전하면서 미끄러져 길 가장자리 경계턱에 받쳐 가까스로 멈췄다.

이 길은 산업단지 내부 도로지만 우리 동네를 비롯해 마을 2곳을 직통하는 지름길이라서 일반도로 기능을 겸한다. 마을버스도 이 길로 다닌다. 문제는 고개 정상 부근의 산을 깎아 조성한 공단 지형 탓으로 왕복 4차선인데도 15도 정도의 가파른 경사도의 내리막길이 3킬로미터나 이어진다는 것이다. 그 끝에서 1킬로미터 앞이 우리 동네다.

멋모르고 내달리던 대형 트럭이 가속도를 못 이겨 눈길 빗길에 처박히는 일이 빈번한데, 쏟아져 내리는 함박눈에 덮인 이 길에서 출동 소방차들이 모르긴 몰라도 5분 이상은 지체했을 것이다. 1분 1초다.

두 사내가 곡절 끝에 현장 입구에 도착한 건 이장에게서 연락받고 근 1시간이 지난 후다. 경찰차가 이장네 마당에 주차해 있고, 더 들어가니 소방차들이 성 사장네 도로 끝 지점에 멈춰 서 있었다.

소방차는 더 이상 진입하지 못하고 대신 소방관들이 호스를 끌고 발화예상 지점인 행우의 거처까지 올라갔다.

두 사내는 바로 소방호스가 깔린 산길을 줄달음쳐 올라갔다. 현장은 경찰관과 소방관들이 상황을 통제하면서 불길을 잡고 있었다. 그런데 집도 산도 멀쩡해 보였다. 천만다행이다 싶어 두 사내는 가슴을 쓸어내리는데 소방호스는 뜻밖에 상천암 절터 빈 마당에 격자 모양으로 쌓아 올려놓았던 장작더미를 향하고 있었다.

학도 형이 내게 눈길을 돌렸다. 그가 나를 향해 바라보는 눈길이 수상쩍음을 나는 얼른 알아차렸다. 순간 몹시 불길한 예감이 스쳤다.

타오르는 장작더미는 펑펑 내리는 눈 속에서도 불길이 쉽게 잦아들지 않고 있었다. 그런데 이상한 냄새가 났다. 나는 옆에 있던 학도 형에게 말을 건넸다.

"형, 뭔 냄새가 나는 것 같지 않아요?"

"글쎄 말이야, 휘발유 냄새 같기도 하고… 불길이 쉬이 꺼지지 않는 이유인 것 같아! 휘발유 냄새하구 무슨 살이 타는 냄새가 뒤섞인 것 같아!"

나는 학도 형의 말이 예사롭지 않은 판단임을 알았다. 그는 오랜 단련을 통해서 인체구조와 치유법에 관해 아는 게 많다. 나는 워낙 냄새에 둔감하지만 보통 사람이라면 고기 굽는 냄새는 안다. 학도 형은 무슨 고기인지 알아 맞춘다. 학도 형은 분명히 '살이 타는' 냄새라고 말했다. 고기라고 하지 않았다. 이에 생각이 미친 나는 화들짝 놀라 뒤로 넘어질 뻔했다. 그러고 보니 행우가 보이지 않았다.

두 사내와 달리 경찰, 소방관들과 거드는 동네 청장년들은 물 뿌리고 주변 정리에 바쁘다. 그들은 이만하길 다행이고 상황종료가 무엇보다 중요하다. 살이 타는지 장작이 타는지는 지금 중요하지 않다.

산불은 1, 2급에 속하는 대형 화재다. 각급 기관의 책임 문제가 뒤따르기 때문에 신고를 받은 소방 당국과 관련 기관은 긴장한다. 출동하는 소방관들의 긴장감은 훨씬 높다. 산불확산에 대비해서 예비인력 동원 지령도 긴급히 내려지고 대기상태 돌입하는 인력도 만만찮다.

그래서 그런지 출동직원들 얼굴에 안도하는 기색과 더불어 태산명동서일필(태산이 떠나갈 듯 요동쳤으나 뛰어나온 것은 쥐 한 마리뿐이라는 뜻)이라는 표정이 역력히 묻어나는 듯했다.

이윽고 불길이 완전히 꺼지고 잔불 정리도 끝이 났다. 얼핏 보니 불이 난 장작더미 주위로 네모지게 삽질로 방화로를 파놓은 흔적이 보였다. 불을 의도적으로 놓은 증거다. 학도 형도 내 의견에 동의했다.

왼쪽에서 위쪽까지는 반원형으로 큰 바윗덩이가 촘촘하게 둘러쳐 있고, 앞에는 수량 많은 계곡이 있어 산으로 번지는 것을 막는 자연적인 방화선 역할을 한다. 그 우측 10여 미터 떨어져 행우 거처다.

누가 낸 것인지 몰라도 용의주도하게 제한된 불을 냈다. 화재감식 담당 경찰관이 불이 꺼진 장작 잔해더미로 접근했다. 그는 여러 각도로 사진을 찍고는 조금 더 가까이 가서 세세히 살펴보기 시작했다.

그러던 그가 갑자기 소리를 질렀다.

"어, 이거 사람 유골이야, 유골… 사람이 타 죽었어!"

현장에 있던 사람들이 혼비백산했다. 나와 학도 형은 고개를 푹 꺾은 채 할 말을 잃었다. 설마가 현실이 됐다. 경찰이 분주해졌다. 그러나 경찰은 현장에서 결론을 냈다. 단순 방화 자살이었다. 소신공양(燒身供養, 자기의 몸을 불살라 부처에게 바치는 일)의 법적 표현이다.

행우는 격자로 장작을 쌓고 주위에 휘발유를 부어 그 위에 누웠다.

("아, 행우! 이게 고뇌의 끝인가, 그대만의 해탈 방식인가?")

행우가 마지막 8개월을 머물렀던 움막집은 아궁이 부엌이 딸린 방하나다. 위쪽 계곡에서 끌어온 물 호스에서는 여전히 차가운 물이 부엌 안 작은 물통 안으로 흘러들고 있었다. 넘치는 물은 벽에 뚫린 구멍으로 연결된 배출 호스로 바깥 배수로를 따라 다시 계곡으로 흘러나간다. 이 물로 행우는 밥도 짓고 몸도 씻고 했다.

집 외벽은 샌드위치 판넬인데 내벽은 단열을 위해 진흙 벽돌을 쌓아 문종이(한지)로 초벌하고 신문지로 덧발라 실내는 안온했다. 한쪽 벽체에 진흙을 빚어 만든 코쿨(호롱불 방언)이 독특했다. 먼저 주인이 만든 구조인데 행우는 손 안 대고 그대로 썼다. 내가 두 양반을 이 집에서 만나고 저세상으로 보낸 셈이다. 보내는 사람도 간다.

방안에는 불상이 없었다. 불상이 아니라도 작은 탱화 한 점은 붙어 있을 법한데 아무것도 없었다. 아무 절 표시가 없는 연유다. 절집이 아니었다. 행우는 생의 마지막을 산간 집에서 보통의 중생으로 살았다. 출가 전 생활로 되돌린 것이다. 목탁 염불은 재가자도 한다.

행우가 세상을 떠난 다음 날 나는 그의 집을 다시 찾았다. 방안을 찬찬히 살피니 그의 흔적이 몇 개 발견됐다. 행우는 떠나기 전에 살던 흔적을 최대한 정리한 것처럼 보였다. 이불마저 소각했다. 그런 중에 유품 같은 물건 한 개를 구석 모서리에서 찾아냈다.

작은 약병이었다. 그 안에는 복용을 하다 만 알약이 여럿 들어 있었다. 병 딱지 설명문을 보니 우울증에 먹는 약이다. 행우가 겪었던 우울증은 고뇌의 산물인가 번뇌의 결과인가? 그런 것은 그의 입산의 동기였고 출가하면서 모두 버렸다고 생전에 말했다.

그렇다면 행우에게 따라다닌 우울증의 실체는 무엇일까?

생각되는 것은 있었다. 청산이 알려준 행우의 출생과 고통스러웠던 가족사다. 세속의 사회관계에서 생성되는 고뇌와 번뇌는 사회생활을 깨끗이 정리하거나 과감히 단절하고 출가승으로 사는 이에게는 논리적으로나 현실적으로 별문제가 될 수 없다.

그러나 집안 내력에 지울 수 없이 패인 상처가 시대성과 역사성을 품은 재앙적 아픔이라면 얘기는 달라진다. 비록 혈연의 유대를 끊은 출가자라 해도 거기에서 자유롭기 어려운 인간의 생래성이 있다.

고뇌와 번뇌라는 출가 동기가 깊은 신심 수행으로 해소됐다고 하면 진짜 그런 걸까? 생각에 따라서는 도피의 합리적 방편으로 보는 견해도 가능하다. 불 인두로 심연에 지져진 굴곡의 내력은 누구나 한 가정사와 인생사를 관통하는 불화살이다.

여전히 해결되지 않은 현대사의 고통과 고뇌의 불구덩이 속에 남겨진 행우가 너무 많다. 나는 청산이 말해 준 행우의 가족사에서 지워지지 않은 내면의 원인을 여러모로 추측도 해 보았으나 명확치 않다.

문득 행우가 생전에 던졌던 시 구절이 떠올랐다. 매월당의 '떠돌

이' 끝 절에 '…이 生이 이미 내 몫이 아님이여…' 외우고 읊는 시에
는 그의 생각이 담겨 있다. 그것을 상대에게 전하는 것은 은유된 메
시지다.

행우가 계곡 평상에서 차담을 나누면서 한 말도 귓전을 때린다.

"그러다 때 되면 한 자리에 머물러 인연 닿는 이들도 만나고 그
인연 다 하면 흔적마저 지워버리고 어디론가 날아가는 겁니다. '극락
조' 말입니다, 하하하하~!"

자신이 결단하는 마지막 모습을 암시하는 것이었음을 이제야 알게
됐다. 어리석음 넘치는 나의 회억(回憶, 지나간 일을 돌이켜 생각함)이
지금 무슨 소용이랴!

나는 행우의 흔적을 조금 더 찾아보려고 방안을 샅샅이 뒤졌다.

행우 필적이 담긴 메모지 한 장이 발견됐다. 한시다.

제목이 '1 2 3 4로 가고(往復無際)'다. 작자는 무경고송(無竟孤松)이
라고 쓰여있다.

"1 2 3 4로 가고 / 4 3 2 1로 와라 / 숨었다 나타났다 여덟은 끝
이 없는데(隱顯八無際) / 그대 눈 반만 열고 보고… 보고… 잘 보거
라(看看眼半開)……."

시 밑에 다음과 같은 말이 적혀 있었다.

"왕복무제(往復無際)는 여기에서 저기로 가고, 갔던 곳에서 다시 여
기로 오는 것인데 끝없이 되풀이되는 것이다. 그런데 往인가 보면 復
이고, 復인가 싶으면 往이라 측량할 수 없고 규칙이 없다.

…8은 1 2 3 4, 4 3 2 1 여덟의 합이요, 삼라만상 갖가지로 나뉘
어지는 숫자다. 1 2 3 4 로 갔다가 4 3 2 1로 오는 이 도리를 알려
면 번갯불에 콩 구워먹는 재주로는 어림도 없다. 콩깍지에 앉아 번갯

불을 구워먹는 솜씨라야 될까 말까다. -석지현 禪詩에서"

행우가 내게 선물로 남긴 화두(話頭)인 것 같았다. 그렇다고 이 나이에 자나 깨나 이걸 붙잡고 살기에는 게을러서 무망하다.

행우 유골은 수습하여 청산의 용화암에 임시로 안치했다가 사흘째 되던 날 화장장을 찾았다. 내가 청산을 행우의 연고자 유족으로 신고하여 행우는 죽어서도 무연고자가 될 뻔했던 처지를 면했다.

세 사내는 수골된 유해가 담긴 항아리를 안고 용화암으로 돌아갔다.

암자 앞마당에 작은 부도탑이 있다. 그 안에서 행우가 영면할 것이다. 이 부도탑은 내가 갖다 놓은 것이다. 100년 된 골동품으로 숙부가 예전에 구입해서 집 마당에 두었다가 내게 넘겨준 것이다.

20년 전에 넘겨받아 관상용으로 산방 마당에 두고 보존해온 것인데 상태가 온전했다. 이 부도탑이 행우의 법신 안식처가 되리라고 상상이나 했겠는가! 부도탑 내력을 들은 청산도 학도 형도 웃었다.

내가 청산에게 말했다.

"스님, 행우가 자기는 좋아하는 게 딱 하나 있다고 했습니다. 극락조랍니다. 그 원대로 극락조가 돼서 날아갔습니다, 하하하하~"

청산이 말을 받았다.

"맞습니다. 근데 선생님! 행우가 짐 덩어리인지 선물 보따리인지 모르겠는데 남겨주고 간 게 있습니다."

"예?"

나와 학도 형은 청산의 말이 무엇인지 궁금했다.

"행우가 부친의 유업인 전통 건축문화재단 말입니다. 그 이사장직

을 지난봄에 소승에게 맡겼습니다. 자신은 건강에 자신도 없고 아는
게 전혀 없어서 더는 힘들다면서 극구 제게 떠맡겼어요. 그리고 또
하나가 있는데 부친에게 받은 10억을 우리 셋 앞으로 넘겨줬습니다.

지금 제 통장에 들어있습니다. 행우가 가기 사흘 전 날짜가 찍혀있
더군요. 셋이 상의해서 좋은 데 쓰라고 말한 일이 있긴 했어요."

"음… 우리 이장이 말한 게 그건가 봅니다. 불이 나기 사흘 전에
스님이 읍내 나가는 버스를 타는 걸 보았다고 했어요. 그날 돈을 부
친 모양입니다. 공수래 공수거를 말끔하게 했네요."

청산이 말했다.

"이 몸이 본래 스스로 남(生)이 없으니 사람이고 재물이고 인연 시
절 따라 만나고 흩어지는 그대로 받아들이면 마음이 편안해집니다.
그게 본래 마음자립니다. 어느 곳에 기대려는 것도 망상입니다. 땅에
서 넘어지면 땅을 짚고 일어서고, 슬프면 울고 기쁘면 웃으면 됩니
다. 행우가 갔다고 서운해 마시지요. 망상은 손님이니 내 자리 뺏기
지 말고 잘 지키면서 세상 머무는 동안 편안하게 사십시다!"

세 사람은 삼우제 날과 49재에 다시 만나기로 했다. 청산은 백일,
천일, 삼년상 천도재를 모두 올릴 것이다. 극락왕생은 인간의 비원일
뿐 그 이상도 이하도 아니다. 형이상학 형이하학이 말 그대로 왕복무
제(往復無際)다. 청산은 구경(究竟)의 이치를 통달한 선지식이다.

무정 유정, 유심 유물이 일통지견(一通智見)이라는데 나는 청산과
행우에게서 얼핏 유물관(唯物觀)을 엿보았다. 맑스의 사회과학적 유물
론과는 다른 우주 철리(哲理)에 대한 고도의 선험적 사변이라는 생각
을 했다. 그 둘의 우주관은 맑스론, 헤겔 변증론의 저수지다.

나는 청산이 있어 삼학산에 가는 재미가 있다. 가을 하늘인 듯 한

기 어린 겨울 공기가 볼을 때리는데도 마음 한구석은 왠지 따스하다.

맑은 하늘에 구름은 노닐고 호수에 재두루미 날갯짓 차오르는 풍경이 오늘따라 새로운 건 육안인가, 심안인가?

〈끝〉

'6.26' …
최후의 연장전

1

"아악!"

느닷없는 비명소리에 아내가 기겁을 하며 흔들어 깨웠다. 입은 한껏 헤벌린 채 이유 모를 숨을 헐떡거리며 새벽잠을 헤매던 남편의 잠꼬대가 섬뜩했다.

"여보, 여보! 당신 어디 아파요?"

아내의 채근에도 얼른 일어나지 못하는 남편의 얼굴에 식은땀이 배어 있었다. 아내는 소심한 남편이 또 심장발작 난 것 아닌가 겁이 덜컥 났다. 한참 동안 천정을 멍하니 바라보던 남편이 힘겹게 상체를 일으켜 세웠다. 아내는 얼른 이마의 땀을 닦아주고는 냉수 한 사발을 갖다주었다. 벌컥벌컥 단숨에 들이마시고 한 숨 찾은 그가 맞은편 벽시계를 보니 7시를 가리키고 있었다. 새벽 한 시에 들어왔으니 한 시간 늦게 깨었다. 벌써 30분 전에 집을 나섰어야 할 시간이다.

박 과장은 이른바 저유가 저금리 저 달러를 지칭하는 '3저 호황'에 한껏 재미를 보고 있는 수출 전문 무역업체에 다니고 있다. 회사 중견으로 활약하고 있는 30대 중후반의 엘리트 샐러리맨 박 과장은 남들이 독재정치다 뭐다 시국을 걱정하지만 이런 호경기가 레이거노믹스와 전두환의 카리스마 덕이라고 생각한다.

그에게 지금의 경제 상황은 박정희 유신 때 비할 바가 아니다. 어쩌면 단군 이래 최대의 호시절이라는 생각도 든다. 박 과장은 그런 자신을 당당한 대한민국 중산층이라고 자부하며 산다. 그런 그에게도 늘 머리에 이고 다니는 리스크가 있다.

'한반도 위기'다. 김신조 1.21 사태나 울진·삼척 무장공비 사건 때는 학생 시절이라 몰랐다. 사회에 첫발을 내딛고 더구나 무역회사에 몸을 담그면서부터는 그런 뉴스가 자신과 가족에게 만만찮은 현실 문제라는 것을 피부로 느끼기 시작했다. 국내 언론보다 외신의 위력이 훨씬 강력하다는 것도 알았다.

사실이든 아니든 한반도 관련 대형뉴스가 터질 때마다 외국 바이어들은 거래를 줄이거나 손절매 하는 일이 다반사다. 정부가 야심차게 시행하고 있는 외자유치 활성화 인센티브에도 외국인 투자자들은 고개를 돌리기 일쑤다. 이런 일이 70년대부터 지금까지 5~6년을 간격삼아 주기적으로 일어나고 있다. 회사는 휘청거린다.

그럴 때마다 정부가 환차손 보전이다 수출액 달러 당 지원금 얼마다 등등 개입으로 살아났다. 그리고 언제 그랬느냐는 식으로 다시 활황이 이어졌다. 이 정부 들어서서 4년 전 '아웅산 테러 사건'을 빼고는 특별한 사태가 없이 여태 잘 굴러왔다.

'86 아시안 게임'도 잘 끝났고 이제 '88 올림픽'을 기회로 사세를 뻗쳐가는 일만 남은 창창한 시국이다. 박 과장이나 회사 관계자들은 「수출보국 달러 애국」 사훈 아래 정부의 지원과 간섭을 당연하게 여긴다. 반정부는 곧 반국가다. 정권에는 든든한 자금줄이고 우군이다.

남들이 '정경유착'이라든 뭐든 상관없는 일이다. 박 과장이 흉몽을, 그것도 악몽을 꾼 건 느닷없는 일이었다.

그날도 그는 상관 김 부장과 다른 부서장 서넛이 함께 1차를 거쳐 스탠드바에서 신나게 몸을 풀고 일행과 헤어진 후 김 부장과 단둘이 예의 '9회말'에 들렀다. 오래된 단골집이다. 이 집은 11시쯤이 돼야 손님이 꼬이는 3차 집이다. 할매의 간판메뉴 '텍사스 술국'을 찾는 술 례객으로 이미 자리가 찬 듯하다.

'텍사스'는 인근 뒷골목에 양공주 촌이 있는데 일명 '텍사스 촌'이라 불린다. 그걸 따다 붙인 건데 묘한 기분을 준다. 통금도 없다. 없어진 지 벌써 5년이 넘었다. 새벽까지 여는 집도 많고 파출소에 끌려갈 일도 없다. 얼마나 자유로운 세상인가! 둘은 할매가 가리키는 구석의 빈자리를 찾아 들어갔다.

박 과장과 김 부장은 앉자마자 부서 실적 문제로 갑론을박을 이어 갔다. 둘은 고향 까마귀이자 초중고교 6년 선후배지간이다. 그런데 지금 500명이나 되는 회사의 같은 부서에서 상하관계로 있다.

더 기이한 건 박 과장과 김 부장 집이 같은 지번에 집 '호수'만 다르다는 거다. 그러니까 주택업자가 땅을 사서 10여 채 단독주택을 지어 팔아먹은 건데 그 집들을 산 것이다. 한 지번 이웃사촌이다.

생면부지 김 부장이 입사를 도와준 것도 부서원으로 끌어온 것도 아닌 생초면 사인데 어느 날 회식 2차에 가서 취중 속을 트다 알게 된 겹 인연이었다. 그렇다고 회사가 둘의 이런 특출한 관계를 알 일도 없다. 사실 조그만 사무실에서는 이런 관계도 말이 나면 불편해진다.

끌어주고 당겨주고… 연고주의 시각이 생겨난다. 이건 순전히 우연이다. 집에까지 이런 관계가 이어지는 건 아니다. 지척지간이라고 해도 일단 들어가면 끝이다. 사적 왕래를 전혀 하질 않으니 부인들도 서로 둘의 존재 자체를 모른다. 회사와 회식 자리까지만이다.

사실 둘의 관계는 서로 편치가 않다. 업무 관계든 사석에서든 사사건건 견해 충돌이다. 더 웃기는 건 기질이나 정치 성향은 물론 행동적 정의감도 닮은꼴이다. 다른 것도 있어야 한쪽이 숙일 때도 있고 보완재도 된다. 그게 아니니 견해가 다르면 충돌이 일어날 수밖에 없다.

구조적으로 피할 수 없는 외나무다리다. 회사든 술자리든 어디든 때와 장소를 가리지 않고 양보 없이 논전을 벌이는 요인이다.

매사에 자존심 깔린 건곤일척 질긴 입심마저 엇비슷하니 애증의 2중 관계다. 논전인지 논쟁인지 다툼인지 뒤섞여 무시로 벌어지는 명석 판을 흥미롭게 관전하는 이들은 염려 반 즐거움 반이다.

그래도 둘만의 이런 자리에서 비로소 편안한 말문이 터진다.

"내가 형님 시다바리요? 왜 사사건건 이래라 저래라 참견하는 겁니까?"

"야, 이 시키야! 네가 누구 땜에 잘나가는 부서에 계속 목이 붙어 있는 줄이나 알어?"

목소리 큰 둘의 언성에 주변에서는 진짜 싸우는 줄 알고 뜯어말리려 드는 이들도 있다. 주모는 말릴 생각 없이 빙긋거린다.

'9회말'을 나온 둘은 또 두 집 건너 '연장전'으로 들어갔다. 여기도 단골이긴 한데 가끔씩 들른다. 다음 날 출근길이 고생길 되기 십상이기 때문이다. 여기서 또 1시간여 술을 푼 둘은 마침내 헤어졌다.

인적 끊긴 고개바위 좁은 길을 비틀거리며 들어가는 박 과장 손에 식칼이 들려 있었다. 이런 사실을 의식도 못 한 채 휑한 밤거리 이슬바람을 맞으며 걸어가는 그의 머릿속은 오히려 점점 맑아지고 있었다. 커지는 동공에 비례해 어둠속 사물이 차츰 명징하게 그의 안광 속으로 빨려 들어왔다.

그런데 저 앞에 이상한 물체가 어른거리는 게 아닌가! 유기견인가 사람인가… 뭔지 모르지만 움직이고 있었다. 그가 뒤따라갔다. 소심하기 짝이 없는 박 과장도 술만 들어가면 간이 배 밖으로 나온다. 물체는 사람이었다. 그가 멈춘 곳은 어느 집 담 밑이었다.

잠시 머뭇거리던 그는 별로 높지도 않는 그 집 담을 어렵잖게 타넘고 있었다. 도둑이 분명했다. 아니면 강도일 수도 있다. 도둑으로 들어갔다가 세 불리하면 칼을 내미니 같은 거다.

박 과장은 깜짝 놀랐다. 그 사람이 월담해 들어간 곳은 바로 자기 집이 아닌가! 갑자기 머리가 아뜩해졌다. 정신을 수습한 그의 바른 손아귀에 자기도 모르게 힘이 들어갔다. 뭔가 묵직한 게 잡혔다. 그게 뭔지, 왜 자기 손에 들려 있는지 알 필요도 그럴 겨를도 없이 박 과장은 쏜살같이 집 쪽으로 내달렸다.

야심한 시각 그 상황에 벨을 누를 경황도 없는 박 과장은 단숨에 제 집 담 위로 몸을 날렸다. 어디서 그런 스피드와 몸의 중심이 생겼는지 모를 일이었다. 놀란 건 상대방이었다. 캄캄한 마당 뜰에서 다음 동작을 준비하던 그의 등 뒤로 번개같이 날아든 사람의 출현은 예상키 어려운 당혹감이었다.

박 과장은 일말의 주저함도 없이 칼을 휘두르며 그를 쫓아 들어갔다. 자기 집 마당이니 야밤도 대낮이나 별반 다를 바가 없었다. 낯선 지형에다 난데없는 돌출자의 익숙하고도 민첩한 공격 앞에 침입자는 뒷걸음을 치다 화단 경계석 돌부리에 걸려 그대로 가시장미 넝쿨더미 위로 나자빠졌다. 박 과장은 온몸을 날려 침입자를 덮쳤다. 그리고 놈의 몸뚱이 위로 젖 먹던 힘을 다해 손아귀에 든 것을 찔러 넣었다.

뭔가 끈적거리는 액체가 손목 위로 전해져 왔다.

박 과장은 혹시라도 놈이 칼을 꺼내 반격할까 싶어 아예 '초전 박살'을 내기로 작정했다. 유신군대 출신이라 군 생활 3년 동안 입에 붙은 구호다. 박 과장은 놈의 상체 여기저기를 사정없이 찔러댔다.

잠시 후 놈은 축 늘어졌다. 경황 중에 놈의 얼굴을 뜯어보았다.

"아~악, 이럴 수가…!"

박 과장은 기절초풍했다. 김 부장이었다. 이게 어떻게 된 일인가?

김 부장은 박 과장 한 집 건너 옆집이다. 그렇다면 김 선배가 술에 취해 제집인 줄 알고 잘못 찾아든 건가? 사모님한테 미안해서 그냥 담을 타 넘은 건가?

돌이킬 수 없는 사태에 박 과장은 후들거리는 두 다리를 간신히 세워 휘청거리며 집안 댓들에 올라섰다. 그리고 이내 현관문 고리를 잡은 채 정신을 잃었다. 뭔가 인기척에 가슴 졸이며 조심스레 문을 열던 박 과장의 아내는 온몸이 피투성이가 된 채 쓰러져 있는 남편을 보고는 소스라치게 놀라 외마디 비명을 질러댔다.

"아악!"……

꿈이었다. 아주 고약하고 상상할 수 없는 끔찍한 꿈이었다. 아내는 남편의 비명소리에 놀라 흔들어 깨우고, 남편은 꿈속 아내의 비명소리에 놀라 잠을 깼다. 요즘 기분 나쁜 꿈이 자주 꿔진다.

박 과장이 밤새 시달린 악몽의 시발점은 이달 초 어느 유력 일간지 박스 기사다. 6월 2일치 ㄷ일보에 실린 기사인데, 로이타-연합통신 발「뉴욕 타임즈」에 게재된 '88올림픽 직전 한반도 전쟁시나리오' 기사의 전문을 인용 보도한 것이다.

내용인 즉 88년 5월, 올림픽 4개월을 앞두고 벌어질 남북한 간의 가상 전쟁시나리오다. 그 시나리오의 결론에 따르면 미국과 소련의 '핫라인'을 통한 양 정상 간 긴급협상 타결로 전쟁은 국지전에서 일단

멈춘다는 것이다. 이 와중에서 남한의 군부는 국민의 지지를 얻지 못하는 현 정권을 무너뜨리고 쿠데타를 통한 정권 장악을 기도할 것이며, 북한의 남침 의도를 고무시킬 우려가 있다는 이유로 미국이 견제하기는 하나 끝내 쿠데타를 통해 집권한다는 불길한 내용이다.

또한 미국은 한반도에 가진 '준 절대적 이해관계'로('사활적 이해관계'인 일본, 중동 아래 등급) 내키지 않는 협상을 새로운 군사정부와 벌인다는 것이다. 여기서 문제는 미국이 한국을 포기하느냐 마느냐의 결정에 따라서 우리의 운명이 결정되어 진다는 논조의 얘기다.

역으로 보면 중·소의 북한에 대한 관계(지지)는 상호 우호(군사동맹)조약 규정에 의해 절대적 이해관계의 동맹이다. 이에 비해 남한은 '… 그럴 수도 안 그럴 수도 있는 선택권이 전적으로 우리 미국에 있다. 너희는 우리말을 듣지 않으면 안 된다!'는 식이다. 다분히 위협적 논조로 일관되어 있다. 이 기사를 읽는 박 과장의 진지함과 상관없이 그의 현실적 시국관은 분명했다.

"… 나와 가족의 운명, 그리고 남·북한 민족 전체의 생사 여탈권이 주변 강대국 손에 쥐어져 있다는, 그런 비판적 정치 평론은 내게 중요한 게 아니야…."

박 과장 처지에서는 이런 기사가 나올 적마다 당장 그가 담당하는 거래 바이어들의 동향이 심상치 않다는 사실이 그의 관점을 지배하고 있다. 실적이 좋으면 연간 보너스 1,000% 말고도 이런저런 복지 급양비를 장난 아니게 손에 쥔다. 대신 가정도 휴가도 없는 일벌레로 살아야 하는 대가는 치른다. 그게 대수랴!

그런데 이런 일이 터지면 곤두박질이다. 진짜가 아니라도 이런 뉴스 몇 방에 다 날아간다. 현상 유지만 해도 눈치 보이는 이 호경기

판에, 미국의 대변지라는 세계에 힘깨나 쓰는 언론이 변방국에 대한 특집기사를 내는 건 보통 일이 아니다.

문제는 우리나라처럼 아니면 말고 식 기사가 아니라는데 더 심각한 걱정이 들었다.

"휴우~~"

한숨이 절로 나온다. 미국이 우리 정부에 예방주사를 놓는 건지 실제로 그런 프로세서가 돼 있다는 건지 알 수 없는 박 과장에게 거래처와 해외 바이어들을 설득해낼 힘은 없다. 이건 그의 손을 떠난 국제 문제다. 이럴 때마다 정부의 무기력한 대응에 속 타는 일이 반복된다. 타다 못해 속이 부글부글 끓는다. 간부들도 웃는 게 우는 거다.

요즘은 국제문제도 아닌 국내 정치·사회문제로 회사 일도 경제도 계속 꼬인다. 지난 1월에 터진 박종철 학생 '물고문 치사 은폐 조작 사건'도 그렇고 이후 '4.13 호헌' 발표와 재야의 격한 반대운동 사이에 낀 시국이 교착되면서 덩달아 외국인 주식 철수가 줄을 잇는다.

상반기 경제 성장률이 반 토막 나는 터에 「뉴욕 타임즈」기사는 회사 처지에서 엎친 데 덮치는 꼴이 됐다. 회사가 어수선해지니 능력 있다는 이들은 벌써 다른 회사로 갈아타는 일도 생겨나고 있다.

박 과장뿐 아니라 대부분 사람들은 '4.13 중대 발표'가 있다고 해서 전두환 대통령이 통 큰 양보를 할 걸로 짐작했다. 그런데 그 반대였다. 예상을 뛰어넘는 초강경이었다.

"88올림픽 때까지 일체의 개헌논의 금지… 대선은 현행헌법대로!"

계엄도 아닌데 초법적인 '포고령'이다. 목에 잔뜩 겹 주름 잡힌 거만한 표정과 위압적인 말투로 읽어 내려가는 요체는 체육관 선거를 강행하겠다는 것이다. 노태우를 대통령 만들어 정권교체 아닌 '정부 이양'을 하겠다고 했다.

시국이 안개속이니 정치판을 살피는 회장님도 갈팡질팡이다. 상공부 교섭도 관리들 복지부동으로 지지부진하고, 부수 사업인 수입 고급 소비재도 재고만 쌓이는 데다가 바이어와 자본투자유치도 어렵다.

박 과장과 김 부장이 머리를 맞대고 타개책을 찾으려고 애를 쓸수록 쌓이는 스트레스는 깊어만 갔다. 이에 비례해 둘의 술자리도 더 빈번해지고 3차 4차까지 흘러가는 일이 다반사인 나날이다. 새벽에 나와 새벽에 들어가니 애들 얼굴도 가물거리고 부부 사이는 최악이다.

'수출보국 달러 애국'에 매진하는 무역 전사로 허울 좋은 중산층 살림유지에 호구 잡힌 속이 타들어 간다. 이달 들어 연일 터지는 대학생 데모 열기만큼이나 바싹바싹 말라간다. 이런 와중에 좀체 없던 꿈도 꾸고 내용도 사나워졌다. 꿈자리가 뒤숭숭해지더니 급기야는 사람 죽이는 잠꼬대 꿈까지 꾸는 지경이다. 그것도 김 부장을 말이다.

스트레스가 우울증 되고 충동행동을 벌이는 정신질환이라는 애기를 들은 바 있어 박 과장은 더욱 우울했다. 박 과장은 벌써 달포 전에 나왔던 「뉴욕 타임즈」 기사를 ㄷ일보가 왜 그 시점에서 박스 기사로 내보냈는지 분석해 볼 필요를 느꼈다.

이런 유사 보도는 보통 국제면 하단에 1~2 단으로 처리하는 게 통례다. 크게 다뤄 좋을 게 없기 때문이다. 이건 상당히 예외적이란 느낌이 들었다. 만약에 미국 정부가 흘린 시나리오대로 흘러간다면 박 과장에게도 치명적인 재앙이다.

("과연 그럴까? 왜 지금인가…?")

진짜로 그렇게 될지 해프닝으로 끝날지… 무슨 불순한 복선이 깔린 공작 성 기사는 아닌지 여하튼 최대한 알아보는 게 밥줄 걸린 박 과장에게는 중요한 과제였다.

그러고 보니 6월 2일이라는 보도 시점에서 냄새가 났다. 이날의 앞뒤는 '1.14 종철이 사건', '4.13 호헌 조치 발표', '6.10 민정당 대통령 후보 선출 전당대회'와 역시 같은 날 저녁 6시 명동성당 앞으로 예고된 [국민운동본부]의 대규모 '6.10 민정당 전당대회 규탄대회'라는 양보 없는 소용돌이 혈전이 진행되는 시국 한 가운데다.

국민운동본부 발표로는, 매일 열리는 저녁 6시 길거리 국기 강하식 종소리에 맞춰 이날 전국 30여 곳 도시에서 일제히 대규모 시위 집회를 연다. 정면 대결이다. 같은 말, 같은 일도 주체가 누구냐에 따라 성격이나 행간 해석이 달라진다.

ㄷ일보는 유신 시절 정부에 비판적인 기자들을 제일 먼저 잘랐다. 그리고 이 정부 들어 허문도가 주도하는 '언론 통폐합' 정책에도 앞장서서 수십 명에 이르는 양심적인 기자들을 대량 해직시킨 언론사다.

말하자면 세간에 친정부 보수언론의 대표지다. 그런데 쫓겨난 그 기자들이 지금 [국본]을 끌고 가는 주된 전술 역량이 되고 있다. 예전 같으면 제아무리 거센 학생·재야 세력의 투쟁도 전투경찰을 풀어 모두 진압했고 여론도 이내 시들해지고는 했다. 지금은 그게 아닌 것 같다.

연일 터지는 투신 분신 사건에다 전국 각지에서 대학생들의 시위 중간중간에 다리 역할을 해주는 촛불집회와 성명 발표가 봇물이다.

점점 시위 규모나 횟수, 외치는 구호도 에스컬레이터를 타는 양상이다. 말하자면 '4.13 호헌 조치'로 인해 전경 몇 만 명을 투입하는 초강경 진압에도 오히려 격렬해지는 반대운동에 힘겨워하는 게 박 과장 눈에 보인다. 한 마디로 국민들을 상대로 전투를 벌이는 정부와 경찰이 밀리고 있는 형국이다.

지금 ㄷ일보의 전쟁 시나리오 운운 기사는 현 정권을 옆구리에서 도와주는 작업이 분명해 보인다.

"북풍…?!"

박 과장은 변형된 '북풍' 공작 기사라는 생각이 퍼뜩 들었다.

'귤이 회수를 건너오면 탱자가 된다'는 그 말이 여기 딱 들어맞는다고 박 과장은 생각했다. 특히나 지난 4월 서울 사립 S대 학생이 '호헌 철폐'를 요구하며 학교 옥상에서 투신한 여파는 대단히 크게 나타나고 있다. 그가 여학생이라서 국민 정서에 던지는 충격이 더 크다.

"… 性을 혁명의 도구로 삼는 운동권…."

박 과장은 이 사건이 2년 전 '부천서 권인숙 양 성고문' 사건 때, 검찰이 몰아쳐서 재미를 본 일을 떠올렸다. 그런데 이번에는 그 말이 쑥 들어갔다. 지금은 운동권과 일반 국민을 분리시키기 어렵게 국민 대다수가 그들을 지지하고 있기 때문이라는 생각이 들었다.

박 과장은 그 여학생의 죽음이 부모나 기성세대에게 나서달라고 요구하는 피할 수 없는 메시지가 아닌가 하는 생각이 들었다. 스크랩 기사를 뒤적여보니 85년 '5.3 인천 사태' 이후에만 10명째다. 택시 기사 분신자살도 일어나고 여하튼 다른 나라 사람들이 한국 뉴스를 보면 안팎으로 전쟁하는 나라로 생각될 일이다.

그런데 요즘 '4.3 호헌' 이후 대학과 재야의 계속적인 시위뿐 아니라 각계의 시국선언이 신문광고에 토막으로 수십 개씩 붙여 자주 뜨고 있다. 새로운 방법이다. 기사를 안 써주니 십시일반 광고로 알리는 모양이다. 일반인들도 꽤나 동참한다.

「뉴욕 타임즈」 보도 내용이나 그 소스인 미 국무부 의도와 달리 그 기사가 한국에서는 정권 옹호를 위한 북풍 정치로 변질된 것 같다.

문제는 이 기사가 며칠 동안 인용 재인용되면서 여타 신문뿐 아니라 TV 9시 종합뉴스 헤드라인으로 계속 뜨고 있다는 것이다. 사람들은 뜨악해하면서도 이걸 믿게 마련이다. 박 과장은 경제가 어찌 되건 말건 자신들의 권력 유지에 몰입하는 정부가 밉다.

"이런 젠장, 왜 지랄들이여~ 한쪽이래두 가만히 굿이나 보고 떡이나 먹지…."

전두환의 호헌 선언 발표 후 각계각층의 반대 성명 중 어제 처음으로 [전국 Y 초·중등 해직교사] 17명 명의의 시국성명이 '국본'을 통해서 발표됐다는 보도가 9일 자 조간 사회면 중간 1단 기사로 떴다.

"이젠 선생들도 나오는구만……."

요즘 박 과장은 아내가 생전 안 나가던 국민학교 자모회에 불려나가는 일을 알았다. '4.13 호헌 조치' 설명회에 참석하러 꼭 나오라는 독촉이 여러 번 왔다고 했다. 거리 계도 활동도 해야 한다고 했다.

"여보, 아들 녀석이 글짓기다 교내 웅변대회다 해서 원고를 써달라고 조르는데 학교가 원래 이렇게 돌아가는 거예요?"

"……."

박 과장만 그런 게 아니었다. 회사 내 젊은 동료들의 분위기도 차츰 묘하게 돌아가기 시작했다. 이런 낌새는 김 부장을 통해 확실하게

감이 잡혔다. 김 부장도 박 과장의 분석 결론과 거의 일치했다. 술자리에서 확인된 둘의 공감은 시국의 또 다른 관심으로 옮겨갔다.

경제 논리로만 돌아가지 않는 배후의 정치 현실에 대한 경험칙이 이번에 적나라하게 들어난 것도 둘의 일체감에 한 몫 더 했다. 회장님이 6.10 전당대회 관련으로 노태우 후보한테 크게 배팅했기 때문이다.

5~6년 전 부산의 고지식한 재벌 양정모의 신발회사 국제상사가 전두환의 체육관 대통령에 턱없이 적은(?) 취임 축하금으로 권력의 분노를 사 그룹이 공중분해가 됐다라고 하는 학습효과는 컸다.

"… 이번에 우리 회장님이 통 크게 30억을 쐈다!"

사내 카더라 통신에 돌아다니는 말이다. 대개 통신은 들어맞았다.

대신 정권의 반대급부와 보호막은 확실했다. 공기업의 막대한 수출 물량을 대행해서 어려운 회사 처지에서는 아주 큰 수수료를 안정적으로 챙기고 이에 더해 수출단가 연동 지원금도 넉넉하게 타먹는다. 요즘은 달러당 135원씩 받는다. 마지못해 내는 보험금이 아니라 적극적인 이권 청탁 뇌물이다.

박 과장 회사는 100여 개 납품회사에서 받는 물량을 자기회사 명의로 원산지 생산자 딱지를 붙여 OEM 방식으로 직수출하는 것처럼 한다. 수출보조금을 납품회사 아닌 이 회사가 받는 연유다. 뿐만 아니라 납품단가 후려치기, 납품 기일 단축, 어음 기일 늘리기 등등으로 저가 납품을 강제하고 대금은 질질 끌기 일쑤다. 정권과 유착된 '갑'이다!

대부분이 영세해서 복잡한 수출 절차나 바이어 확보, 해외 정보 등을 독자적으로 진행하기 어려운 사정을 이용해서 박 과장 회사가 이런 영세기업들을 묶어 수출 대행을 해주고 수수료도 받고 수출보조금도 챙기는 것이다. 꿩 먹고 알도 먹는다. 땅 짚고 헤엄치기다.

박 과장은 술에 취하면 소리를 지르기 일쑤였다.

"대한민국에 안 그런 회사 있으면 나와 보라 그래, 짜~아식들!"

100년 가도 제 상표 하나 없는 싸구려 '메이드 인 코리아'다. 대신 영세 하청 업주는 자신들의 이문을 노동자 저임금으로 쥐어 짜낸다.

이게 한국 경제의 경쟁력이란 걸 박 과장은 요즘 새삼 돌아본다.

'분석의 힘은 묻힌 진주도 꺼낸다'… 라는 격언을 속으로 곱씹는다.

("그런데 이렇게 쥐여 짜이는 하청이 왜 찍소리도 못하고 있을까?")

일반인들은 의아해하면서도 묻지 않는다. 그들이 대항할 수 있는 방법은 노조를 만드는 것밖에 없다. 그러면 바로 '빨갱이' 딱지가 붙는다. 무노조 경영이 회장님들 사이에서는 대단한 자랑이다. 노조를 하면 뭣하나, 파업은 언감생심이다.

박 과장 회사 역시 노조 그림자도 없다. 말조차 금기다. 알고 보면 같은 노동자 신세. 월급 더 받고 펜대, 전화질로 조금 더 편하게 일한다고 그들과 다른 '중산층' 모드로 산다.

박 과장의 분석 영역은 점점 확장되어 갔다. 같은 노동자라도 원청 회사에 속한 자신은 '하이칼라 샐러리맨'이고 하청은 '노무자'다.

박 과장은 선택된 사람이다. 대기업 원청과 오너가 성장 과실을 가져가고, 파치 난 과실 일부를 김 부장과 박 과장이 얻어먹는다.

"하청 노무자는?"

"그 패들이야 버리는 거 주워 먹는 상 노가다지 뭐~"

박 과장의 말에 주저 없이 내뱉는 김 부장의 대꾸가 호기롭다.

"회장이 주인이야! 이사는 심부름꾼이고 직원들은 머슴이다. 머슴이 뭘 알아…."

작년에 재판정에서 한보그룹 정태수가 내뱉은 유명한 말이다.

박 과장 머릿속에 요즘 시국의 배경이 점차 명확하게 들어오기 시작했다. 수평선 여명의 아침이랄까, 대치선의 윤곽도 선명해졌다. 요즘 알았다. 자신은 새끼 머슴, 하청은 허접한 상머슴이란 사실을 말이다.

유신 때도 그랬지만 이 정부에 사람들이 등 돌리는 게 꼭 무슨 민주화 의식이 높아지고 그 바람이 간절해서가 다는 아님이 확실했다.

먹고사는 문제가 깔려있다. 정부는 열심히 '고도성장'을 선전한다.

'성장의 온돌방 효과'를 언론에 나와서 열심히 설명한다. 아랫목 불을 때서 윗목을 덥혀준다는 논리다. 그러나 현실의 아랫목은 너무 뜨거워 장판지가 탈 지경이고 윗목은 냉골이라 자는 사람들이 고뿔에 걸린다는 게 문제라는 비판도 많은 게 사실이다.

"그래, 성장이 분배는 아니야, 독점이지 독점! 또래 두 배 월급을 갖다 줘도 마누라 장바구니 한숨은 늘 같은 거야. 거기다 재벌만 아니라 우리 회장도 번 돈을 몽땅 부동산 투기에 쏟아붓고 있잖아. 땅으로 떼돈 벌려고 하는데 솔직히 파는 물건이 경쟁력 있겠어?"

김 부장이 동의하는 박 과장 분석은 결론 지점에 와 있다. 목적이 순수하고 이상적이라도 자신의 밥줄과 이해관계가 생기지 않으면 절대 움직이지 않는다. 그런데 지금 시국은 이들이 움직이는 모양새다.

샐러리맨들의 저항이다. 넥타이 부대다. 밥줄이 정치다.

강권 통치로 일관하는 군부 정권 대 학생·재야·중하층 서민들이 한속이 된 대치선이 분명해 보인다. 대중에게 '민주화 쟁취 대 호헌 유지'는 겉이다. 성장에 호구 잡힌 분배의 저항이 그 속이다.

박통, 전통 정부가 그동안 누구 편이었는지도 읽혀졌다. '위장취업'이다… '잠입 프락치'다… 학생, 노동운동이 다 남의 일이었던 넥타이맨눈에 뭔가 답이 보이기 시작했다. 정부가 쩔쩔매는 것도 이들이 움직이는 게 큰 이유라고 박 과장은 내심 단언했다.

문제는 '계엄령'이다. 이게 변수다. 지금 시국은 '광주 항쟁' 초반 시위보다 훨씬 광범위하고 전국적이다. 정권에 위력적인 위협이다.

그때 신군부는 공수부대를 투입했다. 물론 미국의 사전인지와 묵인이라는 허용이 있었다. 그런데 지금 이상하게 돌아가고 있다. 경비계엄이 아닌 비상계엄을 내리고도 남을 상황인데 겉은 조용하다. 어쩌면 패를 만지작거리면서 미국에 목을 매고, 미 대사와 8군 사령관은 침묵으로 시간을 질질 끄는 그들끼리의 시간 싸움인지도 모른다.

상황은 그들 내부적으로 엄중하고 긴박하게 돌아가는 것이 틀림없을 테지만, 박 과장은 점차로 미국이 전두환을 버릴지도 모를 거라는 쪽으로 쏠리기 시작했다. 국민적 지지를 받지 못하는 정권을 지켜줬다가 그 지역 전체 판을 잃어버릴 수 있기 때문이다.

"출정이다!"

박 과장은 결심했다. 딱 보름 전이다. 1주일을 머리 싸매고 분석해 낸 결론이다. 그리고 그날 아침 조간에 오른 선생님들의 성명과 다음 날 국본 시위에 동참하겠다는 선언도 작은 자극이 됐다. 그러나 박 과장은 조직도 단체도 없는 혼자다. 머슴쟁이 월급쟁이다.

평범한 샐러리맨 홀벌이 가장 박 과장은 퇴근 후 혼자 거기에 가기로 마음먹었다. 팔뚝질 대신 길가 사람들 틈에 섞여 응원하는 선으로 마음을 정했다. 밥줄은 소중하다.

그런데 뜻밖에 큰 사건이 다시 터졌다. 박 과장이 결심했던 '9일' 바로 그날이다.

2

연세대학생 이한열이 자기 학교 정문 앞에서 2천 명 학생들 대오 맨 앞 열에서 대로를 사이에 두고 전투경찰 3천 명과 대치 중, 기습 적으로 작전을 개시한 진압경찰 최루탄에 머리를 맞아 병원 이송 도 중 사망했다는 급보였다.

머리에서 흘러내리는 피 묻은 얼굴과 상반신이 기울어진 채 옆 동 료의 부축으로 간신히 지탱하고 있는 현장 사진은 충격 그 자체였다.

종철이는 남영동 경찰 고문실에서 은밀하게 죽임을 당해 그 참담 한 현장을 본 일이 없다. 분신 투신한 학생들도 마찬가지로 사건 이 후에 보도를 통해 접한 것이었다. 이건 확실히 달랐다.

학생들의 잇단 비극적인 죽음은 정서적 동일체인 대학생들의 격렬 한 반정부 대항뿐 아니라 자식을 둔 학부모들의 깊은 반감도 불러온 게 공통점이다. 종철이 죽음의 실체가 5.18 7주년 날 천주교정의구현 사제단을 통해 정부기관대책회의에서 조직적으로 축소 은폐 조작되었 다는 폭로가 나오면서 민심이 아주 멀어진 영향이 커보였다.

여기에 9일 한열이의 안타까운 현장 사진을 통해 많은 사람들은 1960년 4.19 혁명의 기폭제가 된 김주열 학생이 연상됐다. 그는 마산 앞바다에서 최루탄이 눈에 박힌 채 수장됐다가 떠올랐다. 물에 둥둥 떠 있는 고등학생 교복 차림 그대로인 그의 처참한 시신이 일부 신 문에 사진으로 실렸다.

마른 들판 불씨 한 톨이 세상을 뒤집는다. 금년 시국의 시발과 분

기점은 종철이와 한열이 죽음이다. 보도로는 경찰이 45도 상향 발사 수칙을 어기고 '직사' 했다고 한다. 최근 들어 이렇게 쏜다는 전역 전경의 증언도 잇달았다. 증언 아니라도 요즘은 학생이고 시민이고 무차별 최루탄 난사가 이뤄지고 있다. 박 과장이나 퇴근길 동료들이 다들 보는 장면이다. 정부만 아니라고 우긴다. 국민을 소경으로 안다!

길 주변은 종일 짙고 매운 연기로 온 시가지가 뿌옇다. 손수건을 얼굴에 붙이고 다니는 게 흔한 풍경이 됐다. 길가 장사하는 이들의 아우성도 말이 아니다.

6월 10일 날이 밝았다. 박 과장은 오늘 시국이 마치 석양에 마주선 두 건맨의 'OK 목장의 결투'와 진배없다고 생각했다.

오전 10시가 되자 박 과장은 슬며시 옆 휴게실로 갔다. 이미 너댓 명이 담뱃불을 연신 빨아대며 화면을 응시하고 있었다. KBS-TV로 생중계되는 장충체육관 안은 화려했고 검은색 양복에 넥타이를 맨 한결같은 복장의 당원들이 객석과 바닥 의자에 빼꼭히 들어앉아 있었다.

잠시 후 단상 바로 밑에 자리한 악단 반주에 맞춘 수백 명 국립합창단의 대통령 찬가가 울려 퍼지는 가운데 전두환 대통령과 이날의 주인공 노태우 후보가 입장했다. 행사는 '질서정연'하고 '일사분란' 했다. 집체 교육장 같았다.

그런데 단상 중앙 귀빈석에 최규하뿐 아니라 윤보선 전 대통령도 앉아있는 건 뜻밖이었다. 윤보선이 누군가? 5.16으로 불과 몇 달 후 대통령직에서 쫓겨나 줄기차게 박정희와 싸웠던 사람 아닌가?

전두환이 박정희 심복이자 수양아들인 군사정권 수괴라는 게 천하

공지인데 그의 핵심 동행자 노태우 잔치에 나오다니…….

앞 잔치는 끝났다. 이제 밤의 향연이 기다리고 있다. 박 과장은 내심 고민했다. 명동으로 갈 건가, 아니면 집 동네 천주교성당 앞으로 갈 건가! 명동에 가면 익명성은 보호받을 것 같은데 귀갓길을 장담할 수 없는 게 문제였다.

박 과장은 서울 동남쪽과 행정 경계가 붙은 위성도시 K시에 산다.

회사가 마포 쪽에 있어 전철 출퇴근이 밀려도 한 시간 안쪽이다. 집값도 싸고 거주환경도 괜찮아 그곳에 10년째 산다. 퇴근은 달라도 김 부장과는 이웃이라 아침에 늘 역에서 만나 함께 출근한다.

그런데 명동에서 또 무슨 사태가 일어날지 예측불허다. 양쪽이 총력전이기 때문이다. 어물거리다가 시간 놓치면 집까지 거리도 먼데다 두 번 갈아타는 전철도 놓칠 수 있다. K시는 그 반대의 문제가 있다.

박 과장은 성당을 택했다. 자신의 집에서 반대 방향인 도심지 주변의 작은 언덕 위 천주교성당 정문 앞 공터다. 오늘 집회장이다.

하늘은 맑으나 마음은 흐리고 무거웠다. 전경들이 도로변 입구를 막아섰고, 골목골목을 모두 차단했다. 성당 입구에는 20여명의 수녀. 신자들이 연좌 농성하면서 찬송가를 부르고 있고 그 바로 앞에 전경들이 마주 보고 앉아 대치하고 있었다. 전경 부대 몇 걸음 옆에는 노인네 한 무리가 진을 치고 서 있었다.

("허허~ 살날 얼마 남지 않은 이들이 이 시간에 여기 대체 무슨 일인 거여? 이상도 하네….")

진압 전경을 응원하는 노인들의 이런 광경은 처음 봤다. 그들은 산발적으로 구호를 외쳐댔다. 열심히 하는 모양새가 자발적인 열성이 분명해 보였다. 무리 사이에서 팔뚝질을 하는 노인도 있다.

"빨갱이는 물러가라! 누굴 위한 데모냐… 경찰님들 힘내십쇼…."

노인들은 맞은편을 향해 연신 삿대질을 해댔다. 경찰이 든든한 빽인 듯 '호가호위'가 유치하고 비루해서 웃음이 나왔다.

("이 노인네들이 지상에서 사라지면 더 이상 이런 꼴불견은 안 보겠지! 지금 장년층이 설마 저들과 똑같은 꼴이 되겠어?")

집회는 의외로 적은 참여로 조용히 진행되고 있었다.

더 이상 늘어나는 참여자는 없어 잔뜩 긴장하며 갔던 박 과장은 내심 맥이 빠졌다. 이때 컴컴한 한쪽 구석에서 이 장면을 지켜보는 박 과장 등을 누군가가 툭툭 쳤다. 깜짝 놀란 박 과장이 돌아보니 큰 검은 테 안경을 쓴 이가 특유의 허연 이빨을 드러내며 웃고 있었다.

김 부장이었다. 반가움도 잠시… 놀라고 의아했다.

"아니, 부장님이 여긴 웬일로…?"

"이 사람아, 그런 자넨 왜 여기 왔나? 히히히~"

김 부장은 빗방울이 떨어진다는 예보를 핑계로 우산까지 들고 나왔다. 둘은 지나가는 행인인 듯 어둠속에 몸을 감추고 한 시간여를 지켜보다가 인근 도로변 가게에 들어가서 사이다 한 잔씩을 들었다.

수녀들은 계속 찬송가를 부르면서 연좌해 있고, 맞은편 노인들은 욕설 반 구호 반 삿대질이다. 보호장구와 곤봉을 차고 등에는 최루탄 발사총을 멘 중무장 전경대가 중간에서 꼼짝 않고 서 있다. 집회와 불과 5~6미터 거리다. 유신철폐 데모 이후 오랜만의 광경이다.

둘은 별 상황변화가 없을 것 같아 버스를 집어탔다. 대학 후문 주변 도로에 최루탄 가루가 뽀얗게 깔려있었다. 상가도 다들 셔터를 내렸다. 전혀 다른 상황이 벌어지고 있었다. 그제야 시내에서 결국 일이 터진 걸 알았다.

이곳에는 종합대학이 둘 있다. 모두 사립이다. 서울 상황과 같이 돌아간다. 직장도 대부분 서울이라 베드타운 격이다. 정치 성향도 다른 위성도시들이나 비슷하다. 낡은 시내버스 차창 틈으로 스며드는 최루가스 냄새에 박 과장과 김 부장은 질질 흘리는 콧물을 연신 닦아내고 틀어막으며 집으로 돌아왔다. 남편이 살아 돌아온 듯 반갑게 맞는 아내에게 박 과장은 겸연쩍어했다.

'6.10 규탄 집회'는 시국의 새로운 시작이었다. 사태가 걷잡을 수 없이 발전해 갔다. 이젠 프로야구 열기도 시들해 보일 정도로 어느 곳에서든 둘만 모이면 온통 시국담과 경제 걱정이 가득했다.

정국은 안개 속처럼 혼미하고 지방에서 시위가 서울보다 더 격렬하다. 진압 전경이 무장해제당해 포로 신세가 되는 일이 여러 곳에서 동시다발로 생겨나기 시작했다. 시민들의 호응도 높아져 가는 데 비례해 정부의 안보 위기감 강조도 수위가 높아지고 있다.

민정당 내부에서도 조심스럽게 다른 의견들이 대두하고 있는 모양이다. 지금 권력 내부에서는 숨 가쁜 상황이 전개되고 있다고 봐야 한다. 그럴 거다. 정권의 존망이 걸렸다. 박 과장이야 기껏 신문 방송을 보고 상식적인 짐작만 할 뿐이다. 저들은 지금 하루하루가 극적 긴박감의 연속일 게 틀림없다.

"… 재들은 지금 겉으론 뻥뻥대도 자신들 예상을 훨씬 뛰어넘는 사태에 놀라 허둥지둥하는지도 몰라! 군대 동원해서 또 계엄령을 내릴 수도 있어. 아니면 무릎 꿇고 '항복?' 글쎄, 재들이 그건 아닐 거야….

음~ 무슨 기발한 기만책이 나올지도 모르지. 근데 미국이 전두환 편은 아닌 게 분명한 것 같아. 명동성당 농성 몇백 명을 손도 못 대는 것 봐라! 그것도 정권이 맘대로 못 하는 거다…."

어젯밤 '연장전'에서 김 부장이 단언했던 말이다. 지난 17일 국본 주최 제2차 대규모 전국 시위 집회에는 사상 최대의 참여자가 길거리에 나섰다. 경찰 추산으로 50만이면 실제는 150만이다. 시민들의 절대 호응에 박 과장도 자신감이 생겼다.

("이젠 혼자가 아녀~")

박 과장과 김 부장은 요즘 견해 충돌이 없다. 정전인가, 평화인가?

다음 날인 18일 목요일은 시위 인파가 더 늘어났다. 파출소가 습격당하고 대통령 사진이 길바닥에 팽개쳐졌다. 텔레비전 밤 9시 뉴스를 틀면 늘 제일 먼저 등장했던 전두환 대통령의 모습도 언젠가부터 사라졌다. 아예 뉴스판서 사라진 것이다. 박 과장도 의식을 못 했는데 사람들 얘기를 듣고 보니 정말 그랬다.

뉴스 화면에는 버스 택시들이 경쟁이라도 하듯 경적을 울려대고, 박 과장 같은 넥타이 맨들이 떼를 지어 건물 안이나 시위 현장 인도에서 박수를 치고 팔뚝질을 하는 그림이 나온다. 거대한 잔치판이다.

그래도 박 과장은 애초의 결심과는 달리 더 이상 길거리 나서는 게 주춤해진 며칠이었다. 김 부장과의 퇴근길 술자리도 없이 곧바로 집으로 돌아오니 아내가 놀란다. 대신 집에서 텔레비전 뉴스와 신문을 열심히 들여다본다.

오늘은 거리에 한 번 나가보기로 했다. 박 과장은 회사를 나오면서 발걸음을 가까운 영등포 쪽으로 옮겼다. 거기에도 큰 대학이 두어 개 있고 사람들이 많이 모이는 곳이다.

("휩쓸리지는 말자!")

박 과장은 다짐을 했다. 상황은 어제와 비슷했고 매캐한 최루탄 연막에 숨을 쉬지 못할 지경이었다. 박 과장은 얼른 전철을 타고 귀가해버렸다. 그런데 밤 11시경 김 부장한테서 평소 없던 전화가 걸려왔다.

"박 과장! 지금 역에 내려 들어가는 길인데 말이야, 역 광장 네거리에 대학생 수백 명이 도로에 앉아 노래 부르고 있네."

박 과장은 자신을 감시하는 아내를 붙인 채 구경삼아 급히 나가보았다. 김 부장 말대로 그 시각에 7-800명 학생들이 연좌시위를 계속하고 있는데 그 주변에도 학생 숫자만큼의 시민들이 삐-잉 둘러싸고 지켜보고 있었다. 심정적인 호응과 보호의 의미가 커 보였다.

시위대나 시민들 모두 금방 집에 들어갈 생각들도 아닌 듯 했다.

박 과장은 연좌한 시위대열 앞쪽에 나가서 구경꾼인 듯 행세하며 지켜보았다. 잠시 후 시위대 일부가 우측 언덕 쪽 여학교 가는 길로 진출을 시도하고 대부분은 역 광장을 가로질러 6호 광장 쪽으로 몰려나갔다. 박 과장과 그의 아내도 인도를 따라 같이 이동했다.

김 부장도 틀림없이 이 근방 어딘가에 있을 텐데 보이지 않는다.

시위대 목표는 시가지 중심인 중앙로 은행가와 시청 앞 광장이었다. '5월가' '우리의 소원' 등을 부르며 스크럼을 짜고 나아가는 학생 시위대 뒤로 많은 시민들이 따라갔다. 별 저항 없이 5호 네거리에 진출해서 대오를 정비한 시위대는 곧바로 중앙로로 나아가고, 일부는 시청 앞 남부로 쪽 전경들이 국민학교 전방 도로에서 시위대 쪽으로 압박을 가하자 이를 저지하기 위해 길바닥에 주저앉았다. 칠 테면 치라는 대담한 각오다.

"호. 헌. 철. 폐. 독. 재. 타. 도- 호. 헌. 철. 폐. 독. 재. 타. 도-"

끝없이 반복되는 구호는 언제 어디서나 아주 간단해서 귀에 팍팍 들어왔다. 피카소 극장 앞으로 나아갔을 때 최루탄이 갑자기 요란한 폭음을 내며 날아들었다. 아내가 보이질 않는다. 어디로 갔나?

혼자 인도를 오가며 시위대에 호응하고 있던 박 과장은 시위대 선두 대열 옆 인도에서 지켜보다가 가스를 옴팍 뒤집어썼다. 최루탄은 속사포처럼 비 오듯 날아들었다. 박 과장은 정신없이 대열 후미로 뛰어가다 급한 김에 도로변 빵집으로 대피했다. 주인 남자는 선풍기도 틀어주고 물수건도 나눠주었다. 시민들은 학생 편이 확실했다.

"후퇴~ 대오 정비~ 전진~ 후퇴~"

시위 지휘부의 선창에 대열이 따라서 떼창을 하며 조직적으로 움직였다. 공방전이 몇 번 벌어진 후 시위대는 5호 네거리와 전화국 방면으로 분산 후퇴하기 시작했다. 박 과장도 전화국 쪽으로 후퇴했다.

시위대는 약간의 선발대만 5호 네거리에 진을 치고 전방을 경계하는 가운데 전화국 대로변에 집결하여 다시 연좌 농성에 들어갔다. 결속된 조직력의 위력은 대단했다. 흩어지고 모이면서 적을 흔들었다.

이때 5호 광장 네거리에 재집결한 학생 200여명이 파출소를 둘러쌌다는 말이 돌았다. 박 과장도 YMCA 건물 뒤편으로 돌아서 그 쪽으로 뛰어갔다. 독한 가스 냄새와 함성이 뒤섞여 아수라장이다.

"비.폭.력~ 비.폭.력~ 비.폭.력~ 비.폭.력~"

일부 학생들은 질서를 외쳤으나 곧 투석과 다중의 구호에 묻혀버리고 파출소는 이내 박살이 났다. 박 과장은 종군 기자가 됐다.

몇몇 학생들이 책상을 밟고 올라가 정면 벽에 걸려있던 전두환 초상화를 밖으로 끌어내 불을 질렀다. 모두들 환호하였다. 박 과장도 순간 박수를 쳐댔다. 사관의 심정으로 취재하는 기자도 인간이다.

"불 질러, 불 질러~"

여학생의 매서운 소리가 들렸다. 파출소를 불 지르라는 거다.

시위대 대부분은 수건으로 마스크를 하고 있었다. 일부 여학생들은 돌멩이를 가득 담은 가방을 둘러멘 채 뒤를 받치며 병참 역할을 하고 있었다. 남학생들은 시위를 주도하느라 기동력이 필요했기 때문에 여학생들이 돌멩이를 공급하는 역할 분담이었다. 남학생들은 넘겨받은 돌을 바지 양쪽 주머니에 가득 채우고 투석전에 임했다. 돌이 바닥나자 보도블럭을 깨서 보충하기도 하고 공사장에서 구한 각목과 쇠파이프도 상당수 들려 있었다.

박 과장은 잠시 후 이 곳 상황이 소강상태에 들자 다시 전화국 쪽으로 갔다. '불란서 제빵' 근처의 작은 광장 한구석에서는 전경들로부터 빼앗은 한 무더기의 진압 장비들을 모아서 불태우고 있었다.

무장해제를 당한 전경들 일부가 저쪽 어두운 가장자리에서 시위대에 둘러싸인 채 초췌한 모습으로 서성이고 있었다. 패잔병 모습 그대로였다. 전쟁이었다. 전투장의 인간실존을 봤다.

("왜 이 지경 되도록 전두환은 내버려 둘까? 독재자 고집인가, 작전인가?")

5호 광장과 전화국 앞 교통초소 두 곳도 박살이 났다. K대 후문 진입도로 입구에 있는 파출소는 어쩐 일인지 아직 무사하다. 이 파출소는 대학 사찰 아지트로 알려져 있다. 경찰은 보이지 않고 방범대원들이 긴장된 표정으로 경계를 하고 있다.

박 과장 대학 시절 학내 사찰은 정보과 형사들뿐 아니라 학생 프락치들도 많았다. 학과 단위로 한둘씩은 있다는 게 통설이었다. 이들은 낌새가 보이는 족족 정보를 넘겨주니 데모가 원천 차단이었다.

프락치들은 사복이 아닌 정식 학생이었다. 누가 프락치인지 알 수가 없다. 함께 토론하고 술도 먹고 MT 가서 날밤도 새며 진한 우정을 나누는 사이다. 그들이 친구 선후배 동료를 밀고하고 정보를 팔아먹는 대가로 장학금을 받아 등록금 술값을 댔다. 양심은커녕 안면몰수 극한이다. 지금도 독재 치하다. 같을 거란 게 박 과장 생각이다.

얼마 지나지 않아 온 시가지가 돌멩이와 깨진 보도블럭으로 가득 찼다. 청소차와 오토바이도 파손된 채 길 한가운데 버려져 있다.

인근 포장마차 안에는 시위대열에서 잠시 빠져나온 학생들이 소주와 오뎅 국물로 허기진 배를 채우고 있었다. 박 과장도 슬그머니 끼어서 목을 축였다. 박 과장은 갑자기 내일 출근이 걱정됐다.

집에 돌아오니 새벽 1시 반이다. 지금 이 시각에도 6-700여명 정도가 계속 시위를 하고 있다. 목을 빼고 기다리던 아내가 잔뜩 뿔이 났다. 하다만 빨래를 해치우더니 방으로 들어가 버린다. 함께 시위 현장을 구경나갔다가 아내는 내팽개치고 제 맘대로 돌아치다가 이 새벽에 들어왔으니 얄밉기도 하고 걱정도 많이 됐을 거다.

박 과장은 자신도 모르게 격랑 속으로 들어가고 있었다. 시대는 점점 험해져 갔다.

3

박 과장은 아내에게 굳게 약속했다. 더는 시위 구경 않겠다고 달래며 새벽같이 전철역으로 나왔다. 김 부장도 오늘따라 일찍 나왔다.

그 캄캄한 밤중에 이리저리 몰리는 인파 속이라 만나지는 못했어도 같았을 거다. K시에서 이런 '사태'는 처음이라고들 했다. 이날 밤도 어제 시위 양상 그대로다. 전국적인 항쟁 대열이 연 3일째 참여기록을 갈아치우며 6월의 무더운 열기를 더욱 끌어올리고 있었다.

다행히 이날은 종일 흐리다 저녁께 가랑비가 내리기 시작했다. 시위대나 전경이나 땀을 덜 흘릴 것이다. 그런데 쫓고 쫓기는 치열한 공방 속에 시위대 일부가 박 과장이 사는 주택가 골목까지 쫓겨 들어왔다. 전경대도 끝까지 쫓아오면서 최루탄을 사정없이 갈겨댔다.

순식간에 주택가는 아수라장이다. 집안에 있던 주민들은 황급히 밖으로 뛰쳐나오고 전쟁이 따로 없다. 좁은 골목 어귀인데다 비까지 뿌려대는 날씨 탓에 최루가스가 도통 빠지지 않아 주택 안방까지 가스가 들어찼다. 아이들이 울부짖고 난리가 말이 아니다.

박 과장은 자정 뉴스를 틀었다. KBS 보도본부 24시가 나왔다. 화면에는 이한기 총리 얼굴이 잠깐 비치더니 총리의 호소 반, 경고 반 담화문 발표뉴스가 나왔다.

대전에서는 시위 중 버스를 뺏어 전경대에 돌진하여 4명이 중경상을 입었는데 그중 한 명이 숨졌다고 한다. 내일 노태우가 김영삼 이민우 이만섭을 국회 내 공개된 자리에서 만난다는 뉴스도 떴다.

박 과장은 TV를 껐다. 오늘도 만리장성만큼 긴 하루였다.

시위는 다음 날도 그다음 날도 세를 유지하며 경향 각지에서 계속 이어졌다. 이제 승부는 완연히 [국본]으로 기울었다. 정부는 주도권을 잃고 질질 끌려오는 모양새다. 이상한 것은, 전두환은 뉴스에서 사라지고 별 민심 수습용 카드도 던지는 것이 없다. 계엄령 징후도 전혀 느낄 수 없는 정부의 일방적인 수세 국면의 지속이다.

명동성당에는 아직도 300여 명 항쟁 농성자들이 버티고 있다. 여기가 국본 항쟁지도부의 본거지다. 처음에는 성공회 본당이었는데 여기가 '성역'처럼 되면서 지도부가 옮겨온 것이다. 이곳이 전국 도처의 항쟁에 지침을 주고 전체적인 통일 대오 관리와 투쟁 방향 일정을 조율하면서 끌어가고 있다. 정부가 털끝 하나 못 댄다. 깡패용역 동원한 대리 해결도 포기한 듯하다. 미국 입김이 박 과장 생각이다.

며칠 전 야간 시위 때 궁금해서 아내 몰래 거리에 나선 박 과장은 5호 광장 네거리에 주저앉은 학생들 앞에 이곳 대학 총장이 사과짝 연단에 올라서 일장 훈시하는 걸 봤다.

서울 어느 S대 총장까지 했던 80 가까운 유명 법학자다. 이 사람은 현 정권에서 총리 하마평에 계속 오르내리던 인물인데 작년에 이곳 사립대 총장으로 왔다. 그는 학생들의 시위를 가로막고 해산을 강하게 주문하고 있었다. 학생들은 꿈쩍 않고 자리를 지켰다. 30여 분을 떠들던 그 분은 심야에 힘에 부친 탓인지 부축을 받으며 어둠 속으로 사라졌다.

박 과장은 다음 날 그 사람 이력을 알아봤다. '대일 항쟁기'에 경성제대 법학과를 나와 고등문관을 지낸 전형적인 친일파였다. 박 과장 보기에는 세월을 잘 만나 여기까지 온 거다. 아니면 광복 후 처단될 운명이 틀림없었다. 이 사람의 어젯밤 행동은 압력을 받은 건지 신념에 따른 사명감인지 모르나 결과는 국민들이 반대하는 현 정권을 두둔하는 행위라는 거다. 박 과장은 입안이 썼다.

(*경성 '제대'는 친일파들이 "경성대학에도 동경제대처럼 '제국'을 꼭 붙여 달라"는 떼를 써서 붙인 것이다. 우리는 '1류'로 알고 있으나 당시에도 '4류 대학'이었다. 동경제대가 1류… 만주 건국대가 2류… 대만대가 3류였다. 만주, 대만은 '제국'을 붙여달라는 떼를 쓰지 않아서 안 붙였다. 군사정권 치하 총리를 지낸 강영훈이 경성제대를 합격하고도 일제 치하 만주 건대로 간 까닭이다. 이런 이들이 꽤 있었다.)

전두환이 다시 뉴스 앞머리에 등장했다. 그저께… 그러니까 24일 수요일 마침내 전두환이 김영삼과 청와대에서 만나 회담을 했다. 그런데 전두환은 모든 정치 현안을 노태우에게 미루었다. 김대중의 가택연금을 해제시켜 주겠다는 정도가 전부였다. 아직 배가 부르다. 항쟁이 더 계속되어야 할 상황이란 생각이 박 과장 머리를 스쳤다.

이 달 들어서만 시민 경찰 학생 합쳐 600여 명이 다치고 여러 명이 죽어나가고 있다. 경제도 점점 어렵게 돌아가고 있다. 거리는 해 떨어지기 무섭게 셔터문 내리고 철시하기 바쁘다.

장마당 난전도 파장이고 회사도 갈피를 못 잡고 허둥대는 티가 여기저기 나타나고 있다. 원화 환율이 급등하여 수출원자재 90%를 수입에 의존하는 기업들은 아우성이다.

레이건의 임기가 말년에 접어들면서 레이거노믹스의 역효과가 정신없이 세계 경제를 흔들어대고 있다. 곡물시장에 이어 지금은 원유와 비철금속류도 산출국이 아닌 미국. EEC 주요 메이저들의 투기시장에 편입됐다. 1~2년 전부터 그렇게 돌아가고 있다. 박 과장 분야다.

미국도 한국의 정국안정화에 결론을 낼 때가 되지 않았을까? 자칫 실기하면 원치 않는 국면에 들어선다. 박 과장 생각이다.

오늘도 박 과장은 여느 때와 같이 조심스럽게 현관문을 열고 아내의 배웅을 받으며 집을 나섰다. 회사도 시국도 빨리 정리가 되어 다시 평화가 왔으면 좋겠다. 하늘은 맑고 초여름답지 않게 아침 바람이 신선하다. 토요일은 모처럼 가족 나들이라도 할 참이다.

오늘은 국본에서 당국의 협박에도 불구하고 민주 평화 대행진을 벌이는 날이다. 여기는 오후 6시 중앙로 네거리가 집결지다. 국본은 시민들이 국기 강하식 때 애국가를 부르고, 대행진 때 손수건을 흔들며 적극 참가하도록 권유하고 있다. 박 과장도 이건 할 수 있다,

요즘 들어 여섯 시가 되면 칼퇴근이다. 회사 방침이다. 잔업 철야가 사라져 좋긴 하지만 시국 탓이라 마음에 걸린다. 퇴근길에 회사 근처 대포집에 들러 혼자 막걸리 2병과 족발 1개를 시켜 배를 채웠다.

술이 들어가자 다시 배포가 커진 박 과장은 지금쯤 시내에서 평화 대행진이 제대로 진행되고 있는지, 시민들이 얼마나 참여하고 있는지 궁금했다. 그래도 그는 전철을 탔다. 며칠 전 심야에 시위대를 따라다니며 고생도 했고 아내에게 약속도 했다. 민주시민 책임도 할 만큼 했다. 박 과장은 오늘도 집으로 직행하리라~다. 역에서 내린 박 과장은 미군부대 옆길로 빠져 버스를 타러 중앙로로 곧장 나왔다.

시내버스 세 정거장 가면 집이다. 그런데 길이 막혔다. 버스 기사는 오던 길을 되돌아 다른 우회로로 돌아간다고 했다. 박 과장은 거리상황도 살필 겸 걸어서 가기로 했다. 골목길 곳곳에 학생들이 흩어져 해질 때를 기다리고 있었다. 예정된 시간이 여전히 해가 중천이라 여기는 7시에 움직이기로 했다는 것이다.

전경들 역시 긴장된 표정으로 길가에 늘어서서 만일의 사태에 대비하고 있었다. 모든 차량 진입이 끊긴 도로는 텅 빈 광장으로 변했다. 경찰이 미리 외곽으로 우회하도록 시내 진입을 통제한 탓이다.

박 과장은 이면도로를 지나가는 택시를 탔다. 그러나 얼마 못 가 택시도 더 나아갈 수 없었다. 내려서 중앙로 쪽을 뒤돌아보니 벌써 학생 4-50명이 도로 일부를 점거하고 시위행진을 막 시작하고 있었다. 양쪽 인도에는 수백 명의 시민들이 꼼짝 않고 학생들을 지켜보고

있었다. 침묵은 그리 오래가지 않았다. 전경들은 짐짓 '쿵쿵~' 거리는 요란한 군홧발 소리를 내며 위력과시를 하더니 중앙로 시청 앞 광장과 중앙 파출소 양편에서 협공하면서 기민하게 학생들을 포위했다.

이때였다. 팽팽한 긴장감 속에 연좌한 학생들 맨 앞 열에서 여학생한 명이 일어나 대열을 향해 섰다. 팽팽했던 고요함이 한순간에 깨졌다. 절묘한 타이밍이었다. 여학생은 핸드마이크를 들고는 카랑카랑한 목소리로 성명서를 낭독하고 구호를 선창했다. 칼이었다. 묵묵히 지켜보고 있던 인도의 시민들이 일제히 박수와 환호로 호응했다.

그 여학생은 가끔 대학 앞 서점에서 만나 눈인사를 주고받는 잘 아는 학생이다. 사회대 3학년인 이 여학생의 선봉 투쟁 모습과 카랑카랑한 목소리는 꼭 80년 5월 광주에서 가두방송을 도맡았던 그 여성 투사를 연상케 했다.

사실 대회를 사전조직하지 못한 지역 국민본부와 충분한 준비가 안 된 학생들은 다음 순서를 정하지 못한 채 대치 한 가운데서 어정쩡하게 연좌하면서 투쟁의 미숙함을 노출하고 있었다. 이때 총학생회 간부로 보이는 여학생의 선도투쟁 결기가 분위기를 단번에 바꿔놓은 것이다. 지역 국본 집행부는 어디에 있는지 보이지 않았다. 학생들이 독자적으로 행동하는 게 분명했다.

지금 사태 진행은 자연발생적으로 이루어지고 있다. 오히려 그것이 더 위력적이라는 생각도 들었다. 불가측한 유동성이 크다. 이런 상황에서는 경찰이 치밀하게 대처하기 어렵다. 시민도 같은 편으로 보이고 시위대 일부로 보이기 때문에 분리 대응이 어렵다.

그러나 여학생의 선도투에 반짝했던 열기는 다시 가라앉았다. 지방

대학생들의 경험부족이 그대로 나타났다. 강철 같은 투쟁의지와 다음 단계로 나아갈 시위행진의 조직되지 못한 방법론 부재다. 상황은 학생지도부 역량의 미숙으로 경찰이 역공을 가할 태세로 돌변했다.

중앙수퍼 앞 시민들 쪽에서 상황을 지켜보던 박 과장은 이대로 가다가는 평화대행진이고 뭐고 싱겁게 무산될 거라는 판단이 들었다.

"웅차 웅차~ 웅차 웅차~"

박 과장은 인도의 시민대열 한가운데에서 아랫배에 지그시 힘을 주고 박수를 치며 구호를 선창했다. 잠긴 물 퍼 올리는 마중물이다.

그러자 학생들이 힘을 얻은 듯 구호를 외치기 시작했다. 침잠해 있던 시민들도 박수를 치며 다시 호응하기 시작했다. 호응이 점차 열기를 더 해 가자 학생들이 모두 일어서서 시청 쪽으로 움직였다. 그러자 시민, 아이들이 시위대 후미 도로 한가운데로 몰려나왔다.

이들이 결과적으로 시위대 일부가 되어 시위참여자가 졸지에 배가 됐다. 중파 쪽에서 경계 포위를 하던 전경 부대는 결과적으로 시민들이 그사이를 막아버리는 바람에 아무런 힘을 쓰질 못하게 되었다.

언제 모였는지 학생들은 그 새 몇백 명으로 불어나 도로를 꽉 채우고, 구호와 시위는 더 격렬해졌다. 늘어만 가는 시위대와 그 기세에 멀찍이 밀려나 있던 5호 광장 쪽 전경들이 다시 조금씩 조여 들어오기 시작했다. 그러자 후미에 있던 전경들도 시민들을 도로 밖으로 밀어내며 앞으로 간격을 좁혀왔다. 이제 양편 전경대와 시위대와의 간격은 20여 미터! 충돌 일보 직전이다.

시위대와 도로변 시민들은 합쳐서 1천 명쯤이다. 박 과장을 포함한 이들은 하나가 되어 함께 시위를 하는 형국이 되었다. 박 과장은 시민들 사이를 계속 왔다 갔다 하면서 박수와 선창을 연호하며 선동을 했다. 어디서 그런 게 나오는지 본인도 모를 일이다. 열기가 더 달아 오르는 것 같았다. 이렇게 10여 분이 흘러갔다.

이 때 양 편에서 조금씩 포위를 압축해오던 경찰이 갑자기 함성을 지르며 전격 돌진해 왔다. 후미에서 진격해 오던 전경대열 가운데서 백골단과 전경 2-30명이 갑자기 튀어나오더니 맹렬한 기세로 연행 작전을 시작했다. 박 과장은 순간적으로 당황해서 학생·시민 한 무리에 섞여 중앙수퍼로 뛰어들었다.

그러나 사전에 역할 분담을 하고 그를 찍어 둔 듯 너댓 명의 체포조는 다른 사람들은 거들떠보지도 않고 처음부터 집요하게 박 과장만 쫓아왔다. 시민대열 속에 섞여 감시하던 사복 프락치가 무전으로 그를 찍어준 게 틀림없었다.

후다다닥….

수퍼 2층 계단으로 도망쳤지만 백골단 체포조는 계속 쫓아가며 옥상 쪽으로 박 과장을 밀어붙였다. 그런데 3층 계단을 올라서니 옥상으로 통하는 문이 잠겨있는 게 아닌가? 막다른 벽 앞에서 이제 도망칠 곳이 더는 없었다. 순간 두 놈의 억센 가죽장갑 손아귀가 박 과장의 목덜미를 후려치며 목을 감싸 나꿔챘다. 목이 뒤틀리며 목뼈가 부러지는 것 같은 고통이 밀려왔다.

목덜미가 뒤로 젖혀진 채 끌려 내려오는 모습은 영락없는 중범죄자였다. 박 과장의 느낌이다. 도로 한가운데는 이미 닭장차가 여러 대 도착해있고, 수십 명의 대학생들이 무릎을 꿇린 채 두 손을 머리 뒤로 깍지 낀 모습으로 아스팔트 바닥에 머리를 쳐 박고 있었다.

조금이라도 머리를 들면 군홧발로 짓밟고 그럴 때마다 비명이 터지는 게 말이 아니다. 포로다. 설사 포로라 쳐도 제네바협정에 따른 포로 대우가 있다. 하물며 이들은 주권 시민이다. 전쟁터에서나 볼 법한 '법보다 주먹'이다. 사진으로 본 광주항쟁 모습 그대로였다.

학생들 틈에 끼어 똑같이 당하려니 체면도 그렇고 자존심도 상하고 울화가 치밀었다. 박 과장은 무릎 꿇고 머리에 깍지를 낀 채로 바닥에 엎드리는 걸 완강히 거부했다.

"나는 선량한 시민이고 교육자다… 이러면 안 된다~!"

박 과장은 발길질 당하는 와중에도 큰 소리로 외쳤다.

'교육자~'라는 말이 통했는지 전경 애들이나 책임자가 움찔하며 더는 어쩌지 아니했다. 조금 더 지나니 연행자가 자꾸 늘어났다. 이미 잡혀 있는 사람들은 닭장차에 강제로 태워지고 있었다. 안 끌려가려는 학생들과 경찰 사이에 옥신각신 승강이가 난투극처럼 벌어졌다.

전경 두 명이 한 사람씩 잡아 끌어들이니 결국 한 명 두 명 실리기 시작했다. 박 과장은 이대로 개같이 끌려갈 수 없다는 생각에 잠시 후 벌떡 일어나 격렬하게 항의하기 시작했다.

"누가 길을 가는 대한민국 시민을 연행해 잡아가라고 시켰나? 치안 국장인가 내무장관인가? 그걸 밝히기 전에는 나는 끌려갈 수 없다!"

있는 힘, 없는 힘 다 짜내어 소리쳤다. 이때 백골단 한 명이 가죽 장갑 낀 주먹으로 박 과장 머리를 반쯤 치며 내리 눌렀다. 순간 박 과장은 분노에 떨며 고개를 돌려 그를 노려봤다. 가로등 훤한 도로 위에서 정면으로 안면이 노출된 그는 얼른 손바닥으로 얼굴을 가리면서 한 발짝 뒤로 물러섰다. 놈은 더 이상 해코지를 하지 못했다.

백골단은 헬멧을 눌러 쓴데다 마스크까지 해서 자신을 감추고 경찰복으로 위장한 깡패였다. 사람들은 자신을 감출 때 잠재해 있던 동물적 마성을 드러낸다. 그 익명성이 벗겨질 때 인간은 아주 허약해지는 법이다.

("이런 걸 어디 [국가공권력]이라고 할 수 있는가! 깡패 동원이지…….")

박 과장의 독백은 밤하늘에 날리는 공허한 메아리였다. 공권력 이름으로 폭력을 행사하고 국가권력으로부터 엄호를 받는 백골단이 설치는 이 나라가 어디까지 추락할 것인지 서글퍼졌다.

박 과장은 갑자기 무슨 용기가 생겼는지 그 백골단 녀석의 마스크를 확 벗겨냈다. 그러자 놈은 기겁을 하고 자기편 무리 속으로 숨어버렸다. 소리치기를 몇 차례… 여기저기서 간간이 박수소리가 들렸다.

("그러고 보니 내가 선동가 기질도 있는 것 같네…!")

곡절 끝에 전경 두셋이 결국 박 과장 입을 틀어막으며 닭장차 안으로 끌어들이려고 시도했다. 한 놈은 차 안에서, 두 놈은 바깥쪽에서 각각 팔과 엉덩이를 잡고 밀면서 억지로 처넣으려 했다. 그럴수록 박 과장은 양손으로 승강구 손잡이를 꽉 잡고 완강히 버텼다. 그리고 다시 힘껏 소리쳤다.

"나는 학생들의 주장이 맞는 것 같아서 박수로 의사 표현을 한 것뿐이다… 이렇게 무자비하게 시민을 대하는 민주 경찰도 있느냐?"

"우-우~!"

길가 양쪽 연도에 늘어서 이 상황을 지켜보던 백여 명의 시민들이 경찰에 야유를 보내며 박 과장의 외침에 호응해 주었다. 그러자 그를 끌어들이려 사력을 다하던 전경들이 잠시 멈칫거렸다. 이때였다.

갑자기 누군가가 뒤쪽에서 한 손으로 박 과장의 머리통을, 다른 손으로는 그의 우측 어깻죽지를 잡고 끌어내리는 듯 했다. 박 과장은 얼떨결이긴 해도 그 순간을 놓치지 않고 느슨해진 전경들의 손을 세차게 뿌리치고 재빨리 빠져나왔다.

"잡아라, 잡아~"

귓가로 경찰 간부인 듯한 사내의 목소리가 들렸다. 그러나 기세 좋게 소리쳐대며 나오는 그를 잡는 전경은 없었다. 박 과장은 그 와중에도 체면은 있어 인도까지 4-5미터를 천천히 걸어 나오면서 계속 소리쳐 접근을 막았다. 그리고 인도로 나오자마자 터미널 방향으로 정신없이 뛰어 달아났다. 계속 체면 걸음하다 잡히면 망한다.

시민들 틈에 섞인 사복들에게 또다시 잡혀 진짜 야무지게 당할 것 같았다. 그런데 이상한 일이었다. 빈 택시를 세워도 세워도 다들 그냥 지나쳤다. 박 과장은 천신만고 끝에 택시를 잡았다.

얼마나 고마운지 눈물이 다 났다. 지갑이고 뭐고 주머니에 붙어 있는 게 아무것도 없었다. 박 과장은 아내를 불러내 택시비를 치루고 집안에 들어왔다. 벽시계가 11시 40분을 가리키고 있었다.

아내는 집 밖에서 계속 서성거리며 남편을 기다리다 방금 들어와 대기하고 있었다. 거실 불빛에 드러난 남편 몰골에 아내는 놀라 쓰러질 뻔했다. 박 과장도 덩달아 놀랐다. 거울을 보니 끔찍하다.

단추가 모두 떨어져 나간 와이셔츠는 여기저기 찢겨진 채 넥타이는 풀어져 너덜거리고 찢겨진 와이셔츠도 온통 핏방울이 튀어 있었다.

맨발에다 얼굴도 어디서 흘러내린 건지 피로 얼룩져 있었다. 말 그대로 '피박'이었다. 박 과장은 조금 전 거리에 선 자신의 모습을 복기해 보았다. 비바람 흩날리는 심야 길거리에 갈가리 찢겨진 피 묻은 와이셔츠를 너덜거리며 넥타이는 풀어헤친 채 맨발로 이리저리 지나가는 택시를 향해 손을 혼들어대는 모습을!

차 안에서 내다보는 기사의 눈에 어떤 모습이었을까? 봉두난발에 영락없는 광인… 미친 놈… 그 모습이었을 거다. 비로소 택시들이 연신 그를 피해 가버린 이유가 이해됐다. 태워준 기사가 대단하다.

아내가 얼른 그의 옷을 벗겨보니 몸이나 머리에 타박상만 있고 피 나오는 구석은 다행히 없었다. 아내는 가슴을 쓸어내리며 그 자리에 털썩 주저앉았다. 박 과장은 조금 전까지 거기서 지옥을 맛봤다.

어둠 속 여기저기에서 백골단이 벌이는 무자비한 폭력은 남학생 여학생을 가리지 않고 '닥치는 대로'였다. 야구방망이와 박달나무진압봉에 세무 가죽장갑을 낀 주먹을 무기로, 잡혀 온 학생들을 한풀이 하듯 마구잡이로 두들겨 팼다.

"치-익… 치-익…"

박 과장 가까이서 구타당하는 학생들의 핏물 튀는 소리가 들리기도 했다. 말로만 들었던 무시무시한 공포감이다. 공권력 행사가 아니라 사적인 집단 린치였다.

"그만해… 그만해… 우~"

밤하늘에 메아리치는 비명 소리에 연도의 시민들은 간헐적으로 구호성 야유를 보냈지만 백골단은 아랑곳하지 않았다. 도리어 그런 시민을 본보기로 잡으려 연도에 뛰어들기도 했다. 박 과장은 시위 초장에 거기서 사복 프락치 표적에 걸린 것이다.

백골단원들은 전경들과 외모부터 달랐다. 전경은 20대 초반의 솜털 보숭이 앳띤 얼굴인데 이들은 20대 중후반… 더러는 30대 초까지 보이는 나이 먹은 청년들이다. 대체로 체격이 크거나 몸체가 탄탄하고 완력이 세게 보였다. 손쓰는 품새도 건달 조폭 그대로다.

"카~악 탁!"

싸~악한 가래침을 내뱉으며 의도적으로 듣도 보도 못한 쌍욕을 거침없이 해대는 모습이 섬뜩했다. 누구랄 것도 없이 다들 똑같았다.

그렇게 교육을 받은 것 같다. 도저히 선한 국가공권력으로 볼 수 없었다. 백골단은 시위대가 가장 경계하는 '공포의 대상'이었다.

후일 박 과장이 어느 날 백골단 출신에게 직접 얘기를 들었다.

"나는 '용역' 출신이다. 백골단 요원으로 공을 세우면 정식 경찰로 특채될 수 있다고 해서 들어갔다. 다들 그걸로 열심히 임무수행을 했다. 그런데 실제로 경찰이 된 친구들은 일부다. 이용당한 거다."

그러니까 경찰 아닌 데모 진압용 폭력용역을 동원했다는 거다. 누가 군부 독재정권 아니랄까 봐 국가와 국민을 이렇게 욕보이다니!

박 과장은 생각했다. 백골단 폭력에 박수를 쳐 대는 노인 패나 이런 정권을 지지하는 층들이 자칭하는 '보수'가 이런 건가?

인간에게 쥐꼬리만 한 정의감이나 도덕적 정당성에 대한 감이라도 있다면 저들에게 표를 줄 수 있겠는가? 적어도 대한민국 20%에는 들어야 보수도 자격이 있는 거다. 돈과 지위가 지지 기준이다. 다른 것 없다. 정권과 언론이 이해관계로나 계급으로나 같은 편이다. 옳고 그름을 떠나 그럴 이유가 있는 거다. 수구든 매국이든 그런 건 개의치 않는다. 근데 하류가 무슨…….

아까 거기서 누군가의 피가 박 과장에게 튄 것 같다. 백골단의 가죽장갑 주먹은 덩치만큼이나 우악하고 매서웠다. 어쨌든 크게 다친 데가 없으니 다행이었다. 박 과장은 갑자기 겁이 났다. 아까 거기서 잡혔을 때 도망쳐 나오려고 어린 전경들 정서를 이용할 요량으로 선생님인 양 고래고래 사기를 쳤다. 그 애들이 멈칫거리는 틈새에 기적같이 탈출에 성공했다. 그런데 그 직전에 주민증을 뺏긴 것이다.

이 때 고요함을 깨고 집 전화벨 소리가 요란하게 울렸다. 김 부장 집 전화였다. 아내가 망설이다가 한숨을 내쉬며 수화기를 들었다.

다급한 목소리가 울려왔다.

"거기 박 과장님 댁이죠? 지금 저희 남편이 경찰서 유치장에 있다고 서에서 연락이 왔어요. 박 과장님은 집에 계세요?"

"예에~? 김 부장님께서요? 무슨 일로요?"

김 부장이 경찰에 잡혀갔다. 김 부장이 경찰로부터 들은 연행 사유는 시위대와 함께 경찰에 돌을 던진 죄라고 했다.

"설마 그 양반이 돌을 던지기야 했겠나…?"

아마 대학생들 틈에 섞여 구경하다가 도매금으로 무차별 연행 작전에 함께 걸려든 것이 아닌가 하는 생각이 들었다. 김 부장 부인은 박 과장을 바꿔 달라고 했지만, 아내는 만취해서 인사불성으로 쓰러져 잔다고 둘러댔다. 더욱 안달이 난 김 부장 부인은 지금 박 과장 집에 오겠다고 했다. 김 부장 부인의 화급한 요구는 이랬다.

지금 당장 박 과장을 깨워서 빨리 회사 당직에 연락을 하고 신원보증을 세워 함께 경찰서에 가서 남편이 나올 수 있도록 조치를 취해달라는 것이다.

("지금 죽기 살기로 도망쳐 나왔는데! 잘못하다간 나까지 회사에 들통 나고 재수 없으면 되잡혀 갈 수도 있는 처진데 이거 원 참 …….")

"알겠습니다, 사모님….."

아내는 일단 전화를 끊었다. 박 과장은 생각 끝에 최 이사한테 먼저 전화를 걸었다. 최 이사는 이사 대우로 김 부장 바로 위 상사다.

"나더러 어떻게 하란 말이야?"

대답은 아주 단호했다. 뜻밖이었다. 그는 몸을 많이 사리는 소심한 관료 체질이다. 그런 데 가서 어떻게 교섭하고 어쩌고 하는 사람이 아니었다. 지금 시국에 까딱 잘못하다가는 제 한 몸 탈이 나거나 찍힌다는 걱정이 우선인 듯했다. 그건 박 과장도 오십 보 백 보다.

그래도 그렇지, 보고계통을 거쳐 얼른 서에 찾아가서 신원보증을 하고 데려와야 될 것 아닌가? 김 부장 부인한테서 다시 전화가 왔다.

"어떻게 됐어요~?"

이번에는 박 과장이 직접 받았다.

"네… 사모님 죄송합니다. 상무님은 원체 그런데 용해빠진 사람이라 말을 하나마나고 해서요, 최 이사한테 전화했더니 껄끄러워합니다… 이거 참!"

"아, 그러셨어요? 저도 전화를 걸었더니 왜 그런데 어울려서 그런 곳에 잡혀갔느냐고 야단치더라구요. 그래도 그렇죠, 그런 건 나중 얘기고 우선 사람부터 먼저 빼와야 하는 것 아니에요?"

"네… 사모님 말씀 백번 옳습니다. 저도 같습니다. 근데 지금은 거기 가도 시끌벅적하고 정신이 없을 테니 내일 회사에 나가서 어떻게 대책을 세워보도록 하겠습니다."

박 과장은 백골단이고 어린 전경놈들한테 '요 새끼, 저 새끼' 소릴 들으며 두들겨 맞았던 일이 맴맴 돈다.

전화기가 또 울렸다. 박 과장과 아내의 눈이 시뻘겋게 충혈 돼 있다. 시계는 새벽 한 시를 가리키고 있다.

"남편이 풀려 나왔어요. 말을 잘 했나봐요. 근데 말이 아니에요. 고맙습…."

그녀의 울먹이는 목소리가 흘러나오다가 끊겼다.

"아~!"

박 과장 부부 입에서 동시에 안도의 한숨 소리가 새어 나왔다. '하루가 여삼추'라더니 1년 같은 오늘이다. 아내가 폭삭 늙었다. 온몸에 기운이 모두 빠져나가는 것 같은 나른함이 몰려왔다.

'6. 26'이다.

4

아침에 출근 직후 최 이사와 함께 같은 부서 오 대리 차를 타고 김 부장 집에 갔다. 마침 부인은 허리 신경통으로 아침 일찍 병원엘 가고 김 부장 혼자 누워 있었다.

일어나 거실로 걸어 나오는 폼이 간밤에 단단히 당했다. 몸이나 얼굴이 한 마디로 엉망진창이다. 왼쪽 눈썹 밑에 여섯 바늘을 꿰매고 몸 여기저기에 얻어맞아 멍투성이인 데다 10만 원짜리 검은 테 안경도 박살났다. 김 부장을 보니 박 과장은 아무것도 아니라는 생각이 절로 든다. 운이 좋았던 건지 빡세게 대들어 싸웠던 투쟁력 덕분인지 모를 일이었다.

"쳐 죽일 놈들, 보면 몰라? 이 중노인네 김 부장님을 데모꾼으로 보고 이따위로 패!"

박 과장은 최 이사를 통해 고위층에 잘못 보고될까 싶어서 먼저 분위기를 잡았다.

"이건 말입니다. 저놈들이 학생 시민 가리지 않고 아주 난폭하게 진압에 나섰다는 산 증겁니다. 그냥 넘어가면 안 됩니다. 길가 지나가는 행인을 이 지경….."

"됐네, 이 사람아! 김 부장, 회사 염려 말고 몸이나 얼른 나아 출근하시게. 내가 잘 처리해 놓겠네."

박 과장 말을 끊고 생색을 품위 있게 내는 최 이사다.

("이건 또 뭔 일이여? 책력 봐가며 밥을 먹는다더니, 이 양반이 정말 김 부장 빼온 게 맞나? '사람 한길 속 모른다'더니…!")

김 부장은 일행이 나갈 때까지 한마디 말도 없었다. 다들 힘들어서 그런 줄 안다. 박 과장도 목덜미가 아프고 고개를 쉽게 움직이지 못하기는 매한가지였다. 김 부장은 무슨 징계를 먹을지 걱정이다.

("김 부장도 보나마나 길가 인파 틈에서 소리도 지르고 팔뚝질도 했을 겨. 걔들이 아무리 밤중이래도 사람 잡는 건 '꾼'인데. 그래서 찍혀 달린 거 나만 아는 거지, 호흐흐….")

아무에게도 입 뻥긋 말고 자기와 무관한 일로 조용히 있는 게 상책이다. 사실 박 과장도 어젯밤 일로 혹시 경찰에서 연락이 올까 근심 반, 걱정 반 종일 전전긍긍이다. 주민증이야 다시 발급받으면 되지만, 그게 경찰에 있다는 게 문제다. 하긴 걔들도 연행해온 수백 명을 조사하는데 몇 날 며칠이 걸릴런지 정신이 없을 것이다.

주민증 하나 가지고 오라 가라 따따부따 할 겨를이 없을 거라고 박 과장은 타산하고 있다. 그렇지만 주민증을 왜 어젯밤 시위 현장에서 경찰에게 뺏기게 됐는지 추궁에 대비는 해둬야 한다. 둘러 댈 알리바이 궁리로 머릿속이 복잡하다. 회사로 돌아온 박 과장한테 김 부장이 전화를 걸어왔다. 낮은 목소리였다.

"넌 괜찮냐?"

그런데 목소리가 좀 어눌하다.

"형님, 괜찮을 리가 있습니까? 저도 말 아니게 피바가지 썼습니다, ㅎㅎㅎㅎ~"

"그랬어? 말도 말어라, 안경 깨지고 양복 상의 행불되고 연행당하면서 백골단에 엄청 맞았다. 지금 입술 터진 게 부어올라 말도 제대로 못 하겠다. 야, 근데 너 닭장차에 실릴 때 누가 네 어깨 머리통 잡고 끌어내려 도망쳐 준 거 기억 나냐?"

"예? 맞아요. 그때 누가 뒤에서 저를 끌어내렸어요. 그 바람에 닭장차 안에서 제 손목을 잡고 있던 전경 두 놈 손을 뿌리치고 바닥에 떨어져 구루다 냅다 도망쳤지요!"

"그게 누군지 아냐?"

"예? 글쎄 말입니다. 형님이 짚이는 사람이라도 있습니까?"

"있지, ㅎㅎㅎ~ 나야 나!"

"예? 형님이었다구요? 아, 그랬구나! 형님 이 원수 어케 갚으면 됩니까?"

"글쎄 말이여~ 나도 모르겠다. 나중에 보자 ㅎㅎㅎ~!"

박 과장은 더 말을 잇지 못하고 더듬거렸다. 허탈함이 밀려왔다.

("아, 그랬구나! 그게 김 부장, 아니 형님이었구나! 내 대신 잡혀가서 생고생을 했구나…….")

"형님, 고맙고 미안합니그려. 술 왕창 쏠께요."

"알았어, ㅎㅎㅎ…."

김 부장은 특유의 너털웃음으로 답했다. 그날 꿈속에서 김 부장을 찌른 일이나 자기 비명에 놀라 깨어난 일이 생각난 박 과장은, 지금

이 일이 꿈이기를 바랐다. 꿈속의 일과 가해자 주체만 바뀌었을 뿐이다. 때리고 찌르고 다치고… 비명을 지르며 고통스러워하는 게 꿈이 아닌 실제 상황이다. 똑같다. 박 과장은 꿈속으로 돌아가고 싶다.

박 과장 뇌리에 문득 '검은 9월단(팔레스틴해방기구PLO 무장단체)'의 15년 전 뮌헨 올림픽 테러 사건이 떠올랐다. '피의 금요일'이다.

어제 26일, 금요일… 바로 그날이다. 박 과장과 김 부장은 평생에 오지 못할 '피의 금요일'을 오롯이 맞고 보냈다. 그리고 둘만의 기념일을 작명했다. '연장전'에서다!

* 후기

[6. 26] 이후 사흘은 이상하리만치 세상이 조용했다. 마치 휴전이 된 듯 했다. 그리고 29일 월요일 아침 10시, '노태우 6. 29 선언'이 나왔다. 전두환 아닌 노태우였다. 예상을 빗나갔다. 포(包)를 숨기고 車를 내세웠다. 정치군인의 진면목이다.

소설 속 주인공 김 부장은 몇 년 전 위암으로 돌아가셨다. 그때(6. 26) 사건 이후 가끔씩 "속이 미식거린다"는 말을 자주 했다. 그럴 때면 밥을 물에 말아먹곤 했다. 그전에는 없던 현상이었다. 정신적 신체적으로 내상이 깊었던 듯하다. 그게 병마의 시발이었다.

건기 형이다. 물론 박 과장도 악몽에 시달리는 일이 그 날 이후 잦아졌다. 문득문득 兄이 생각난다. 이제는 박 과장도 은퇴하고 자연을 벗하며 산다. 그날이 있어 오늘이 있다.

"건기 형, 그립습니다… 보고 싶습니다!" 「6. 26… 최후의 연장전!」

<끝>

박그네 별곡

감옥으로부터의 식음 전폐

'**블랙리스트**' 관여 실행의 주도자로 기춘이와 조인선이 며칠 전 구속됐다. 「그네-순녀 게이트」로 검찰-특검에 구속된 이들이 현재 10여 명이다. 말하자면 '범털'들이다. 모두 주인을 잘못 만난 탓이 크다.

그렇지만 잘못 모신 죄가 크다는 게 여론의 중론이다. 더 큰 죄는 삐뚤어진 욕망으로 인해 맺은 개인적 인연으로 머무른 게 아니라, 예술계는 말할 것도 없고, 국민의 가슴에 염장을 지른 되돌릴 수 없는 패악질이 문제라는 것이다. 자업자득치고는 큰 죄업이다.

왜 '조인선'인가? 하고많은 범털 중에 조인선을 끄집는 연유는 '그네의 감옥살이 예행 연습자'로 보이기 때문이다. 물론 인선이의 이력이나 지위는 대통령 발뒤꿈치도 못 따라간다. 그네가 공주로 자라나 중전 대행을 거쳐 여왕의 자리까지 올랐으니 제 능력이든 아비 후광이든 카르텔의 기획이든 여하튼 로또 1등 이상의 확률을 뚫은 그녀다.

그런 그네는 논외로 치고, 동류 여성으로서 인선이의 주변 배경이나 학벌 이력 등은 약관의 성공한 젊은 정치인으로 보기에는 권력의 징검다리를 타 넘는 속도가 한국 사회에서는 대단히 화려하고 비약적이라 질시를 샀다. 그게 문제다. 아우토반 고속도로다.

무슨 탁월한 능력이 있는지 몰라도 차변 대변의 적당한 균형을 조금은 신경 써야 했다. 과유불급이었다. 그래서 '신데렐라'다.

무엇보다도 그녀가 스스로 비참해하는 것은 글로벌 최고 엘리트라는 자존감의 붕괴 때문이다. 최순녀는 비록 대통령을 등에 업고 최고 권력을 누렸어도 스스로 '엘리트'라는 생각은 하지 않고 살았다.

그래서 감옥 아니라 그보다 더 험한 곳에 가더라도 억척스레 적응하고 버티며 살아갈 자질이 너끈하다. 그런데 인선이는 그게 아니다.

감옥에 간 그녀를 끄집어 얘기하는 까닭이다. 그 추락의 속도와 충격이 또한 '딥 임팩트'다. '급전직하'… 요즘 말로 '드롭' 걸렸다. 그 체감을 온몸으로 느끼게 해주는 곳이 바로 교도소다. 말이 교도소지 형무소 감옥이다.

그곳은 입감 절차부터 일상의 생활까지 인간의 신체뿐 아니라 정신까지 구금하는 차가운 밀폐 공간이다. 외부와 철저히 격리되고 시간이 멈춰진 일종의 정신병동이나 다름없다. 이런 데가 전국에 48곳 있다.

교도소 37곳, 구치소 11곳이다. 이 안에 지금도 6만여 명의 수인들이 바글거리며 바깥세상과 함께 숨쉬며 살고 있다. 교도소는 기결수, 구치소는 미결수가 주로 수용된다. 교도소가 넘치면 구치소도 부분적으로 교도소 구실을 한다. 교도관(간수)이나 접견 차 들락거리는 변호사들에게는 '직장'이지만 수감자들에게는 박탈과 억압의 '수용소'다.

창구면회든 직접 접견이든 한 공간에 함께 있어도 양자 사이에는 전혀 별개로 존재하는 시·공간이다. 무엇이든지 남의 일삼아 듣는 것과 직접 겪는 것은 차원이 다르다. TV 다큐멘터리에 비쳐지는 모습이나 영화 '검사외전'에서 묘사되는 그곳 풍경은 양반이다.

그런데 그곳에서도 실제 디테일은 바깥의 축소판이다. '범털'들은 대부분 서울구치소에 몰려있다. 범털 개인의 좌절이나 참담함과는 별개로 그들은 그 안에서도 돈과 권력의 위세를 다양한 형태로 여전히 누리며 지낸다. '유전무죄 무전유죄' 2중 모순의 실체다.

조인선… 그녀가 가졌고 누렸던 그 특별했던 존재감이, 세상의 시야에서 가려진 그 특별한 시·공간에서 지금 한 인간으로서 어떻게 허물어져가고 있을 것인지를 생각해 보면 박그네의 감옥살이 모습이 선연히 그려질 것이다. 지금 그 이야기를 하고자 하는 것이다.

구속영장은 묘하게도 늘 밤 12시 전후로 떨어진다. 왜 그럴까? 경찰유치장 또는 검찰 구치감에서 초조하게 결과를 기다리는 피의자의 불안감은 시간의 흐름에 비례하며 높아져 간다. 그러다 급하게 뛰어 들어오는 수사관의 말 한마디에 가슴이 무너진다.

"떨어졌어!"

온 몸에 힘이 빠져버리고 어지럽다. 영장 신청자는 목적이 이루어졌으니 뿌듯한데 당하는 이는 절망이다. '관행'이란 이름으로 이어져 오는 심야의 영장 발부는 저승사자쯤이다.

적막하기 그지없는 야심한 밤중에 유치장 밖으로 끌려 나온 피의자는 창문마저 검게 썬팅이 된 호송차에 실려 어디론가 실려 간다.

물론 교도소로 가는 길이지만 눈 가리고 방향감각을 잃은 채 잡혀가는 죄수의 심정을 비로소 체감하기 시작한다. 어느새 교도소 정문 앞에 도착하니 기다렸다는 듯 경비교도대원이 지체 없이 육중한 정문을 열어준다. 첫째 관문이다.

어디가 어딘지 알 수 없는 낯설고 생경한 어둠속에 내려진 피의자는 수사관의 손에 이끌려 본관 어느 대기실로 따라 들어간다. 잠시 후 보안과 직원이 내민 신상 조사서를 작성하고 지장을 찍은 후 수사관과 교도소 직원 간에 신병 인수인계가 이루어진다. 이제부터 교도소 식구가 된 것이다. 데리고 온 수사관은 악수를 나눈 후 곧바로 돌아가 버리고 의자에 앉혀진 피의자는 두려운 마음이 스멀스멀 생겨난다.

범털일수록 더욱 그렇다. 기선을 제압하는 일종의 심리적 장치 구실이 한밤의 영장 발부다. 이제부터가 진짜 시작이다.

사위가 고요한 캄캄 밤중에 교도소 구조를 전혀 모르는 피의자는 이미 심리적으로 무장해제다. 보안과 조사실을 나오니 1층인지 지하층인지 내려가 들어선 곳은 희미한 형광 불빛이 낮게 깔린 반 평 남짓한 어느 골방이다. 인선이는 여기에서 일생일대의 치명적인 수치심을 맛본다. 담당 교도관과 단둘이긴 하지만, 온몸이 발가벗긴 그녀는 건조한 기계적인 어투인 여성 교도관의 말을 들어야 한다.

"이곳에 오면 누구나 하는 법적인 입감 절찹니다."

교도관의 짧은 설명을 들으면서 자신의 알몸 앞뒤 위아래를 검색당한다. 잠시 후에는 허리를 구부리라는 지시와 함께 항문 주위도 유심히 살펴본다. 물론 기춘이와 인선이 같은 고관대작 범털들이 설마 마약이나 담배가루를 담은 비닐 캡슐을 삼켜 항문 주변에 감췄을 리는 만무하겠지만 규정대로 해야 한다. 이것만은 평등이다.

그러나 전두환 노태우도, 재벌회장님도 그랬을까? 그랬을 거라고 믿는다. 법 앞에 평등을 떠나 기계적인 의무 수칙으로 해야 하는 절차이기 때문이다. 그들은 머리가 하얘지는 수치심과 저 아래 나락으로 굴러떨어지는 모멸감에 온몸을 부르르 떨지도 모른다.

("내가 누구지? 내가 왜 이런 데를 온 거야?"…….)

잠시 후 담당 교도관은 아래위 죄수복 한 벌을 꺼내놓고 속옷만 남기고 입고 온 사복은 모두 벗으라고 명령한다. 인선이는 최고 권력자의 깊은 신임을 받는 대한민국 실세 장관에서 명실공히 왼쪽 가슴에 수인번호가 부착된 구치소 미결죄수로 거듭났다.

수인번호는 1천 번 대다. 형사 잡범 분류번호다. 민주화운동 정치범은 2천 번 대라 누가 봐도 당당하다. 죄수 아닌 죄수다. 가진 것 없어도 감옥 안 수인들로부터 인정받고 대우를 받는다. 한 나라의 권력을 쥐락펴락 최고 권력자와 동락했던 기춘이 인선이의 잡범 처지는 그래서 비참하다.

수갑에 채인 그녀는 안내 교도관을 따라 어두컴컴한 사동 건물 몇 채를 지나 제일 후미진 곳 사동으로 조심조심 걸어갔다. 수인들은 이미 8시에 반 소등하고 한밤중이다. 사동 건물을 지나갈 때마다 천근 무게로 철커덕거리는 2중 철문을 열고 닫으면서 울리는 금속성에 인선이 오장육부는 쪼그라지고 오므라들었다.

몇 개 사동을 지났을까?

마침내 그녀는 자신이 지낼 방 앞에 도착했다. 작은 '독방'이다. 이제부터 특별한 일이 없으면 여기가 자신의 집이다. 독방은 아무나 가는 곳이 아니다. 일반 잡범은 언감생심이다. 주로 정치범 사상범 또는 특별관리가 필요한 형사 수감자다. 부러운 곳이면서 동시에 가장 외롭고 지루하고 힘겨운 곳이다.

교도소 내부구조는 어디나 동일하다. 수용자 관리도 운영 규칙에 따라 동일하다. 이곳의 실세는 보안과장이다. 보안과장은 이 귀한 새 식구에게 각별하게 신경을 써줄 것을 담당자에게 이른다. 그런데 이게 더욱 촘촘한 감시의 눈길로 느껴져 당사자의 불편함은 가중된다.

깊은 한숨을 들이쉬며 그녀는 마침내 자신의 방에 들어서고 교도관은 비로소 그녀가 찬 은팔찌 수갑을 풀어줬다. 그녀의 방은 1.9평!

생각보다 작지는 않다. 서울역 뒷골목 쪽방보다 훨씬 크다. 여관방 급이다. 독방도 크기가 여럿이다. 2.75평, 1.9평, 1.2평 등… 제일 작은 게 0.74평이다. 학교 교실 교단 2개를 이어 붙인 크기에 길이는 그보다 더 짧다. 혼자 누우면 양옆 틈이 없이 머리~발끝이 딱 낀다.

벽과 천정은 모두 흰색 석회 칠에 뿌연 형광등도 24시간 켜져 있어 창문만 없으면 낮과 밤 구별이 없다. 방 안팎에 설치된 카메라와 감시자의 눈길에 24시간 노출된 죄수의 숨은 턱턱 막히고 알 수 없는 울화에 어쩔 줄을 몰라 한다. 그나마 주간에 앉아 지내면 공간감이 느껴져 숨을 내쉰다. 여기서 1년을 잘 보내면 누구나 도인이 된다.

그런데 그게 말처럼 세월만 보내면 되는 게 아니다. 어쨌든지 간에 이만한 국립 수양처가 없다. 故 신영복 선생이나 비전향 장기수들이 이 공간에서 꼬박 20년을 보낸 그 경지를 상상해보라!

그러고 보면 세상 무서운 줄 모르고 분주히 설치고 날뛰며 굴러먹다 들어온 사람에게 1.9평은 수양처로 삼기에 과한 호사다. 그러나 난전판 천덕이로 굴러먹다 들어오는 부류와 달리 태생이 다른 금수저에게는 사실 이만한 고통도 없다. 인선이의 현재다. 그네는 예약했다.

진짜 고생은 이제부터다. 검찰의 마수에서 도망쳐 온 이곳인데 다음 날부터 다시 매일 같이 불려 나가는 심리적 고통과 열패감은 참기 힘든 억하심정이다. 이 틈을 검찰도 노린다. 무너뜨리기가 상대적으로 수월한 시점이기 때문이다. 인선이는 그래서 힘들다.

186

검찰에 불려 나가도 구치감 방안에 수갑 찬 채 종일 갇혀 기다린다.

"이제나… 저제나…?"

그렇게 하루를 보내다 그냥 되돌아오면 참담하다. 그렇게 몇 날 며칠을 반복하는 경우도 흔하다. 원하는 진술을 받아내려는 작전이다.

그렇게 스스로 무장해제를 당할 무렵 검사 앞에 불려 나가면 너무도 고마워서 묻지 않는 것까지 술술 불기 십상이다. 그리고는 다시는 불러내지 않기를 간절히 바란다. 검사는 이걸 놓치지 않고 잡아챈다.

갇힌 자는 그자의 밥이다. 독 안에 든 새끼 쥐다. 인선이가 누군가?

어제의 동업자가 오늘은 적이 됐다. 창과 방패로 서로가 서로를 겨눈다. 권력의 흥망이 교도소 담장 위를 걷는 처지에 다름이 아님을 그녀는 이제 조금씩 알아간다. 아무나 공공의 대변자 될 일이 아니다!

함부로 나설 일도 능력을 과신할 일도 아님을 인선이는 생각한다. 그리고 이내 머릿속에서 지워버렸다. 지금 죽기에는 너무 억울하다.

("이건 음모다. 독해야 한다. 그래야 살아남는다!")

입맛 밥맛 모두 잃은 이에게는 진수성찬도 만사 휴의다. 하물며 감옥의 밥이며 반찬이 그녀의 입에 가당키나 하겠는가? 수백 명의 밥과 반찬을 대량으로 짓고 만든 1,500원짜리 1식 3찬이다. 그 맛과 질이 어디 눈길조차 가겠는가? 북촌 반가 12첩 밥상만 받아먹던 인선이 처지에서 상종할 일이 없던 까마득한 계단 아래 인종들이 손으로 짓고 만든 걸 먹어야 하는 처지에 울컥발이 수시로 치밀어 오른다.

("아, 내 신세가…….")

그녀를 더욱 괴롭히는 것은 손수레에 실린 커다란 밥통 국통에서 국자로 질질 흘리며 퍼담아 주는 식판조차 겨우 드나드는 '식구통'으로 서투루 받다 부딪혀 복도 바닥이고 방바닥에 흘려서 듣는 천한 것들의 욕질이다. 그녀는 어금니를 질끈 깨물고 눈을 내리깔며 화장실로 들어가 식판 음식을 변기통에 쏟아버리고 변기 옆 수도꼭지를 틀어 수세미로 닦는다. 눈물이 하염없이 쏟아진다.

거울 하나 없는 방구석에서 며칠째 보습제도 바르지 못해 메마른 자신의 얼굴을 매만지며 마음을 추슬러본다. 유일한 낙은 변호사와 변호사인 남편이 교대로 매일같이 친견하러 오는 것이다. 그것 없으면 말라 죽는다. 일반 재소자들은 꿈도 꾸기 어려운 친견을 매일 한다.

얼마나 지났을까? 불감청 고소원 표정으로 닦은 식판 내놓으라 또 닦달하는 배식 '소지'들이 흘리는 웃음에 화들짝 들이미는 인선이 얼굴은 또 한 번 얼룩졌다. 복도에서 훤히 들여다보이는 변기통 입구를 수건으로 가린 채 볼일을 보는 인선이가 화장실에서 설거지를 한다는 사실은 현실이 돼버렸다. 사실 식사 후 간수는 세면 겸 식판 세척실로 가서 씻고 닦도록 문을 따준다. 인선이가 이를 기피하는 것뿐이다.

종일 갇혀있다 하루 세 번 이때를 놓칠세라 우르르 몰려가서 떠들고 정보도 교환하는 수인들의 눈총과 수다 앞에 자신을 감추고 싶어서 그녀는 자기 방 변기통 옆에 쪼그려 앉아 양치질과 세면을 하고, 먹지도 않고 버린 식기 세척을 모두 해결하고 있다. 안 받으면 단식이 되고 교도관들이 달려오는 일이 생기니 어쩔 수 없다.

인선이가 힘든 일이 어디 이뿐이랴! 하루에 한 번씩은 사방 높은 담으로 둘러싸인 작은 마당에서 교도관의 감시 아래 운동 시간이 한 시간 주어진다. 여기서 이런저런 일이나 작당이 유무상통하기도 하지만 그나마 몸을 움직이고 푸른 하늘을 쳐다볼 수 있는 유일한 기회다.

인선이는 이것도 여간 부담이 아니다. 동물원 원숭이 구경하듯 놀림거리 구경거리가 된다.

그러니 종일 좁은 방안에 갇혀 지내야 하는 인선이의 숨이 막히는 열불 속을 어쩌겠는가! 어제는 하도 답답해서 변기 앞부분 튀어나온 곳에 두 발을 딛고 코딱지만 한 창만을 열고 밖을 내다보다 그만 미끄러져 넘어지는 사고를 냈다. 무릎이고 정강이가 까지고 쑤셔 밤새 잠을 설쳤다. 자신이 개·돼지 취급을 받는 존재임을 깨달은 것도 얼마 지나지 않아서였다.

지난해 어느 날 교육부 관리가 기자들 부른 술 자리에서 말했다.

"국민 90%는 개·돼지다… 밥만 먹여주면 된다…."

국민적 소란이 났던 일이 생각났다. 지금 자신이 그 개·돼지가 된 것 같다. 아침 6시 기상은 그런대로 할 만한데, 8시 아침밥… 11시 반에 점심… 3시 반에 저녁밥! 그러니까 7~8시간 안에 하루 세 끼니를 모두 먹고 5시에는 폐방! 8시 되면 취침 자리에 들어가야 한다.

종일 좁은 골방 안에 갇혀 지내는 인선이는 참 괴롭고 힘들다. 그녀는 이래저래 '식음 전폐'다. 그런 그녀에게 유일한 탈출구가 있다.

변호사 접견이다. 가족 면회와 달리, 변호사 접견은 교도소 건물 안에서 이루어지는 데다 매일 가능하고 시간제한이 없다. 다만 선임 변호사가 수임 사건이 여러 건이다 보니 온종일 인선이에게만 시간을 내어줄 수 없는 게 문제다. 물론 더 큰 거금을 들여 1인 전담제로 그를 사면 되지만 그만큼의 실익은 없다. 변호사 남편도 조심스럽다.

아, 언제까지 여기서 이렇게 살아야 하나! 집이고 땅이고 벌어놓은 전 재산을 몽땅 털어서라도 하루빨리 지옥 같은 이곳을 탈출해야겠다는 생각만 가득 차는 나날이다. 그렇지만 만만치 않다.

검사가 요구하는 대로, 있는 대로 사실을 다 불어댔다가는 그네 여왕의 후환이 두고두고 걱정된다. 그네뿐 아니라 자신과 가족이 들어가 있는 1% 기득권 그룹에서 따돌림을 받고 밀려나는 것은 세상에서 밀려나는 두려움이다. 그녀를 더욱 뻔뻔하고 후안무치한 인간으로 남게 하는 동기다. 보이지 않는 손이다. 그게 '위안'이 되고 '독'이 되고 있음을 인선이는 요즘 느끼고 있다.

그러나 어쩌랴! 저질러진 일, 나라고 국민이고 우선 내가 살고 볼 일이지 별 수가 있겠나? 기왕에 망가진 것, 더는 나빠질 일이 없기만을 바라고 또 바란다. 인선이는 마음을 다시 독하게 다져본다.

자신이 10년 동안 몸담았던 최고 법률회사 '킴앤정'도… 역시 이곳에 몸담은 스타 변호사 남편도 이런저런 사정으로 자신을 변호해주려고 나서기 어렵다. 변호사가 변호사를 산다는 게 자존심도 상하지만 어쩌랴! 자신만 못 해도 그럭저럭 쓸만한 변호사를 남편을 통해 구한 인선이다. 이 변호사에게 바라는 건 한 가지다.

자신이 실형 감인지, 집행유예감인지는 더 잘 알 일이니, 이 사람이 하루도 거르지 말고 접견이나 잘 와서 그나마 자유롭게 숨 쉴 시·공간을 많이 만들어달라는 것이다. 기결수로 넘어가면 면회나 접견도 한 달에 네 번으로 그친다. 끔찍하다. 그 전에 어떻게 해야 한다.

인선이는 이래저래 밥맛을 잃고 사실상 '식음 전폐' 중이다. 나날이 2만 원씩 쌓이는 영치금으로 사식을 사 먹으라는 가족의 득달같은 성화도 귀에 들어오지 않는다. 엊그제는 이곳, 같은 구치소 어느 독방엔가에 들어앉아 있을 정호상과 안중범 방에 특검 수사관들이 들이닥쳐 방 안에 있던 물품들을 싸그리 훑고 갔다는 얘기를 들었다.

여차하면 교도관들도 수시로 입방해 거둬들인다. 조심해야겠다. 걔들이 뭘 모르고 순진해서 그런 일을 당한 것이다. 글로 종이로 남긴 흔적은 보관을 하면 안 되는 것들이다. 그런데 순녀 방을 '압색' 했다는 보도는 듣도 보도 못한 것 같다. "밖에서 부린 위세가 여기서도 통한다니까!" 틀린 말이 아니다. 알아서 편의를 봐주고, 알아서 챙겨주고 귀띔도 해준다. 누군지는 모르지만 여하튼 그런 일이 없다고 하면 그건 거짓말이다.

방법이 없는 것은 아니다. 소내 배식, 복도 청소, 교도관(간수) 잔일 보조 등을 하는 모범수들인 이른바 '소지'를 잘 꼬드겨 메신저로 활용을 해서 한 다리 두 다리 건너가며 연락하는 방법도 있고, 이 쪽, 저 쪽 변호사들끼리 입을 맞추는 방법도 있다. 같은 사동 안에 힘깨나 쓰는 고참 방장이나 조폭 보스를 통해 바깥과 소통하는 방법도 찾으면 있을 수 있다. 집필실이나 세면장 TV 관람실 운동장 등 수인들이 모이는 곳이라면 방법이 다 있다. 궁하면 통한다.

모든 것을 교도관들과 영상 회로가 일일이 다 감시하고 잡아내기는 사실 어렵다. 검찰 등 수사기관도 이런 가능성을 늘 열어두고 있지만 어쩔 수 없는 한계도 있는 것이다. 정호상 안중범의 감방을 '압색'한 것도 그런 경우가 충분히 존재함을 방증한다고 인선이는 생각했다.

어쨌거나 인선이의 요즘 하루하루는 검찰과 전투의 연속이자 자신의 양심 정신력과의 투쟁이기도 하다. 앞으로 어떻게 될지는 자신도 모른다. 거대한 역사의 강물 앞에 홀로 버려져 떠내려가는 느낌이다.

인선이가 생각하기에는 감방 안에서 받아보는 일간지 뉴스들을 보나 여기 들어오기 전 종편 뉴스들을 보나 이제까지 든든한 우군이자 호위무사를 자임했던 이른바 '보수언론'들이 모두 박그네를 버렸다.

아니, 버린 정도가 아니라 물고 뜯어대느라 정신이 없는 모양새다. 확실하다. 일반 국민들이나 종북 좌파들이야 그렇다 치고, 그나마 비빌 언덕이었던 언론들마저 야멸차게 배신하고 떠나갔다. 그네는 이제 비비고 일어설 그 무엇이 없어 보인다. 모두 반기만으로 몰려가고 있다. 그런데 그 사람도 '반반'이다. 여기저기 후보감 물색하느라 꼴사납게들 헤맨다.

("아, 나는 어떻게 될까… 어떻게 해야 될까?")

인선이는 오늘도 식음을 전폐하며 잠 못 드는 겨울의 긴 긴 밤을 지새우고 있다. 내일 또다시 불려 나가 대적해야 할 그 검사 놈을 막아낼 최후의 은장도 날을 벼리고 있다. 그리고 4주 지나면 법정에 불려 나가 판사와 지루한 전투를 처음부터 다시 벌여야 한다.

그렇게 3개월… 항소 가서 4개월… 대법까지는 무조건 가야지! 거기서 1년이 될지 2년이 될지? 그 사이에 혹여 새 정부 '광복절 특사'로 정치 사면을 받을지도 모른다. 그게 마지막 희망이다.

그나저나 그네 대통령이 여기에 오실 날도 머잖을 것 같은데 어찌 감당을 하실런지… 아마도 전두환이 지냈던 4.5평 모텔급 그 방에서 대우받으면서 지내시기는 하겠지! 어쩌면 내가 여왕님 대행으로 예행

연습을 벌이고 있는지도 몰라… 지금!

 -조인선이 구속되고 두 달 열흘, 그러니까 70일 후 박그네가 인선이가 있는 교도소로 거짓말같이 들어왔다. 자신의 빵살이가 주군 박그네를 위한 예행연습이라는 생각이 정확히 맞아떨어진 것이었다.

<끝>

기춘이를 부탁해!

기춘이가 여기 온다는 소문은 이미 파다하게 퍼져 있었다. 정보랄 것도 없이 소내에서는 발 없는 말이 순식간에 15개 동을 열 바퀴, 스무 바퀴 돌고 돈다. 그 유통 거리 곱하기 속도를 환산하면 천 리가 되고도 남는다. '통방' 릴레이가 파발마 역할을 하고 교도관의 움직임이 그런 낌새에 힘을 실어주고 수리, 배식, 청소, 신문과 구매품 전달 등을 담당하는 여러 소지들이 각방 마다 퍼 나르는 정보통이다.

소내 일터에서 시간을 보내는 기결수들과 달리, 재판 끝날 때까지 40여 분 운동시간과 10분 내외의 가족 면회 그리고 소수의 허가받은 집필실 편지쓰기 외에는 온종일 갇혀 지내는 미결수들이다. 정보에 목마르다. 소문이든 사실이든 세상 밖이든 안이든 귀를 세운다.

"**목사님**, 잠깐 면담 좀 하십시다."

담당 교도관이 목사님을 불러내 보안과로 데려갔다. 뜨악한 표정의 원 목사를 보자 보안과장이 어색한 웃음을 흘리며 자리에서 일어나 그를 맞았다. 응접 소파 맞은편을 가리키며 차를 내왔다. 짧은 침묵 끝에 보안과장이 입을 열었다.

"요즘 많이 더운데 고생 많으시지요? 음… 목사님, 모레쯤 그 방에 좀 지체 높은 양반이 입방할 겁니다. 목사님도 잘 아시는 분입니다. 그 방 몇을 다른 데 이감시킨 것도 그 때문입니다. 여러모로 불편하시더라도 양해 바라고요, 잘 부탁드립니다!"

"아, 그렇습니까? 네, 여기 방침이 그러신데 그래야죠. 알겠습니다."

'목사님'으로 통하는 원 목사는 진짜 목사님이다. 그리고 미결사 4사동 상층 16방 방장이다. 며칠 전 까닭 없이 같은 방 미결수 6명을 다른 사동 과실범 방으로 옮긴 일이 있었다. 그게 이것이었다. 누군지 대충 짐작이 갔다. 원 목사의 입가에 묘한 웃음이 돌았다.

이곳 16방은 좀 특별하다. 전망이 아주 좋다. 높은 담장 너머로 푸른 들판과 널찍한 도로를 달리는 차들… 그 너머로 아파트 숲이 어른거린다. 사람 사는 세상이다. 늘 속이 얹혀사는 수인들에게는 막힌 속이 뻥 뚫리는 풍경이다. 정서적인 해방감을 맛보게 해주는 로얄 박스다. 상층 16방이라고 다 똑같은 게 아니다. 앞의 3개 사동은 본부 관리동과 앞 사동이 일직선상에 나란히 배치돼 있는 데다, 사동의 가로 방향과 길이도 똑같아서 저마다 앞 사동에 시야가 콱 막혀 있다.

그런데 4동부터 4개 동은 방 한 개 길이만큼 우측으로 비켜나 배치되어 있다. 완만한 등성이를 따라 올라가는 경사각과 마름모형 지형 때문에 건물 배치가 전체적으로 그렇게 된 것이다. 5~7사동도 4동에 가려 시야가 막히긴 앞 1~3사동과 똑같다. 딱 4사동뿐이다.

그중에도, 아래위 각 8개 방 중 꼭 상층 16방 만이다. 그 꺾어지는 마름모 첫 모서리 지형에 위치한 4동 16방은 2미터 담장을 저 아래 내려 깔고 있는 데다, 하층(1층)과 달리 시야에 걸림이 없다. 화장실 창문 밖 풍경은 일망무제다.

잡혀온 이들도 그 죄목과 죄질에 따라 분리 수용된다. 과실범 방, 강력범 방, 일반 잡범 방 등이다. 그리고 독거 방은 박그네 이재용

등 내로라 하는 범털들 차지다.

여기 온다는 지체 높은 그 양반도 2평짜리 독거 방에 있었다. 그런데 며칠 전 1심 판결을 받고 '즉시 항소'를 한 전후로 형편이 달라졌다. 대법 상고심까지 간다는 의지가 명확한데다, 앞으로 들어올 범털들이 줄을 섰다. 기왕에 독방을 꿰차고 있는 전직 장관 수석 재벌 회장 말고도, 4대강 자원외교 방산 등 이른바 '사자방 비리⋯ 우병우, 세월호, 국정원 TF 13개 재조사에 기타 등등 줄줄이 사탕이다.

적폐 청산이라고 한다. 여기서도 알 건 다 안다. 사형수나 정치범⋯ 정신 특이자 환자들이 들어앉아야 할 독거 방에 정치범도 못 되는 적폐 형사범과 범털들이 넘쳐나서 독방이 한참 모자란다. 여기도 나라가 점점 根本이 없어져 간다고 개탄이다.

"이게 나라냐?"

이곳 사람들은 모두 법 전문가이고 정의의 판관들이다. 이들이 내리는 판결은 실제 판사가 내리는 법정 판결 그대로다. '가는 곳이 염라 앞'이라고 범털들은 하나같이 이들에게 둘러싸인 다인실 합방 수용을 가장 무서워한다. 무슨 사단이 일어날지⋯ 어떤 수모를 당할지 몰라 공포심마저 느낀다. 그래서 변호사를 통해 미리 갈 자리를 챙겨 본다. 독방 차지를 당연한 권리쯤으로 생각도 한다.

모르긴 몰라도 자리 차지에서 밀려나 16방에 오는 이 양반 심정도 엄청나게 복잡할 게 틀림없다. 할 수 없는 일이다. 최종심까지 짧아도 1~2년을 더 넘길 송사가 뻔하다. 밀고 들어오는 범털들 대열 앞에 독거 자리보전을 마냥 고집할 수도 없고, 양보해야 할 그들 세계의 불문율도 있다. 이 양반이 그 양반이라면, 혈관 확장 핀 여러 개를 박아 넣은 심장이 합방 이감 오면서 더욱 벌렁거려 고생이 말이 아니다.

"**방장님**, 무슨 일이래요?"

들어오는 원 목사에게 성질 급한 배 사장이 물었다. 원래 성(性)은 문 씨다. 배달 수퍼 사장인데 배도 많이 나와 여기 동료들이 '배 사장'이라고도 부른다. 수인번호나 실명은 한 방 동료들 사이에 금기어다.

"높은 양반이 온답디다."

짧은 한마디에 답답한 듯 다들 방장의 표정을 살폈다. 그런데 궁금증은 바로 풀렸다. 방장을 뒤따라온 듯, 시설 수리 담당으로 소내 이곳저곳을 종일 돌아치는 소지 용팔이가 창살문짝 사이로 얼굴을 들이밀었다.

"개춘이가 모레 여기 온다면서요?"

여기서는 그가 '개춘이'로 통한다.

"뭐-언 소리여?"

느닷없는 소식에 16방 식구들 눈이 휘둥그레졌다. 1심에서 징역 3년을 받은 청와대 비서실장 그 기춘이란다. 용팔이는 어깨를 으쓱거리며 가버렸다. 딱 벌어진 어깨와 가슴부터 양 팔뚝에 발등까지 온 전신에 거대한 용 두 마리가 용호상박하는 문신을 새겨놓은 용팔이의 몸은 그야말로 화려함을 극한 예술작품이다. 그렇다고 조폭은 아니다.

20톤 트레일러로 팔도를 도는 화물차 기사다. 두 해 전, 영동고속도로 하행선에서 과속하다 승용차 두 대를 덮쳐 다섯 명을 깔아뭉개 대서특필 된 주인공이다. 억센 경상도 사투리의 나이 서른 용팔이가

A에게 슬쩍 알려준 바로는, 경찰 조서에는 졸음운전으로 인한 과속 신호 차선 위반으로 꾸며뒀지만 실은 동료와 신갈~원주 간 주파 시간 신기록 경쟁을 벌이다 낸 사건이었다.

이런 대형 사건은 합의와 상관없이 무조건 실형이고, 사망자 두 당 6개월을 때린다는 것이었다. 그게 정해진 양형이라고 했다. 그래서 그는 5명×6월=합 2년 6월 징역형을 받았다. 잔여 형기가 6개월 남았는데 나가면 다시는 기름밥 안 먹을 거라고 다짐 다짐을 한다.

"근데 말이여, 보안과장이 그러더라구. 소내 방침에 잘 협조해야 출소 때까지 여기….."

"우리야 뭔 상관 있능겨요? 개춘이 그 양반 할 탓이지. 뭐 우린 살던대로 기냥 지내시요."

느릿한 충청도 양반 소칼이 말했다. 도축장에서 소 잡는 칼잽이라서 소칼로 부른다. 그의 말에 스물두 살 막내 천 군도 고개를 끄덕였다.

16방은 같은 사동인데도 8평으로 여러 크기 다인실 중 제일 큰 방이다. 보통 15명 정도 수용되는데 입감자들이 밀리면 넘치는 경우도 흔하다. 미결사 교통과실범 전용인 이 방 수감자 6명이 다른 데로 옮겨가고 지금 다섯 명이 남겨졌다. 여기로 따지면 뭐 5성 호텔급이라고 해도 과장이 아니다. 여기선 최상이다.

게다가 머리 숫자도 반절 줄이고 불편하지 않을 인간들로 골라 놨다. 기춘이를 이 방에 옮겨놓는 이유다. 그러나 아무리 심리학을 연구한 이도 사람 속은 모른다. 지나보니 그랬다. 뒤에 언급한다.

어쨌든지 16방은 괜찮은 너댓 명끼리 잘만 지내면 좁아터진 독방보다 훨씬 낫다. 낫고말고… 다들 직업이 확실하고 수감 태도가 좋으며 인성이 조용하고 착하다는 평점을 받은 선택된 이들이다.

이들의 공통점은, 운전 중 사람을 최소 1명 이상은 치어 죽였다는 사실이다. '교통사고 처리특례법 4대 항목' 해당자들이면서 동시에 '11개 특례 예외 사항'에는 걸리지 않는… 말하자면 경과실 사고자들이다. 말이 경과실이지 사망 사고를 낸 이들이다. 사람 목숨값이 돈으로… 빵살이로 환산되어 형을 때리는데 생각보다 그리 세지 않다.

A의 생각이다. 과실 사고자는 보험사 합의 외 추가적인 '개인 합의'를 이뤄내면 사법적으로 신속히 처결이 되고 대부분은 1심에서 집행유예로 풀려난다. 그러니 길어야 6개월이고 보통 4개월 이내에 다들 나간다. 법 감정상 일단 구속을 해 놓고, 피해자 가족과 개인 합의를 유도하는 것 같다. 이런 협상은 피해 가족이 유리하지만 대체로 '호프만식 방법'으로 산정한다. 협상가가 일정하다. 그러니 여기 오는건 일종의 통과의례인 셈이다.

그러나 소지 용팔이 경우나 음주 뺑소니로 사망 사고를 내는 등 특례 예외 사항에 걸리면 항소심을 포기하고 실형을 살거나, 집행유예를 받으려고 1심보다 비싼 변호사를 산다. 항소심까지 1년 이상 '빵살이'를 한다. 판사는 혼쭐을 내며 소위 '들었다 놓는다'.

"**안녕**하십니까? 잘 부탁드립니다~!"

기춘이가 들어왔다. 환자복에 얼굴은 깔끔했다. 한 손에는 옷가지와 세면도구를 담은 두툼한 보퉁이를 들고 아주 조심스러운 표정으로 그가 들어왔다. 왼쪽 가슴에 달린 수인번호가 416번이다.

("음… 416번이라~")

이 방 동 호수와 똑같다. 세월호 참사 날짜와도 같은 숫자다.

("거 참 기이한 일이네. 이런 우연도 있던가?")

A의 독백이다.

"거, 함자 통성 좀 하시지요?"

배 사장이 공손한 듯 약간은 퉁명스런 투로 말을 던졌다.

문을 들어서자마자 엉거주춤 서 있는 416번의 얼굴에 긴장한 기색이 역력해졌다.

"네… 성은 기 씨이고요, 이름은 춘자 이자 입니다. 기…춘…이…."

그의 말은 느릿하면서도 또박또박했다.

"아, 그래요. 신문에서 많이 뵀습니다. 연세도 많으신데 뭐라고 불러드려야 좋을지…."

방장이 받았다.

"편하신 대로 불러주세요. 그냥 번호로 불러도 좋고요…."

다들 소리 없이 히죽거렸다.

지금 입방식을 하는 것이다. 옆 잡범 방에서 두들겨 패고 얼차려에 비명소리 나는 게 여기서는 없으니 다행이다. 그걸 들으면 이 천하의 귀인 기춘이도 소름 돋을 게 틀림없다.

담당은 사동 초입인 먼 복도에 앉아있다. 거기가 근무 자리다. 방 안 형편을 아는 듯 모르는 듯 졸음 반 딴청이다. 100명이 넘는 난다 긴다 하는 별별 전과 누범자들을 혼자 감당하기가 사실 불가능에 가깝다. 그래서 소지들과 각 방에 심어놓은 정보원 그리고 방장을 통해 통제한다.

"실장님, 저기 짐 풀어놓으시고 편히 앉으세요. 조금 있으면 저녁 배식 올 시간입니다."

목사님은 달라도 뭔가 다르다.

기춘이의 주군인 BH 박그네 회장은 쫓겨나 같은 구치소 女 사동 4평 방에 독거하고 있다. 둘은 날마다 재판받으러 나가느라 바쁘다.

재판받는 날 기춘이는 아침밥만 여기서 같이 먹고 점심 저녁은 법원 구치감에서 배달된 구치소 밥을 먹는다. 그네도 똑같다.

재판이 비는 날은 변호사 접견에다 소내 의무실에 다녀오느라 함께 기거하는 시간이 별로 없다. 반면에 이들이나 A나 다들 사선 변호사가 없다. 결론은 정해진 거다. 다만 A는 이른바 공안 사범이라 국선 변호인을 붙여준다. 식구들은 면회도 별반 없어 가끔 나간다. 다만 재판 끝날 날만 손을 꼽아본다. 다들 직업이 달라서 주고받는 얘깃거리가 많아 심심치 않다.

그나저나 기춘이는 언제 끝날지 기약이 없다. 특검이고 검찰이 뻑하면 '변론 재개'를 청구한다. 그러면 한 달이 또 늘어진다. 기춘이도 그러면서 형을 떼우니 밑질 것은 없다.

기춘이 노림수는 병보석으로 항소심 중간에 나가는 것이다. 집에 못 가도 서울대병원을 주거지로 삼아 들어가는 게 당면 목표다. 그래서 매일 같이 의무 실장이 처방해 준 심장약을 받아온다. 지어온 약을 반절은 먹고 반절은 화장실 변기통에 슬쩍 슬쩍 버린다. 그걸 배 사장도 쇠칼도 총각 천 군도 다 안다. 방장 원 목사는 일체 말이 없다.

기춘이가 16방 동료들과 시간을 많이 보내는 건 밤이다. 재판이 늦게 끝나 야밤에 오는 날도 자주 있는 일이지만 그래도 9시쯤이면 들어온다. 그때부터 기춘이의 사투가 시작된다. 방장의 코골이가 가장 큰 장애물이다. 식구들은 몇 달을 지내며 적응이 됐다.

나뭇잎이 떨어져 착지하는 소리가 10 데시벨이라는데 목사의 코골이가 그 백 배는 될 것이다. 배 사장도 만만찮다.

"방장님, 코골이가 문제가 아니라 방장님 숨이 자꾸 자꾸 끊어져요. 벌써 천국 가시게요?"

배 사장은 진지하게 웃긴다.

"자네는 자네 코골이를 못 듣지? 장난 아녀~"

둘 다 비만이다. 방장은 몸통 비만이고, 배 사장은 복부비만이 심해서 모로 누워 자질 못한다. 배가 한쪽으로 기울면 복원이 안 된다.

("세월호 참사가 이래서 났구나…….")

A의 독백이다.

막내인 총각 천 군은 색시 얼굴에 가는 몸매가 여장을 하면 영락없이 처녀다. 이 친구는 사장 대신 들어왔다. 단단히 큰 물건 하나 담보 잡아놓았다고 했다. 나가면 그걸로 먹고 산다고 했다. 재주도 많고 입도 험한 16방 살림 해결사다. 잠꼬대가 심한데 99%는 뒷골목 욕지거리다. 세상 욕은 그 입에서 다 나오는 천 군은 폭력 전과도 있어 잡범 소지들도 16방을 신경 쓴다. 덕분에 식구들이 소소하게 득도 본다.

끝없이 이어지는 천 군의 살벌한 쌍욕에 기춘이가 자다 벌떡 벌떡 잠을 깬다. 자기를 욕하는 줄 알고 식겁을 한다. 밤마다 선잠 자다 깨고를 반복하는 기춘이의 얼굴은 점점 초췌하다.

"기춘이 오라버니를 부탁해요~!"

인선이가 집행유예를 받아 집으로 돌아갔다. 나갈 때 자기 변호사를 통해 인사를 전해왔다. 기춘이 얼굴이 더 초췌해지는 이유다. 수도 없이 멀쩡한 사람들을 형무소에 처넣으며 그네 아비 때 공안검사로 승승장구하다 소위 유신헌법 기초 실무를 해서 그 공으로 법무부 장관도 했는데 그 딸 그네가 아비 후관으로 권좌에 오르자 BH 비서실장에 올라 대를 이어 견마지로를 다했던 그다.

그 권세가 인생의 대미를 장식하는 화룡점정이었다. 앉으나 서나 밥을 먹을 때나 꿈속에서도 오로지 국민은 머릿속에서 비우고 오직 박그네 여왕에게 충성을 바쳤던 그다. 그러나 말로만 듣고 흘려버렸던 교도소에 들어올 때 그의 심정은 원망으로 가득해졌다.

그래도 기춘이는 떳떳했다. 자신의 지금 처지가 '대일 항쟁기' 독립투사가 서대문형무소에 잡혀갔던 심정 바로 그거라고 생각했다. 신념이고 이념이다. 높은 담장 한가운데 육중한 철문을 열고 들어올 때는 다시는 이 문을 빠져나가지 못할 것 같은 암담함도 들었다.

("내가 한 일이 대체 무엇이란 말인가? 공산주의 종북 좌파한테 나랏돈 새 나가는 거 막아낸 것밖에 더 있나? 세훈이한테 넘겨받은 내곡동 댓글 부대와 사이버사령부를 그나마 줄인 거다. 이건 국가 정책이고 헌법 제1조에 명백한 직무 아닌가? 이 자들이 문제인이한테 다시 빨대를 꽂는 거야말로 국체 부정, 국기 문란, 헌정 훼손이야!")

부르르 떠는 기춘이의 움켜쥔 두 주먹에 같은 방 식구들은 그가 수전증에 걸린 줄 알았다. 1심이 끝나 당분간 법정에 나갈 일이 없는 기춘이는 요즘 면회와 의무실 외에는 낮에 종일 집필실에서 시간을 보낸다. 2심에 제출할 준비서면 초고를 이번에는 변호사에 안 맡기고 직접 다듬는 중이다.

본인이 대한민국 최고 검사를 했다. 흑과 백도 바꿀 능력자다. 빵살이 5개월이 넘어가는 기춘이에게 이곳 생활이 이제는 많이 익숙해졌다. 세월이 거저 안 간다.

　교도소의 하루는 아침 여섯 시 스피커에서 흘러나오는 경음악 소리로 시작된다. 이를테면 기상나팔이다. 마루로 된 방바닥에 흩어진 모포를 단숨에 개어 구석에 밀어 치우고 출입문 쪽에 2열 횡대로 늘어서 앉는다. 잠시 후 1사동 하층 1사방으로부터 점호 소리가 들려오고, 어느 새 16방 담당의 목에 힘이 잔뜩 들어간 소리가 조용한 새벽 긴 복도에 메아리친다.

"4사 상층 차려-엇"

구령과 함께 맨 끝 첫 방인 우리 16방부터 검열이 시작된다.

"경례, 총원 6명 현재 6명, 번호… 하나… 둘… 셋…… 여섯, 번호 끝."

앞머리에 앉은 방장 원 목사가 군대 내무반 점호와 똑같이 한다.

기춘이도 별수 없이 기어드는 목소리로 맨 끝 번호를 댔다. 창살문으로 들여다보는 주번사관 교도관의 복잡한 표정에 A는 안쓰러워진다. 천하의 BH 기춘이 비서실장도 그렇고, 교회 강단에 서서 근엄하게 말씀을 선포해야 할 목사님께서 이런 곳에 들어와 방장 노릇에 새벽마다 군대 쫄등병 점호 선창이나 할 줄을 누가 알았으랴!

아마 하느님도 몰랐을 게 틀림없다. 원 목사는 그래도 기춘이처럼 잡다한 죄목이 걸린 국사범은 아니니 그나마 다행이라고 생각하는 듯했다. 밥 먹을 때마다 예의 '기도'로 점잖게 훈시하는 방장의 태도에서 기춘이에 대한 원 목사의 도덕적인 우월감이 스며 나왔다.

　아무리 눈에 보여도 길고 짧은 건 대봐야 안다. 재판 결과도 그렇다. 어떻게 될지 불안하고 초조하다. 불확실한 상황에서 다들 무엇으로 시간을 보낸들 손에 잡히지 않는다. 겉이다.

"각 방 세면"

잠시 상념에 젖다 보면 소지의 목소리가 긴 복도를 울린다. 1방 맞은편 쪽 중간에 있는 3평 크기의 세면장은 이때부터 시장판이 된다.

각방별로 주어지는 시간은 길어야 5분 남짓… 다들 뒤질새라 후다닥이다. 조금이라도 미적거리면 변변히 씻지도 못하고 한참 아래 소지로부터 욕설만 바가지로 얻어먹고 쫓겨나기 일쑤다. 거기에다 눈치 없이 머리라도 감을라치면 불호령이 떨어진다.

입구 책상에 앉아있는 '담당'은 소지의 이런 행동을 모른 척한다.

소지는 담당의 비호와 위임을 받아 감방 안을 관리하는 행동대장이다. 그 대신 그들은 감방 안에서 적당한 자유로움이 주어진다. 서로 필요한 관계다. 소지들은 몇 개월 정도 출소 단축(가석방) 우선권이 주어지는데 그러기 위해서 좋은 평가를 받아야 한다. 그 근무평점을 담당이 매긴다. 그러니 담당에게 복종하고 잘 보여야 한다.

이곳 담배 한 개비는 메이커 속옷 한 벌과 바꾼다. 대개 백배 내외의 값을 친다. 안에서 유통되는 물품들은 메이커 아니면 쳐주지를 않는다. 이들 유통 과정은 추정만 할 뿐이다.

"배식"

세면장에서 돌아오기 무섭게 소리가 떨어진다. 교도소의 식사는 하루 세끼를 7-8시간 안에 해치운다. 7시 반, 11시 반, 15시 반에 배식이 개시된다. 그리고 17시 안에 모든 활동이 끝나고 방 안에 들어가야 한다. '폐방'이다.

다음 날 아침 배식 때까지 긴 시간을 견디는 건 젊은 수용자들에게 힘든 시간이다. 여유 있는 이는 치킨, 소시지, 빵, 우유 등 간식거리를 늘 쟁여놓고 지낸다. 여기서도 있는 사람과 없는 사람의 생활은 차이가 크다. 없어 서러운 건 밖이나 이곳이나 똑같다.

어깨 전과가 머리 급인 이들은 이곳에서도 아주 자유롭다. 담당과 친분 관계를 유지하면서 온 소내를 알게 모르게 불편 없이 돌아다닌다. 정보 유통의 주력군이다. 출·퇴근 하는 담당들도 밖에 깔린 이들의 네트워크를 조심스럽게 의식한다.

집필실도 이들의 중요한 만남의 장소로 이용된다. 펜도 몇 개 없어서 편지 하나 쓰려고 해도 줄을 서서 기다려야 하는데 서로 이곳에 오려고 경쟁이 치열하다. 작은 특권이다. 한번 들어오면 제 발로 퇴실할 때까지는 참견을 하지 않는다. 거기도 가는 사람이 간다.

기춘이가 요즘 이 방에 이름을 올린 단골손님이다. 그도 자연스레 조폭들과 조우한다. 안 어울리기가 어렵다. 이제 기춘이도 깡패들 틈에 끼어 어울려 지내는 것이다. 노조 사범 A도 집필실에 자주 가는 편이다. 주로 대필 부탁을 받고 같이 나간다.

A는 말하자면 정치범이다. 이곳 관례로 하자면 A는 일반 형사범들과 달리 '시국사범' 사동에 수용되어야 한다. 제7사동이다. 그런데 그곳에는 BH 박그네 수하에서 손발 노릇을 하며 권세를 부리던 '관' 자, '장' 자 돌림들이 무슨 돌림병 들린 무리들인 양 무더기로 잡혀 들어와 만원 사례다. 독방이 순식간에 그들 범털들 차지가 됐다. A는 그래도 많은 배려를 받아 과실범 특방 격인 16방에 들어왔다. 그에 상관없이 A는 어디인들 담담해한다.

여기서 'A'를 잠깐 언급한다. 소지나 담당이나 수형자들 모두가 그를 '선생님, 선생님'하며 대우한다. 범털들은 모두 '걔들'이라고 지칭한다. 기춘이는 '개준이'라고 부른다. 특히나 깡패 건달이나 두목급들은 A를 아주 깍듯이 대접해서 당혹스러울 때도 있다.

의외의 사실이었다. 정의를 벗어난 갈취 폭력 사기 강도 등 반사회적 강력사범들인 이들이 정의를 갈구하는 듯한 것이 일종의 콤플렉스에 대한 보상심리인 듯도 하다고 A는 생각했다. 모순된 행동은 틀림없지만 인간이 본래 모순덩어리이다. 이들의 성정을 짐작컨대, 저 기춘이나 여기 함께 들어온 그 수하들처럼 비루하고 비겁하지는 않은 듯하다.

이들의 공통점은 직설적이고 순간의 감정 조절력이 취약하다는 것이다. 선과 악에 대한 사회적인 변별력이 약한 것도 사고(思考)의 단순함이 작용한다. 이들에게는 선량한 감성과 야비한 이기심이 공존한다. 내면에 두 가지 유형의 인간이 존재하는 것이다. 따지고 보면 보통의 인간들이 지닌 속성이기도 하다. 다만 이들이 순간적 폭력성이나 절제심 부족이 조금 더 높다는 것이다. 그들이 여기에 자주 오게 되는 요인이다. A의 생각이다.

"제가 학교 다닐 적에 선생님 같은 분을 만났으면 이런 길 안 들어섰을 겁니다."

항변하듯 내뱉는 그들의 눈에 말에 대한 진실이 담겨 있는 듯 했다. 곰곰이 생각하면 이해할 구석이 있다. A는 생각이 복잡해진다.

사건이 일어났다.

사단을 일으킨 것은 총각 천 군과 소칼이었다. 둘이 얼마 전부터 속닥거리더니 천 군이 소내 매점에서 요쿠르트 한 줄과 마가린 두

개를 구입해서 뭔가를 만들고 있었다. 한편으로는 소칼이 플라스틱 콜라병을 칼 모양으로 화장실 벽에다 열심히 갈고 있었다.

감방도 사람 사는 세상이라 역시 어지간한 물건들은 기기묘묘한 방법으로 다 만들어 낸다. 기춘이가 머무는 16방도 그렇다. 그 주인공은 올해 스물두 살 막내둥이 총각 천 군이다. 한 사람이 나가면 다른 사람이 들어와서 그 자리를 메우는 법이다. 천 군이 들어오기 전에 맥가이버 최 씨 역할을 지금 천 군이 잘 해내고 있다….

이곳에서 못이나 끈 등 위해요소가 있는 물품은 금지된다. 때문에 무엇을 만드는데 필요한 이런 소도구들은 어디서 구했는지 그 좁은 방 어느 곳에 용케도 숨겨놓아 교도관들의 정기적인 수색에도 들키지 않고 보관된다. 플라스틱 콜라병은 바가지와 과도의 좋은 재료이고 운동장 구석에 어쩌다 떨어진 깨진 유리 조각은 라이타 역할에 없어서는 안 될 도구가 된다. 또 구매한 요구르트와 빵은 술을 만드는 누룩이 되고 양말, 팬티 고무줄은 노끈과 생활 소도구의 재료가 된다.

그뿐이 아니다. 마당의 풀은 봉초 담배의 원료가 되고 밥알을 반죽하여 손을 타면 멋진 공예품이 된다. 섬세함과 사실성은 가히 예술작품이다. 그런 중에 이 좁은 방안에서 벌어지는 문신 새김과 포경 시술은 당사자들이야 어떨지 몰라도 끔찍하고 스릴 넘치는(?) 광경이다.

보기만 해도 손바닥에 땀이 나고 마음이 졸여진다. 방장과 A는 아무리 말려야 소용없는 일인 것 같아 체념하고 그냥 지켜보기로 했다.

포경 시술이 아닌 진짜 수술을 하는 것이다. 이번에는 천 군이 칼잡이가 되고, 소칼이 자기 물건을 내놓았다. 이런 일이라도 없으면 무료해서 세월 거저 못 보내는지 자꾸 일을 꾸미는 경우가 많다.

포경수술은 그 과정이 무지했다. 천 군과 소칼 둘이 그렇게 일을 또 벌인 것이다. 천 군은 칼뿐 아니라 플라스틱 젓가락을 아주 뾰족하게 갈아 날카로운 송곳으로 만들고 이 송곳으로 귀두를 덮고 있는 표피를 사정없이 젖히고 제껴 여섯 개 정도의 구멍을 뚫었다. 물론 마취는 없다. 그다음에 팬티 고무줄을 빼서 성기 본체의 안쪽 붙은 맨살에 마주 뚫은 구멍과 끼워서 붙잡아 매는 것이었다.

이렇게 여섯 토막으로 마치 해바라기 모양을 본 따서 따로따로 얽어맨 다음 시뻘건 피로 낭자한 하체 부위를 찢은 런닝셔츠로 칭칭 감아 싼 다음 바지를 입혔다.

수술을 받는 소칼은 생살을 자르고 찌르고 째는 고통에 온몸을 비틀고 얼굴은 일그러지며 땀을 뻘뻘 흘렸다. 행여 비명이라도 질러 들키면 당장에 요절나기 때문에 무조건 참아야 한다. 물론 시작하기 전에 다짐을 단단히 받아두었다.

기춘이는 화장실 맞은 편 저쪽 구석에 쪼그려 앉아 책을 보는 듯 연신 이 광경을 훔쳐보고 있었다. 그가 혼자 중얼거리는 것이 A의 눈에 얼핏 들어왔다. 그의 입 모양새로 봐서는 이랬다.

("몬도가네가 따로 없구만 쯧쯔~ 내 평생 이런 일도 다 보니 팔자 참 드럽네….")

선혈이 사정없이 쏟아지고 배 사장이 그 옆에서 열심히 닦아내고 잡아주며 도왔다. 이 모든 게 야밤에 이루어졌다. 소칼은 밤새도록 모포를 뒤집어쓰고 끙끙대는데 열이 마구 올라가고 옆 사람들도 잠을 설쳤다. 이제 방장도 A도 기춘이도 모두 공동정범이다.

범죄 방조죄 아니면 불법 의료 은폐의 죄다. 기춘이 영감은 이곳에 와서 새로이 연루되는 게 많아졌다. 집필실에서 조폭과 어울리는 것도 그렇고, 편법으로 집필실을 독과점하는 것도 공정거래법 위반이다.

지금 이 일도 결과적으로 숨겨주고 있으니 죄는 죄다. 다른 이들은 몰라도 투철한 국가관과 멸사봉공 공안검사 출신인 기춘이만큼은 (지금 처지로 턱도 없긴 하지만) 원칙적으로는 제지하거나 신고라도 해야 할 일 아닌가 싶다. 그래야 그의 억하심정이 정당해진다. 나라님은 아무나 하는 게 아니다. 기춘이는 여기서도 많이 망가지고 있다.

이 수술은 대략 보름쯤 지나가니 아물기 시작했다. 천 군은 얽어맨 고무줄을 빨리 썩게 해서 빼내려면 빨리 곪겨야 한다고 했다. 그러기 위해서는 기름기 있는 음식을 많이 먹어야 한다. 마가린이다. 그런데 돈이 없다. 소칼과 천 군은 이 과정을 밤마다 지켜본 기춘이 영감에게 신세를 지기로 했다. 방장과 A는 애써 모른 체했지만 배 사장은 영치금 일부를 헐어 마가린값을 보탰다.

기춘이는 의외로 영치금 상한액인 2만 원을 몽땅 털어 마가린값을 댔다. 철삭둥이들 하는 짓이 놀랍고 기가 막혔던지 돌아앉아 혀를 끌끌 차던 그였다. 선의를 내보이는 기춘이의 얼굴 어디에서도 수많은 사람을 죽음으로 내몬 냉혈한의 모습을 보기 어려울 지경이다. A는 더 이상 그의 속내를 추적하지 않기로 했다.

소칼은 매일 끼니때마다 그 큰 마가린 한 덩이씩을 온전히 작살내며 설사로 화장실을 들락거렸다. 이렇게 해서 실밥을 뽑고 완전히 나을 때까지 한 달이 걸렸다. 목불인견이었다.

그걸 내보이는 소칼이나 천 군은 용기와 사나이 담력의 심볼로 생각하는 듯했다. 표피가 뒤집혀지고, 헤진 채 아물어 마치 해바라기 모양새를 닮았는데 이게 또 여자 기분을 좋게 도와주는 비법이라고 했다. 천 군 말로는, 어떤 친구는 한술 더 떠서 칫솔 쪼가리를 김밥 말듯 표피에 말아 싸서 봉합을 하는 경우도 있다고 했다.

보안과에서 갑자기 들이닥쳤다. 기춘이 영감이 항소심 첫 재판을 받으러 간 날 오전이었다. 교도관 둘이 온 방을 이 잡듯 뒤져 천 군이 집도한 의료용 소도구들을 찾아냈다. 발단은 소칼이었다. 소칼의 성기가 점점 안으로 곪아 들어가 썩기 시작한 것이다.

며칠 전부터 밤마다 끙끙대던 소칼은 결국 담당을 불러 의무실에 들려갔다. 건지를 못할 상태로 그의 물건은 악화돼 있었다. 소칼은 외부 병원 비뇨기과로 옮겨져 재수술을 받게 되고 다음 날 거기를 칭칭 싸맨 모습으로 방에 들어왔다.

천 군은 다음 날 아침 징벌방으로 갔다. 24시간 햇볕이 차단되고 양손, 양다리 사지가 수갑에 채여 살아야 한다. 그 자세로 밥도 먹고 대소변도 봐야 한다. 잠은 새우 웅크리듯 쪽잠이다. 딱 열흘이다. 소칼도 병세가 호전되면 징벌을 피할 길이 없다.

문제는 기춘이 영감이었다. 보안과에서 매점 매출 장부를 뒤져보니 그 많은 마가린을 구매한 자금 출처가 기춘이었다. 빼도 박도 못하게 기춘이 영감이 덫에 걸렸다. 구치소에 비상이 걸렸다. 소장과 보안과 장이 수시로 간부들을 모아 긴급회의를 열어가며 머리를 싸맸다.

상부에 보고하자니 직무태만으로 자신들 목이 위태하고, 말자니 직무 유기에 보고 누락으로 은폐 조작이 추가된다. 진퇴양난은 기춘이도 매한가지 처지다. 이게 언론을 타면 정말로 막장이다.

[기춘이 전 실장, 구치소에서 감방 동료 불법시술에 뒷돈 대다 적

발!] 도하 일간지 헤드라인이다. 틀림없다. 눈에 보인다.

"기춘이 오라버니를 부탁해요!"

'킴앤정' 변호사 남편 손을 잡고 집에 돌아가는 인선이가 남긴 말이 소내에 날아다니고 있었다. 인선이는 BH 박그네한테는 일언반구도 없었다. 그녀는 다섯 달 동안 그네를 대신해 감옥살이 예행연습을 해 준 걸로 빚을 갚았다는 생각이다. 지시를 따랐을 뿐이라는 것이다.

승민이는 박그네한테서 '배신의 아이콘'을 선물 받고 떠나갔지만, 인선이는 사력을 다해 방패 노릇을 하다 빵살이까지 했으니 그만하면 됐다고 생각했다. 주군을 잘못 선택한 게 죄라면 죄다. 그거야 자기 탓이니 누굴 원망할 꺼리가 아니다.

인선이에게 기춘이 오라버니와 그 수하들은 검찰 진술을 재판에서 뒤집고 되려 감싸는 증언을 했다. 어쩐 일인지 전직 진룡이도 후임 종덕이도 인선이를 건너뛰는 증언을 했다. 졸지에 인선이는 무능한 투명 인간이 됐다. 자존심이 상하긴 해도 횡재한 셈으로 쳤다.

기춘이 실장님이 그렇게 예쁘게 봐주고 수석으로, 장(長)으로 그네 에게 품신을 올리더니 빵에서도 그들에게 힘을 쓴 모양이다. 세간에 서 그들을 뭐라고 하든 인선이는 그저 고마울 따름이다. 그녀는 눈물 이 났다. 그래서 기춘이 오라버니에게 더 미안하고 고맙다.

그가 인선이 남편과 의형제 사이라는 풍문은 그저 풍문일 뿐이다.

"기춘이 오라버니 힘내세요…… 거기 누구 없어요~? 우리 오라버니 를 부탁해요!"

"저 영감탱이 씨벌 눔, 지가 실장이면 실장이지 여기서도 갑질이여,

다신 고향 내려올 생각 말어."

기춘이가 16방에 들어온 이후 보이지 않던 용팔이였다. 오랜만에 나타난 용팔이가 구석에 쪼그려 앉아 성경책을 열심히 읽는 기춘이를 향해 창살문 사이로 욕지거리를 한 바가지 던지더니 복도에 침을 탁 뱉고 가버렸다. 스승님이라 따르던 용팔이를 A는 그날 이후 더는 볼 수 없었다. 용팔이는 기춘이와 경상도 같은 고향 출신이었다.

〈끝〉

반란

먼 여행을 마친 그가 돌아왔다. 한 달 만이었다. 마당 넓은 그의 집에는 그를 반갑게 기다리고 있을 두 식구가 있다. 외딴집이어서 많이 외로웠을 것이다.

그는 담담히 방문을 열었다. 지는 석양이 들이친 큰 거실 양쪽 구석으로 검은 물체의 움직임을 포착하는 데 몇 초의 시간이 흘렀다. 그는 순간 이상한 분위기를 느꼈다. 수상한 몸짓을 그 둘에게서 낚아 챈 건 10년을 함께 동거한 직관이었다.

"왕왕… 왕왕… (파파… 파파…)"

일을 끝내고 돌아오면 독신인 그를 부르며 맞던 그들이다. 그는 어린아이를 지나 어른 뺨치는 그 둘의 영리함에 더욱 신통방통하다며 반려 가족으로 삼아 키우며 살고 있다.

사람 몸집만 한 덩치를 가진 혈통불명의 서양 잡종견 두 마리와 함께 사는 그를 아랫마을 사람들은 괴팍한 별종이라고 수군거렸지만 개의치 않는 그다. 그런 그에게 방안 공기가 심상치 않음을 느끼게 한 건 그 둘의 이례적인 침묵 같은 동작 때문이었다.

"잘 있었어? 아들들!"

그는 몹시 반가운 듯하며 머리를 가볍게 쓰다듬고 등을 다독이는 행동을 했지만 속으로 긴장했다. 그 둘은 들릴 듯 말 듯 한 신음소리를 내며 주인을 경계하는 듯했다. 침침한 조도에 적용한 그의 안광에 비로소 두 식구의 큰 몸체가 들어왔다.

그 둘은 목줄이 풀리고 먹이통은 깨끗이 비어 있었다. 함께 쓰는 화장실도 그가 집을 나설 때 청결 상태를 그대로 유지하고 있었다. 몸의 털도 깨끗했다.

("아, 얘들이 '관리'를 하는구나…!")

그의 머리가 띠~잉 하더니 이내 전율이 엄습했다. 그는 이제껏 해 온 방식으로 애써 태연한 척 겉옷을 벗고 침대에 몸을 누였다. 산골의 저녁은 이내 어두워지고 긴 밤이 시작된다. 긴 여행의 피로와 시차 후유증으로 피곤해도 정신은 또렷했다.

얼마나 시간이 흘렀을까? 잠든 모습을 확인한 두 놈이 이윽고 그를 향해 움직이기 시작했다. 뱀눈으로 지켜보던 그가 순간 새우처럼 몸을 움찔했다. 이때 한 놈이 잽싸게 그의 침대 밑으로 파고들더니 왜소한 그를 실은 침대를 그 넓은 자신의 등짝 위에 얹고 빙글빙글 돌리기 시작했다. 회전에 가속도가 붙으면서 그의 머리가 어지러워지기 시작했다.

이 광경을 반대쪽 구석에서 응시하던 다른 한 놈이 그에게 접근을 시도했다. 그는 이놈에게 잡히면 죽음을 면치 못한다는 사실을 직감했다. '반란'… 반란이었다.

("아, 이놈들이 한 달 동안 스스로 때를 가려 밥을 먹으며 자기 존재… 아니 '자아'를 깨쳤구나. 이건 반란이다. 배신이고 반역이다….")

빙빙 도는 침대 위에서 혼란스러워하는 그에게 접근하는 그놈은 집요했다. 그도 허공에 거친 발길질을 해대며 결사적으로 방어했다.

이 때 갑자기 "우당탕… 쨍그렁…" 거리는 날카로운 금속성 소리에 둘의 공방은 멈췄다.

식은땀으로 흥건한 그의 얼굴에 일순 안도의 숨소리가 새어 나오고 있었다. 어둠 속에 똑딱거리는 벽시계가 1시 반을 가리키고 있었다.

땀이 밴 손으로 주섬주섬 깨진 사기잔들을 거두던 그는 더 이상의 잠을 포기하기로 했다. 깊고 어두운 그 동굴에는 여전히 그 두 놈이 잔뜩 웅크린 채 그를 기다리고 있을 터이기 때문이다.

〈끝〉

반전

이놈이 사라진 후 시작과 끝이 '세상에 이런 일이' 비슷한 돌발상황이 벌어졌습니다. 내 집을 방문한 지인과 나누던 얘기를 마저 하던 중에 이놈 스마트폰을 무심코 지인의 차 트렁크 위에 올려놓고 그 사실을 깜박했습니다. 친구도 이 사실을 모른 채 차를 몰고 돌아갔습니다.

그를 보내고 한참 후에 생각이 났지요. 랜턴을 비추며 아무리 찾고 또 찾아봐도 없습니다. 그때 문득 차 위에 올려놓은 기억이 떠올랐습니다.

"아차~!"

달리는 차량 위에 있는 스마트폰이 붙어 있을 리 없습니다. 이미 깨진 접시, 엎질러진 물이었습니다. 그 지인의 집은 나의 거처가 있는 산방과 50리 거리입니다. 가는 길은 공사 차량이 다니는 오르막 비포장도로와 내리막길 도로 중간중간에 심하게 덜컹거리는 뾰족한 서행 방지턱도 4개나 있습니다.

지방도로도 아니고 국가 도로에 방지턱이 수시로 불쑥불쑥 나타나는 길이 어디에 또 있습니까? 말이 국도이지 도시의 뒷길만도 못합니다. 길 같은데 길이 아닙니다. 그뿐만이 아닙니다. 해발 300미터가 넘는 큰 고갯마루를 오르고 내려가는 '재'도 역시 2곳이나 있습니다.

게다가 직선은 거의 없이 S자 길만 끝까지 이어집니다. 겨울에는 눈이 조금만 내려도 사고빈발입니다. 차가 이리 쏠리고 저리 쏠리는 최악의 시골길 전형입니다. 이거 어쩝니까?

이놈 스마트폰을 그의 차량 트렁크 위에 실어 보내놓은 후에야 비로소 알 것 같았습니다. 생각하면 할수록 찻길이 형편없음을 넘어 최악의 상태라는 것을 곱씹게 되었습니다. 내 실수의 문제가 아닙니다.

스마트폰 케이스 안에는 비씨카드, 운전면허증, 장애인증도 함께 들어있습니다. 한참을 '머~엉~~'했습니다. 그러다가 300만 대 1이라는 로또복권 1등 당첨을 꿈꾸는 허황한 심사로 그 지인에게 알아보기로 했습니다. 아마 지금쯤 집에 다다랐을 겁니다.

염치불구하고 전화를 얻어쓰려고 동네 아랫집 노부부의 집 문을 두드렸습니다. 밤 10시였습니다.

"심야에 전화를 드려 죄송합니다. 혹시~~~?"

나는 절박한 마음을 안고 낮은 목소리로 그 지인에게 전후 상황에 대한 사정을 이야기했습니다.

반전이 일어났습니다. 상상 못 할 대반전이 일어난 것입니다.

그 지인이 처음에는 딴 소리를 했습니다.

("그럼 그렇지….")

봉명은 체념도 잘합니다. 내심 통화 정지와 카드 분실 신고를 마음먹었습니다. 저장돼 있는 방대한 자료는 수시로 PC에 백업시켜 놓아서 그나마 다행이었습니다. 설마 밤새 캄캄한 국도 길바닥에 나뒹구는 스마트폰을 볼 사람은 없으리라 생각도 했습니다.

행여 트럭이 '콱~' 밟고 지나가 주면 차라리 다행이다 싶기도 했습니다. 폰을 새로 장만하고 필요한 자료와 데이터를 복구해야 할 일도 그렇고 머릿속이 복잡했습니다.

그런데 말입니다, 그 지인이 통화 어간에 실수인지 일부러인지 아리송한 말을 했습니다. 듣는 이에게는 의미심장한 의아스러움으로 들려오는 한 마디였습니다. 나는 놓치지 않았습니다!

"여보게, 폰도 폰이지만 신용카드라도 들어있으면 어떡할 건가?"

"엉? 그게 뭔 말이여?"

"흐흐흐흐… 그렇다는 말이지 뭐!"

"그래? 어디 신용카드뿐이겠나, 이거저거 다 그렇지 뭐. 근데 자네 어떻게 열어보기라도 한 것 같은 말을 하나?"

"응? 그게 그런 말이 되나? 이거 들통났군 그래, 흐흐흐…."

문제의 스마트폰은 기적같이 그의 손에 들려 있었습니다. 믿기 어려운 일이 벌어진 겁니다. 횡재를 했습니다. 행운은 벼락같이 굴러들어온 복권만은 아니었습니다. 액운이 피해 가는 것도 큰 행운입니다.

이걸 '반전'이라고 해야지 않나 싶습니다. 그랬습니다. '반전'이었습니다. 어떻게 된 것이냐구요?

그 지인은 내 집을 오는 길이 초행인 데다가 길치에 심한 근시 시력의 소유자입니다. 그런 그가 모처럼 큰맘을 먹고 오랜만에 산골 친구 집을 찾았다가 해 떨어지는 걸 모르고 함께 놀다 가게 된 겁니다.

그는 야간 운전에 더해 무슨 배관 파묻는 공사로 도로 곳곳을 파헤쳐 놓은 탓에 가다 서다를 무한 반복한 탓으로 달리지를 못했다고 했습니다. 시속 20킬로미터쯤? 거의 기어가는 수준이었다고 합니다. 30분이면 갈 길을 70분이 걸렸다고 했습니다.

그가 투덜거리며 무사히 집에 도착해서 주차하고 들어가려고 하는 순간, 이때 또 한 번의 운수 대통이 따라주었습니다. 그맘때면 어김없이 졸고 있어야 할 경비원이 무슨 일인지 아파트 광장을 순회하다가 그 시간 그곳에서 지인이 내린 차 트렁크 위에 뭔가 검은 물체가 보안등 불빛에 반사되어 반짝이고 있는 것을 발견한 것입니다.

("아~! 그랬구나… '폰' 이 놈이…….")

어젯밤 이야기입니다. 해서 오늘 저녁에 넘겨받으러 예정에 없이 하산했습니다. 그에게 술값이나 하라고 사례비 10만 원을 쥐어줬습니다.

山人이 한 달 쓸 돈입니다. 그래도 하나도 아깝지 않았습니다. 지금 놈은 내 손 안에 있습니다. 카드든 중이든 한곳에 몰아넣는 것도 분산시켜놓아야 하겠습니다. 아내는 하나님 덕분이라고 말했습니다.

나는 그냥 운수가 아주 좋았다고 생각했습니다. 운수가 사나우면 잔칫집 가다가 길바닥에서 뒤차에 처박혀 제삿날이 되는 일도 왕왕 있습니다. 거기에는 뭐라고 하겠습니까!

따져보고 분석하는 심성을 지닌 나는 되찾은 '폰'을 세심하게 살펴보았습니다. 폰 케이스는 인조가죽이었습니다. 이게 달리는 자동차 철판 위에서 50리길을 최소한의 접착력을 유지해주면서 붙어났던 중요한 이유인 것 같았습니다. 물론 1등 공신은 엉금엉금 기어간 차량 속도일 것입니다. 그래도 미끄러지기 마련인데 그걸 막아 주었습니다.

그러니 순전히 운수 요행은 아닌 듯합니다. 초행길… 야간… 공사중… 방지턱… 경비원의 발견 등 우연의 일치치고는 행운이 따따블로 줄줄이 붙어 일어난 기적임에도 과학적인 연유로 해석될 요인이 여럿 있었습니다. 그래도 "운이 참 좋았다…."가 결론입니다.

그럼에도 세상은 우연인 듯해도 인과가 인과로 연결돼 있어서 거저 생겨나고 거저 내려주는 '운수'는 없다… 입니다!

〈끝〉

1,300원

봉명은 읍내에서 볼일을 보고 산방에 돌아가기 위해 버스에 올랐다.

출근 시간대를 지난 때라 차 안은 공간에 여유가 있었다. 이날따라 노약자석과 중간쯤에 등산객 대여섯 명이 앉거나 서 있어서 봉명은 앞쪽 어중간한 바닥에 배낭을 내려놓고 손잡이를 붙잡은 채 흔들거리며 무심히 가고 있었다.

그런데 그의 등 뒤로 뭔가 따가움이 느껴졌다. 아까부터 저만치 하차 단말기 앞 문가에 서 있는 한 여인의 왠지 불안해하는 모습이 봉명의 눈에 들어온 것이다. 봉명은 눈길을 차창 밖으로 향하면서도 속으로는 그녀에 대한 염려스러운 생각에 같이 불안해지기 시작했다.

승객들은 이 좁은 공간 안에서도 저마다 자기만의 시간여행을 하고 있다. 옆으로… 그 앞뒤로 서로 등을 붙이고 앉고 서 있어도 물리적인 합석일 뿐 각자가 전혀 다른 세계에 머물고 있다. 노인이나 중늙은이 등산객들이나 이어폰을 꽂고 스마트폰에 빠져있는 젊은이나 마치 이 공간에 혼자인 듯한 풍경에 봉명은 늘 익숙해지지 못할 생경을 느낀다. 이날도 그랬다.

버스 기사는 가다… 서다를 하며 곳곳에 승객들을 내려주면서 유유자적한 외곽 길을 시원스레 내달리고 있었다. 이제 차 안에 있는 사람은 서로 반대편 차창 밖을 내다보며 흔들거리고 있는 예의 저 여인과 봉명, 그리고 맨 앞자리에 앉은 80대로 보이는 할머니 등 셋이다.

여인의 가까운 뒤쪽 맞은 편 창가에 빈자리가 하나 났음에도 나보다 먼저 탑승했던 여인은 봉명이 승차했던 그때부터 계속 저 위치에서 금방이라도 내릴 듯 말 듯한 모습이었다.

지금 편히 앉아 갈 자리가 바로 옆에 생겼음에도 서 있기를 고집하는 여인의 시선은 여전히 불안해 보였다. 봉명은 빈자리 놀리기가 아까워서 바닥에 널브러진 배낭을 추슬러 몇 걸음 옮겨 그 빈자리에 앉았다. 종점에 가까이 갈수록 더는 탈 사람도 없을 일이다.

이때 여인이 고개를 돌려 봉명을 쳐다봤다. 마주친 여인의 얼굴과 눈가에 안타까움과 애원의 표정이 묻어났다. 멀리서 느꼈던 안 좋은 예감대로였다. 자세히 보니 불안함보다 안절부절하는 모습이었다.

까닭을 알 수 없는 40대 중반의 귀밑머리 하얀 이 여인은 허름한 차림새지만 옷매무새는 깨끗했다.

("왜 그럴까… 내가 뭘 도와줘야 할 일이라도 있는 걸까…?")

봉명은 곧 여인이 처한 어려운 사정을 알았다. 여인이 서 있는 하차 단말기 바로 앞자리에 처음부터 앉아있던 할머니가 입을 떼었다.

"그래, 어떡해…?"

할머니는 같은 말을 반복했다. 얼굴은 여인을 보면서도 나 들으라고 하는 말로 들렸다.

"아주머니, 무슨 어려운 일이 있으세요?"

"아, 애기 엄마가 대학 정문 앞 버스정류장을 한참 지나왔대요 글쎄…."

봉명이 여인에게 묻는 말에 할머니가 대신 대답해 주었다.

"그럼 지금이라도 환승 카드를 찍고 내리셔서 길 건너에서 차를 타고 가시면 될….."

봉명의 말이 채 끝나기도 전에 할머니 답이 다시 돌아왔다.

"아, 글쎄 1,300원이 없대요!"

쪼글쪼글한 두 손으로 행여 지갑이 바닥에 떨어질까 봐 꼭 싸안은 할머니의 애 마른 말소리가 침묵의 차 안에 맥없이 울렸다.

("저 지갑 안에 꼬깃한 천원 몇 장은 있을 텐데….")

"아주머니 버스 카드가 없으신가 봐요?"

"예에……."

여인은 목소리가 들릴 듯 말 듯해서 봉명은 여인의 입 모양을 보고 알아들었다. 대학 정문이라면 그새 10리는 더 지나쳤다.

그 지역은 대학가라서 음식점이 많은 곳이다. 어쩌면 낯선 그곳 어느 식당에 일자리를 처음 얻어 나가는 길에 착오로 지나친 건 아닐까? 지갑도 집에 두고 올 수 있는 일이다. 갱년기에 흔한 경우니까.

봉명은 짧은 순간에 여러 생각이 들었다. 발만 동동 구르며 여기까지 금방이라도 내리고 싶은 마음을 안고 차 문 앞에 서서 왔을 저 순박하고 용해 빠지기까지 보이는 여인의 삶이 몹시 험난했을 것이라는 건 얼굴로 행동거지로 어렵잖이 알 수 있었다.

1,300원 때문이 아니다. 이 작은 돈의 무게감이 지금 여인에게는 쉽지만은 않은 사회생활의 곤고함이 응축된 난감함으로 표출되고 있는지도 모른다.

("아… 어떻게 해야 하나?")

여인의 표정이 그런 말을 하는 것 같았다. 숫기도 없는 터에 이런 일로 낯모르는 사람에게 손을 벌리거나 운전기사에게 사정을 하는 것은 차마 할 짓이 못 된다. 마지막 자존감이고 용기도 없다.

출구 없는 막막함에 슬퍼지고 처량해지는 이 상황에 눈물이 난다. 두고두고 가슴의 상처가 될까 두렵다. 지금 여인의 마음이다. 되돌아갈 차비 1,300원이 없어서 다급한 여인의 사정을 그 누가 알까 싶다.

"아주머니, 받으세요."

봉명이 조심스레 건네는 돈은 딱 1,300원이었다. 마침 겉에 걸친 조끼 주머니에 거스름 동전이 제법 많았지만 그랬다. 그게 정답이다.

"다음에 꼭 갚겠습니다. 꼭 갚을게요… 갚을게요!"

여인은 연신 고개를 숙이며 급히 내렸다.

"길 건너 21번이에요."

봉명은 노선 번호도 동네 위치도 모를 여인의 등 뒤로 말을 던졌다.

산방에 돌아와서도 여인이 내내 머리를 맴돌았다. 비슷했던 지난 일이 떠올랐다. '데자뷰'라 그러나? 지난겨울 어느 날이었다. 상봉동 전철 안에서 큰 애를 걸리고 아기를 들쳐업은 채 큰 짐보따리 하나 들고 선 젊은 엄마를 앞에 세워놓고 조는 척하며 늘어앉아 있던 나이 든 아주머니들의 매몰찬 모습이 떠올랐다. 아이라도 무릎에 앉히련만!

손자 손녀 몇씩은 거느렸을 그들의 나잇값에 벗어난 몰염치를 아기엄마 옆에 서서 내려다보던 그때 봉명의 가슴 속 불덩이가 지금도 선연하다. 그때, 봉명은 맨 가장자리에 상대적으로 조금 젊어 보이는 부인에게 눈길을 보냈었다. 그러자 그 부인이 떨떠름한 표정을 지으며 일어서서 자리를 양보했다.

그런데 뜻밖에 아기 엄마는 공손히 거절했다. 서로 민망했다. 그 불편하고 힘들었던 상황은 다음 역에서 더 불편한 결말로 이어졌다. 자리를 양보했던 그 부인이 내린 것이다. 그런데 젊은 그 아기 엄마도 아이를 앞세우며 뒤따라 내렸다. 대성리역이었다.

〈끝〉

아저씨의 시골 버스

읍내에 아는 팔순이 넘은 노인이 있다. 이 노인은 내가 현재 살고 있는 산방 동네에서 태어나고 자라 조상 대대로 농사지으며 살다가 20대 후반에 시내로 나간 이다. 그리 멀지 않은 거리여서 생업을 그 만둔 5년 전부터는 자주 고향 마을을 찾는다. 등 가방에 소주 막걸리 에 포 등 술안주까지 가득 담아 짊어지고 동네에 바람 쐬러 온다.

그 노인을 나는 '아저씨'라고 부른다. 지역에 따라서는 삼촌을 아저 씨라고 부르기도 한다. 아버지뻘은 안 되고, 형님이라고 호칭을 하기 에는 나이가 많은 열세 살 차이다.

고향이라고 오기는 하는데 또래 친구들 대부분이 세상을 뜨고 남 은 이래야 양지말 두 양반하고 응달말 장 노인 셋이다. 두 살 위인 양지말 한 양반은 요즘 풍에 관절염까지 생겨서 밖을 나돌지 못해 동네에서도 얼굴 보기가 힘들다. 또 한 양반은 한 살 위인데 성질이 여전히 까칠해서 둥글둥글한 성격인 이 양반과는 태생이 맞지 않는 다.

남은 한 사람이 응달말 장 노인이다. 동갑나기 죽마지우인 데다 성 격 기질이 비슷해서 오면 꼭 이 집을 먼저 찾는다. 그 노인은 소주잔 기울이며 이 새끼 저 새끼 동심 섞인 한담을 나누며 놀다 오후 버스 로 나간다. 내가 있을 때면 어김없이 장 노인네 집에서 부른다.

둘보다는 셋, 셋보다는 넷이 풍성하다. 게다가 말주변 없는 시골

노인들이라 내가 이런저런 입에 맞는 얘깃거리를 잘도 물어와서 풀어
대니 더 즐겁고 시간이 금방 흐른다. 그러다 어쩔 수 없이 돌아가야
할 시간이 되면 노인의 얼굴에는 아쉬운 표정이 그득하다.

그런데 희한한 게 내가 볼일을 보러 읍내에 나가 있을 때 꼭 동네
에 나타난다는 것이다. 어떤 때는 마을로 들어오는 버스로 내가 나가
려고 기다리고 있을 때 아저씨가 내리고, 또 어떤 때는 그 반대 경우
도 있다. 그 버스를 놓치면 밤차를 기다려야 한다. 나는 그런 아저씨
와 읍내 5일 장에서 한 달에 한두 번씩 만나 소주잔을 나누었다.

그런데 그 아저씨가 언제인가부터 보이지 않았다. 그렇게 몇 달이
지난 어느 날 동네에 다시 나타났다. 나가고 들어오는 엇갈린 그 시
간에 그 느티나무 밑의 버스 승강장에서다. 나무 그늘 밑 정자에 앉아
있던 아저씨가 버스에서 내리는 봉명을 보자 벌떡 일어났다.

오랜만의 해후였다. 한낮 불콰해진 아저씨의 아쉬움이 짙게 묻어난
표정 그대로다. 아저씨는 내가 들어온 버스로 지금 나가려는 중이다.

"왜 내가 나가는데 하필 지금 오는 것이요?"

시골에서 술은 낮술이다. 꼭두새벽부터 일을 하다가 아침을 대충
해치우고 계속 몸을 놀리다 보면 한낮에는 몸이 뻐근하고 시큰해지기
마련이다. 막걸리나 소주를 새참에 곁들여 마신다. 그래야 긴긴 오후
해를 버텨낸다. 그러다 해가 지면 들과 마을은 인적이 끊어지고 집집
마다 가족끼리 집 마당에서 혹은 집안에서 하루의 휴식을 보내다 일
찍 잠자리에 든다. 한 마디로 밤 문화는 애당초 있기 어렵다.

그러니 아저씨의 붉어진 홍안은 흉이 아니다. 나도 아저씨의 그동
안 행적이 궁금했다. 둘은 정자에 나란히 걸터앉았다. 되돌아 나오는

그 버스를 다시 기다리는 10여 분이 너무 짧았다. 아저씨가 먼저 말을 건넸다. 묻는 말이 뜻밖이었다.

"용관이네 황송아지가 여러 발 죽어 나갔다던데 내 차마 물어보질 못했네요….."

"예?"

"술 먹으면서 내내 얼굴이 말이 아니에요. 아, 아까 차에서 내려 들어오다가 김 사장 만나 들은 얘긴데 더위 먹어 죽어나간 동네 소가 수십 발이라더라고요. 용관이네도 여러 발 죽었을 거라구 그러더만요, 근데 그 친구 원체 말이 없어놔서……."

김 사장은 이 동네 저 동네 소 사육 농가에서 황송아지만 수집해서 거세 비육우로 키워 출하하는 400여 마리 대농장주다. 장 노인네 송아지 새끼도 한 마리 죽었는데 어미가 젖 물리기를 거부하는 발작 증세로 며칠 속을 썩으며 인공유를 먹이는 와중에 죽었다.

그놈이 하필 불가마 삼복더위에 태어난 게 죄인 것도 같다. 때를 잘못 만나는 것도 '팔자'다. 사람뿐 아니라 짐승도 그런 게 있다. 저 스스로 어찌해 볼 일이 못 되는 걸 두고 그런 말을 한다. 체념이다.

아저씨는 과장된 얘기를 들었다. 그는 내 얘기를 듣고 안도했다.

"그렇타믄 다행이이요, 다행…!"

"더위에 스트레스를 많이 먹은 것 같다는 게 왕진을 왔던 수의사 말입니다."

가축을 키우는 농부에게 가축은 자식새끼나 다름없다. 반려견 키우는 도시인들의 인수(人獸) 동일체 심리와 별반 다르지 않다. 수지타산을 넘어 키우는 정성이 지극하다. 그러니 수심에 찬 장 노인의 속이 얼굴에 그대로 드러난 모양이다.

"그런데 아저씨는 왜 이리 얼굴 보기가 힘들어요? 아프리카라도 다녀오셨어요?"

"허허허~ 돌아다녔지유, 많이두 돌아다녔세요!"

"어딜 그렇게요?"

"아, 처음카당엔 전철로 서울 종묘 마당엘 가서물랑 박카스 아주머니들 만나 술 사주고 놀다가, 다음엔 아산엘 가서 한 시간 3천 원짜리 노인 사우나탕 하구 나와서는 국밥 한 그릇에 잔술 두 잔이면 딱 되는 게 있어요. 역에 내리면 차들이 대기하구, 역 건너편 골목에 우리같은 전철 늙은이들 받는 밥집들이 다 있는기래요, 그거 참 사람이 다 살게 만들어져 있는 거예요. 근데 몇 번 그런 짓 하다 보니 첨엔 재미있었는데 점점 몸도 힘들어지고 시들해져요."

"그러셨어요? 돈이 꽤 들었을 건데요?"

"하루 만 원이유. 딱 만 원! 전철 차비 공짜니께 밥값에 소주 한 병 값이면 우리 집 마당까지 딱 와요. 종묘에 가면 무료 급식으로 점심은 해결되니 만 원이면 다 돼요. 아 뭐야, 그 허리우드 노인극장인가 그 굴다리 옆에 가믄 식당들이 다닥다닥 붙었는데 노인들 천지야 천지!

2천 원짜리 국밥에 소주 한 병 2천 원이니까니 만 원이면 박카스 아줌마들 하구서 너끈해요! 근데 좀 그렇더라구요… 보는 눈들이 이상한 것 같아 물어보니 그렇구 그런 여자들이더라구요. 3만 원만 주면 재미도 볼 수 있다는구만요. 방 한 시간 빌리는데 만 원이고, 2만 원을 여자가 먹는다는 거예요. 나? 나야 그런 거 거리가 멀어요, 허허허~

그래서 딱 끊고 전철 코스 종점을 아산으로 바꿨어요. 거기 몰려드는 영감댁이들이 요새 많이 늘어났습니다!"

"네~ 그러셨군요!"

"그래서물랑, 그 다음부턴 여기 시내버스 종점을 돌아다니기 시작했어요. 집 앞에서 버스 타고 오늘은 명산리다 내일은 가마리다, 하루 한 군데씩 정해서 시내버스로 여기저기 일주하는 거예요. 버스비 1,200원이면 한 바퀴 다 돌아오는데 시간 반에서 두 시간 걸려요.

아, 버스가 젤루 시원해요, 은행 댈 것도 아니에요~ 중앙시장 앞에 내려 국밥 한 그릇에 소주 한 병 하고 집에 들어오면 서너 시, 지금 시간이요. 그동안 내가 시내버스 노선 90개를 다 돌았어요. 토요일, 일요일 빼고 평일 날은 하루도 안 빠지고 오전엔 무조건 집을 나서는 거요."

"다 도는 데 얼마나 걸렸어요?"

"그러니까 음~ 경치도 좋고 동네가 맘에 들면 서너 번씩 갔으니까 한 서너 달 된 것 같네요, 허허허허~~"

"어쩐지 장날을 골라 가도 아저씨가 도통 안 보이더라니요….."

"매일 딱 만 원씩 들고 무조건 집을 나선기래요."

"그 돈으로 그렇게 돌면 다니실 만하네요."

"근데요, 한 달이면 30만 원이래요."

"아, 그렇네요. 작은 돈은 아니네요. 아, 그래도 아저씨가 여유 있으니 쓰며 다니는 거지 없으면 그것도 못 해요. 사시는 동안 쓸 수 있는 건 다 쓰고 가는 게 덜 아깝지 않아요? 근데 이젠 뭘 하실 겁니까?"

"뭐니 뭐니 해도 고향이 젤로 좋고 내 집이 젤로 편한 거유. 내 확실히 알았어요. 그리고 우리나라가 참 아름다워요. 내가 여기 80 평생을 살았어도 모르는 게 너무 많았어요. 훤하다고 생각했는데 가 보면 그게 아닌 거요. 시내나 변했지 시골은 달라진 게 별로 없어요. 이제 다시 이 선상님 자주 봅시다…."

아저씨는 묻지도 않은 휴대폰 번호를 알려주었다. 내 휴대폰에는 이미 아저씨 연락처가 저장돼 있지만 또 받아 적었다. 저만치 버스가 내려오는 소리가 들려왔다. 둘은 다음 장날 장터 국밥집에서 만나기로 약속을 했다. 아저씨가 창밖으로 흔드는 손이 저 멀리 가물거릴 때까지 나도 같이 손을 흔들어주었다.

말은 하지 않아도 나와 아저씨의 취향이나 생각이 많이 닮아 있는 걸 알았다. 저절로 친해진 게 아니었다. 백날을 이웃해도 남 같은 이들이 있고, 처음 만나도 오랜 친구같이 낯설지 않은 사이가 있다.

나도 이제부터는 시간이 나면 틈틈이 아저씨가 돌아다닌 그 길을 따라다녀 볼 생각을 했다.

사람이 죽었다. 아저씨가 죽었다. 심장마비 돌연사라고 했다. 5년 전 허혈성 심장 질환으로 큰 수술을 받고 약물을 달고 살았던 그 후유증인 것 같다고 했다. 그제 저녁 자다가 잠깐의 고통을 뒤로 하고 평화로운 모습으로 세상을 떴다고 했다.

오늘 아침 장 노인네 아들이 부고를 돌려서 알았다. 아저씨의 마지막 세상 여행이 영원한 종착역에 닿았다. 나와의 재회 약속도 물거품이 됐다. 폭염 속 아저씨의 시골 버스 여행도 두 번 다시 없게 된 것이 내게 가장 큰 아쉬움으로 남았다. 둘이서 시골 버스로 종점 여행을 다시 다녀 보자고 할 참이었다.

아저씨는 선영이 있는 동네 뒷산 중턱에 매장으로 장사를 지냈다. 화장이 대세인 시대에 불이 무서우니 꼭 매장을 해달라는 아저씨의 유언을 자식들이 받아준 게 고마웠다. 항아리에 담겨 봉안당 칸막이에 갇히는 대신 조상 곁에 있으려는 마음을 에둘러 말한 것이었다.

오랜만에 시골 마을에 상여가 등장했다. 사라진 줄 알았던 소리꾼도 나타났다. 그의 선소리 가사가 가슴을 콕콕 찔렀다.

*아하에~ 에헤에~ 에헤이~ 어허미~ / 타아하~ 어히야~ 어허미~ 불이로다 / 북망산천아 말 물어보자 영웅호걸 죽은 무덤이 / 몇몇이나 되며 절대가인 죽은 무덤이 몇일러냐 /

*아하에~ 에헤에~ 에헤이~ 어허미~ / 타아하~ 어히야~ 어허미~ 불이로다 / 서산낙조 떨어지는 해는 내일 아침이면 다시 돋건마는 / 황천 길은 얼마나 먼지 한 번 가면은 영절이라 /

*아하에~ 에헤에~ 에헤이~ 어허미~ / 타아하~ 어히야~ 어허미~ 불이로다 / 오동복판 거문고에 새줄 얹어 타노라니 / 백학이 제 지음하고 우줄우줄 춤을 춘다 / 활 지여 송지에 걸고 옷은 벗어 남게 걸고 / 석침 베고 누웠으니 송풍은 거문고요 두견성은 노래로다 / 아마도 이 산중에 사무친 한은 나뿐인가 하노라~!

<끝>

덫

"**아버지**~ 여기 빨리 와 보세요!"

다급한 목소리다. 장 노인이 건네받은 할매 휴대폰 속 사람은 아랫집 여(呂) 씨다.

"무슨 일이야?"

"돼지가 삼밭을 왕창 뭉개고 지금 뽕나무밭 올무 줄에 걸려 난리가 장난 아니에요….''

"올무? 자네가 걸어놓은 건가?"

"아니에요!"

"알았네, 내 지금 올라가 볼게. 기다리게."

마당 그늘막에서 삼겹살구이 점심 술판이 한참인데 무슨 자다 봉창 때려대는 소리인가 싶어 山人의 마음이 마뜩치 않다. 여 씨는 인근 도시에서 직장생활을 30년 하고 환갑을 1년 앞둔 작년 봄에 80을 넘긴 노모가 홀로 지키는 고향으로 혼자 돌아왔다.

그는 쌀값이 원체 똥값이라 선친이 애지중지 물려준 논농사는 과감히 폐농했다. 갈아엎은 땅에는 콩 가지 고추 참깨 농사를 지으면서 골짜기에 이어 붙은 길쭉한 밭떼기는 산양삼과 표고버섯을 한다. 어느 것 하나 만만한 작물이 없지만 이게 처음 시도하면서 심혈을 기울이는 '작품'이다. 그런데 지금 그 삼밭이 속된 말로 아작이 난 것이다.

너무 어려 먹어볼 것도 없는 걸 잘 아는 멧돼지 놈이 그냥 힘자랑 심술을 세게 부려놓았다. 자기 영역을 허락도 없이 어떤 인간이 치고 들어와 울타리를 쳐놓은 것에 단단히 화가 난 것이 틀림없다.

성실한 품성에 넘치는 의욕으로 무장한 여 씨가 믿는 건 땅에 대한 '뿌린 대로 거두리라!'다. 이곳 살림을 일찍이 경험해 온 山人 처지에서는 믿거나 말거나지만, 여 씨는 교회 권사님이 아니랄까 봐 그 믿음이 아주 진지해서 그냥 성경 말씀일 줄 알았다.

산골 출신이 도시살이에서 그 격언은 비록 하나님의 말씀이긴 해도 딱 맞아떨어지는 진실은 아니었던 여 씨다. 진리와 진실은 다르다.

진리는 이치이고, 진실은 사실이다. 이치가 늘 현실의 사실에 부합하는 것은 아니다. 거룩한 하늘나라와 박박 기는 땅바닥 세상은 달라도 너무 다르다. 세상이 다르니 통하는 말도 다르다.

"지당한 말씀입니다!"

하니 다른 편에서 또 다른 대답이 돌아온다.

"웃기는 짬뽕입니다!"

여 씨는 30년 도시 생활이 돌아보니 기적이다. 땅은 다르다. 상대가 사람이 아닌 '땅'이다. 이 사실에 대해서만큼은 성경 말씀대로 '뿌린 대로 거두어지리라'였다. 땅에 쏟는 지극정성의 신앙적 근거이자 생물학적 확신이기도 했다.

("뿌린 대로 거두리라! 땅이 속이지는 않겠지. 진리고 진실이야!")

그런데 이 태 농사를 지어보니 그 믿음의 '말씀'이 빗나가는 것 같다. 뿌리는 족족 멧돼지 고라니 족제비 두더지에 털리고, 까마귀 까치 박새 참새의 공중 강습도 무섭다. 특히 수백 마리씩 떼를 지어 날아다니면서 뿌려놓은 씨앗이며 열매를 가리지 않고 쪼아 먹어 종자를 거덜 내는 참새도 문제다. 닭장 사료 통도 지나칠 수 없는 방앗간이라 놈들이 지나치지 않는다. 닭을 숨겨 키우는 이유다.

여 씨 뇌리에는 '땅'만 있었지 그 땅과 함께 사는 짐승은 없었던 것이었다. 그게 문제의 발단이 됐다. 착오나 경험이 지혜의 모태라고 하지만 비싼 수업료를 일부러 낼 일은 없다.

소주잔을 들다 말고 골짜기로 올라간 여 씨의 황급한 연락에 장 노인은 종이컵에 가득한 술잔을 단숨에 비우고 일어섰다. 山人도 덩달아 자리를 털고 일어났다. 함께 있던 장 노인네 할매와 여 씨 어메가 볼멘소리를 했다.

"아, 그 사나운 돼지를 어떻게 한다는 겨요? 우리 운식이 그냥 데리고 내려오셔~ 예?"

둘은 곧바로 골짜기에 들어섰다. 빈 지게를 양어깨에 걸친 팔순 장 노인의 빠른 걸음에 山人은 쫓아가기 바쁘다. 장 노인에게 지게는 한 몸이다. 실과 바늘이다. 떨어진 걸 본 적이 없다. 山人 집 아래쪽에 길 하나를 사이에 둔 장 노인은 네 채뿐인 이 동네 터줏대감이다.

서너 해 전, 한 살 위인 여 씨 아버지가 돌아가시고 그 두 해 전에는 이 씨 아버지가 세상을 떴다. 지금 이 한 분이다. 이 어른이 일상으로 어울리는 상대가 山人이다.

돼지가 걸린 장소는 동네에서 가까웠다. 계곡 입구에서 오르막 산길 5분 거리였다. 하기야 이놈들이 산속보다 동네 주변을 더 좋아한다.

장 노인네 집에서 200미터쯤인데 놈들은 집이고 논밭이고 거침없이 헤집고 다닌다. 먹을 것 태반은 인가 주위에서 조달한다.

길가에서 여 씨가 기다리고 있었다. 아니나 다를까, 표정이 말이 아니다. 여 씨를 앞세워 셋은 말없이 조심스레 숲으로 들어갔다. 그 때 숲속 적막을 깨고 멀지 않은 곳에서 거친 숨소리가 들려왔다. 섬 찟했다. 공기가 갑자기 서늘해졌다. 성정이 차가운 山人의 가슴도 더 워지기 시작했다. 높아지는 긴장감에 심장이 뛴다. 콩팥도 서늘하다.

"허~억… 허~억… 푸우~… 허~억… 허억…허억… 푸우~…"

거칠게 뿜어내는 숨소리의 질량감이 예사롭지 않다. 크기와 무게감이 그대로 전해오는 것 같다.

"황송하지만 해요 아버지! 얼마나 사납게 날뛰는지 나무가 뽑힐까 봐 겁나요."

"무슨 나무야?"

"아이고, 흙먼지에 가려서 뭐… 겁나서 가까이 가 보지도 못했어요, 아버지."

"음… 뽕나무로군 그래, 그럼 괜찮아."

山人은 장 노인을 무조건 믿는다. 이 어른 말씀이 곧 진리는 아니더라도 진실이다. 길이고 생명을 부지하는 방법이다. 덫에 걸려 단발마를 내지르며 발악을 하는 저 원수 같은 멧돼지를 보고 싶은 호기심이 강하게 일었지만 거대한 놈의 발악은 말만으로도 겁이 났다. 장 노인 아니면 애당초 따라나서지도 않았을 것이다.

드디어 그 멧돼지가 눈에 들어왔다. 그리고 마른침을 꿀꺽 삼키는 여 씨의 가쁜 숨소리가 전해졌다. 그의 오른손에는 어느새 굵은 밧줄이 들려 있었다. 장 노인 지게 줄이다.

20미터 전방 어두컴컴한 뽕나무 숲 사이 웅덩이가 현장이다. 올무 밧줄이 매인 나무 위아래 비탈을 쉴 새 없이 오르내리며 벗어나려고 날뛰는 거대한 멧돼지는 완전히 미쳐있었다. 얼마나 들뛰고 날뛰어댔는지 웅덩이가 깊이 패여서 빠지면 놈의 머리만 보였다.

지난겨울 산판쟁이가 그 울울창창 낙엽송 수백 그루를 벌채하여 휑댕그러한 산비탈 옆에 자생하는 뽕나무밭이 있다. 요즘 오디가 한창인데 크기가 어른 손가락 마디만큼이나 커서 고라니 돼지들이 즐겨 먹는 제철 먹거리다. 짐작으로는 저놈이 먼저 여 씨 삼밭을 확실히 손을 본 연후 느긋하게 오디를 따먹으며 이리저리 돌다가 올무 줄에 아주 옴팡지게 걸린 게 틀림없다.

오디 열매를 따 먹는 방식도 무지막지하다. 줄기를 강력한 이마빡으로 들이받아 흔들어서 쏟아진 열매들을 훑어 먹거나 가지를 아예 부러뜨려 떨군 뒤 줄기에 붙은 잎과 열매를 쭈욱 훑어 그 큰 아가리에 집어넣는다. 생김과 딴판으로 사람의 두뇌 못지않게 영악하다.

논밭은 말할 것도 없고, 평화로워 보이는 숲속도 몇 걸음 들어가 보면 난장판이다. 곳곳에 나무뿌리들이 통째로 뽑혀 놈들의 목욕탕 참호가 됐다. 부러진 수목은 장애물이 되어 놈들의 영역을 지켜주고, 산꼭대기 언저리는 초토화다. 그러니 뽕나무밭이랴!

부러진 가지가 바닥에 즐비하고 말라 죽는 게 지천이라 성한 뽕나무가 없었다. 그 경계선에 여 씨네 삼밭이 있으니 성해 날 턱이 없다.

여 씨는 그걸 몰랐다. 그늘 밭이라 놀리는 제 땅이 아까워 궁리한 시도였다. 여 씨는 응달은 응달에 맞는 궁합이 있다는 걸 착안했다.

산양삼, 표고버섯이다. 자기는 아버지를 답습하지 않으리라 결심하고 고향에 들어왔다. 이 일로 그 돌밭에 농사를 포기하고 낙엽송을 심었던 아버지 생전의 그만한 이유가 새삼 곱씹어지는 여 씨다.

비-잉 둘러친 밭 그물 울타리는 이미 여기저기 찢겨지고 낙엽송 사이 사이에 자리 잡은 삼밭은 처참하게 짓이겨져 말 그대로 곳곳이 웅덩이 진창이었다.

한참을 응시 관찰하던 장 노인이 결론을 낸 듯 웅크린 몸을 털고 일어섰다. 전장에 나서는 장수의 결기인 듯 굽어진 등골이 더욱 도드라져 보인다. 山人과 여 씨도 엉거주춤 따라 일어섰다. 해마다 한두 마리씩 산에 이어 붙은 뒷밭 어귀에서 고라니를 잡아들이던 장 노인이다. 고라니는 작물의 잎을 가리지 않고 닥치는 대로 뜯어먹는 아주 고약한 짐승이다. 돼지는 뿌리를 걷어 먹고, 고라니는 잎을 뜯어 먹고 기막힌 공생관계다. 피해가 더 막심한 연유다.

어느 해인가 이맘때 山人은 개를 잡는 줄 알았다. 개 치고는 아주 큰 개다. 고라니였다. 동네 사람이 해체 가공해서 두 발 가축 먹이로 준다고 했다. 돼지든 고라니든 들짐승 고기는 다들 손 안 대고 버린다. 질기기도 하고 부정 탄다는 이유도 있다. 그 왕성한 번식력에 생태 보존이니 뭐니 학술림에서 벌이는 '겨울철 먹이주기' 행사가 미운 장 노인이다.

들짐승에 대한 고도의 일가견을 지닌 장 노인이 결론을 냈으니 둘은 그저 따라가기만 하면 된다. 일행은 좀 더 가까이 들어갔다. 10여 미터 거리다. 돼지가 선명하게 눈에 들어왔다. 엄청나게 컸다.

이런 걸 두고 거대하다고 한다. TV에서 도시에 내려와 소동을 피우다 사살되는 멧돼지나 산방 옆 마당에 있는 감자밭을 어슬렁거리던 돼지는 보았다. 대부분이 힘에 밀려난 새끼 또는 중돼지들이었다.

코앞에서 저렇게 펄펄 날뛰는 거대한 멧돼지는 처음이다. 여 씨도 직접 맞닥뜨린 건 처음이라고 했다. 무서움도 잠시, 앞으로도 이런 광경은 목도할 일이 없을성싶어 폰 카메라를 들었다. 경이로웠다. 모를 일이긴 하나, 어쩌면 처음이자 마지막 경험일 게 틀림없을 것이다.

올무 밧줄에 양쪽 송곳니가 단단히 매여 길길이 날뛰는 놈은 힘이 드는지 용을 쓰다 쉬다를 반복했다. 마치 동물의 왕국 한 가운데 들어선 느낌이다.

이윽고 장 노인이 주변에서 막대기 한 개를 골라 주워들었다. 돼지가 부러뜨린 뽕나무 막대기였다. 두 손으로 움켜쥐기 알맞은 굵기에다 적당히 마르고 단단했다. 들어보니 길이에 비해 그다지 무겁지 않았다. 장 노인이 이걸로 어떻게 해 볼 요량인 듯했다.

돼지도 사람 냄새를 맡았는지 다시 용을 쓰기 시작했다. 장 노인은 거침없이 더 전진하더니 마침내 돼지와 맞닿은 경계선에 정면으로 마주 서서 담대하게 놈을 노려보기 시작했다. '눈 대 눈'이다. 장 노인은 다 알고 있다. 山人도 여 씨도 위아래 삼각 지점에 빙 둘러섰다. 대담한 뱃심은 순전히 장 노인에 대한 굳은 믿음이고 신뢰 때문이다.

돼지는 더욱 흥분해서 미친 듯이 날뛰며 덤벼들었다. 하지만 줄에 채인 반사력으로 뒤로 댕겨졌다가 또 튀어나오고를 되풀이했다. 자신의 숨줄을 거두려고 온 저승사자인 줄을 놈은 확실히 알고 있는 게 분명했다. 기가 막힌 건 올무 줄이 하필 돼지 윗 양 어금니 사이에 U字 형으로 꽉 물려있었다.

알다시피 갈고리 모양 휘어져 길게 뻗친 어금니와 그를 받쳐주는 무쇠턱의 강력한 살상력은 미사일 급이라 호랑이도 비켜 간다. 그 양 어금니 사이에 촘촘히 박힌 이빨의 배열은 먹이를 한 점 남김없이 거둬 조잘내는 완벽한 다연장 로켓포쯤이다. 그 양쪽 어금니와 빡빡한 그 이빨 틈새를 뚫고 올무 줄이 걸린 것이다.

놈이 주둥이를 흔들수록 줄은 놈의 어금니 살을 더욱 깊게 파고들었다. 목이나 다리에 걸리는 게 보통의 경우인데 놈은 하필 이빨이다.

이 정도면 한 번 걸리면 잡히든지 굶어 죽든지 살아남기 어렵다. 하지만 이빨에 이렇게 콱 물린 경우는 고통이 몇 배 더 크다. 놈은 더럽게 재수 없이 걸려들었다. 놈들은 살려고 벌인 일이지만 인간에게 지은 죄가 크다. 산방과 동네 논밭은 물론이고 여 씨와 이 씨 선친 봉분을 작살낸 것도 다 이놈 짓이다. 그렇게 저 거대한 몸집을 불린 것이다. 동물 보호론자가 뭐라 해도 시골은 아우성이다. 공생이 균형을 잃었다는 것이다.

놈의 입안에 이미 붉은 피가 흥건히 고여 있었다. 헉헉거리며 질질 흘리는 분비물이 침 반, 피 반이다. 놈이 용을 쓸수록 이빨에 걸린 줄은 점점 더 깊숙이 윗몸을 파고 들어가 몸의 일부가 되어버리는 것 같았다. 덫이 그런 것이다. 나무에 묶는 매듭도 방법이 다르다.

놈이 움직일수록… 용을 쓸수록 매듭은 더 단단해진다. 벌써 잇몸 생살 속에 깊이 박혔다. 놈이 걸린 나무에서 멀리 벗어나려 애를 쓸수록 고통은 더해지니 점점 용을 쓰기도 어렵다. 이런 걸 두고 '진퇴양난'이라고 한다. 놈이 지금 그 형세다.

"올무가 2~3년은 된 건데 그래! 저 봐, 줄이 줄기 사이에 묻혀 있잖아."

그랬다. 직경 10센티미터 정도의 뽕나무 줄기 2/3 지점에 줄이 박

혀있었다.

"어르신, 근데 밧줄이 왜 이렇게 쌩쌩하지요?"

山人이 물었다.

"저 줄이 대마로 꼰 줄이 아녜요. 철실을 섞어서 꼰 거라 단단하고 끊어지질 안 해요."

"요새는 다 저렇게 나와요….."

여 씨가 거들었다. 그러고 보니 출렁거리는 줄에 쇠심줄 같은 게 반짝거리는 것 같기도 했다.

"이놈이 엊저녁 밤에 여기 걸린 거야, 힘이 많이 빠졌어. 저 봐, 궁둥이 밑에 부랄이 보이지요? 숫컷이야 숫컷. 근수가 못 나가도 250~300근은 나갈 거요. 숫컷 대장이요, 대장!"

"그래요? 한 근에 600그램이라 치면… 150~180킬로 나가는 거네요. 다 큰 돼지 2마리 합친 거네요. 참 대단합니다, 대단해….."

山人 보기에 숨은 헐떡거려도 저 우람한 몸집에서 나오는 힘이 여전히 우악스럽고 아주 위협적이다. 저 가늘게 보이는 뽕나무가 금방이라도 부러져 놈이 우리를 덮칠 것 같다. 그런데도 생사의 기로에서 있는 힘껏 사납게 덤벼드는 돼지를 마주하는 배짱은 역시 장 노인 때문이다. 그래도 저 올무를 건 뽕나무가 불안하다. 잘못하면 셋이 다 죽는다. 동네 줄초상이다. 장 노인이 갑자기 손에 든 뽕나무 막대기를 얼굴 쪽으로 들어올렸다.

"캬악! 툇퉤….."

장 노인은 막대기에 침을 몇 번 뱉더니 손바닥으로 슥슥 문질렀다. 일을 시작할 때 하는 오래된 습속이다. 놈이 낌새를 챘는지 더 사나워지기 시작했다. 山人이 급해졌다.

"어르신, 그걸로 후려 패실 모양인데 저놈이 날뛰다가 나무가 부러지면…."

말이 채 끝나기도 전에 장 노인이 다소 신경질적으로 대꾸했다.

"염려 말아요, 안 부러져요. 뽕나무 뿌리가 원래 단단해요. 나무도 위에서 각으로 꺾어야 부러지지 옆에서 댕기는 힘으로는 중간이 절대 안 부러져요, 염려 말고 저리 비켜서요."

山人은 알았다. 그런 물리학적 이치를 이 노인은 삶의 경험으로 정확히 꿰고 있다는 것을!

여 씨는 밧줄로 둥근 고리 모양의 매듭을 지어 들고 멀찌감치 장 노인 뒤에 서고, 山人은 장 노인 맞은편의 몇 걸음 뒤쪽에 피해 섰다.

장 노인이 든 막대기는 몽둥이였다. 저걸로 때려잡을 심산인 모양이다. 山人의 마음이 복잡해졌다.

("저 막대기 몽둥이로? 쉽게 죽이는 방법이 없을까? 잡아도 저 놈을 어떻게 옮겨…?")

장 노인이 몽둥이로 놈의 주둥이 위쪽을 힘껏 내려치기 시작했다. 넓적한 뼈가 얼마나 단단한지 콘크리트 바닥을 치는 듯 "탕… 탕" 탄성이 울렸다. 한 번 내리칠 때마다 놈은 앞 두 다리를 하늘로 올려 노인을 덮치는 자세로 달겨들었다가 밧줄에 주둥이가 매인 탓으로 반사적으로 뒤로 나자빠졌다. 그리고는 이내 몸을 틀어 또 달겨들었다.

그러면 노인의 뽕나무 몽둥이는 어김없이 그곳을 또 정확하게 강타했다. 그렇게 10여 분 가까이 서로 사투를 벌였다.

"크르렁… 크렁… 크르르렁~ 허어~ 허어~"

놈은 잇몸 속에 깊이 박힌 올무 줄의 고통도 잊은 듯 악을 쓰며 노인에게 달려들다 뒤로 튕겨 나자빠지다를 계속하며 몰아쉬는 숨을 토해냈다.

장 노인은 장사였다. 근육만 남은 비쩍 마른 몸 어디에서 그런 힘이 나오는지 알 수 없었다. 흐트러지지 않고 예측불허로 움직이는 물체의 일정 지점을 지속적으로 정확하게 타격하는 집중력이 초인적이다.

그런 장 노인이 잠시 숨을 고르며 바위에 걸터앉아 쉬기 시작했다. 놈도 같이 쉬는 모양새다. 한쪽은 때리다 지치고 놈은 맞다 지쳤다.

휴식도 잠시, 장 노인이 다시 일어섰다. 이번에는 사생결단을 내려는 듯 몽둥이에 침을 연거푸 문지르며 놈에게 다가섰다. 놈도 눈을 부릅뜨고 맞섰다.

"퍽…!"

소리가 조금 연해졌다. 둔탁한 매타작 소리와 놈의 '크르렁' 대는 소리가 동시에 뒤섞여 메아리쳤다. 혈투가 길어질수록 매의 강도가 약해져 가는 게 느껴졌다. 반대로 놈은 마지막 발악인 듯 더 사나워졌다. 비탈에 나동그라지고 기어오르고 뱅뱅 돌며 완강히 저항하는 놈으로 인해 흙먼지가 일고 비탈은 더 가팔라졌다. 여 씨가 곁에서 놈의 다리를 낚아채려고 고리를 여기저기 놓아도 놈은 번번이 피했다.

이렇게 해서는 결말이 나기 어려워 보인다. 시간이 족히 20여 분은 지난 것 같다. 아무래도 山人이 나서서 끝을 봐야 할 상황이다. 기왕지사 벌인 일이니 어쩔 수 없다. 겁도 나고 찜찜하기도 하지만 거들지 않으면 고집 센 저 노인네가 먼저 쓰러진다.

놈도 이 상태로 그냥 두기 어렵게 됐다. 山人은 적당한 크기의 뽕나무 몽둥이를 주워들었다. 다소 덜 마르긴 했지만 재질이 단단해 보였다. 노인네가 그토록 두들겨 패도 부러지지 않는 걸 보니 물푸레나무는 몰라도 박달나무에 버금가는 재질이 틀림없어 보인다. 산방 집 마당경사지에 들어찬 게 뽕나무인데 이걸 몰랐다.

가쁜 숨을 몰아쉬던 장 노인이 쉬는 듯 마는 듯 다시 놈에게 바짝 다가섰다. 놈도 꾀가 생겼는지 짐짓 뒤로 몇 걸음 물러섰다. 노인을 올무 줄 사정거리 안으로 유인해서 단번에 덮쳐 결말을 보려는 듯 보였다. 그러나 노련한 장 노인은 말려들지 않았다. 몽둥이 길이에 맞춘 거리 동선을 유지했다.

이 때 山人이 움직였다. 놈이 노인에게만 집중하는 뒤편으로 슬그머니 다가가 놈의 뒷다리를 힘껏 후려쳤다. 생각지도 못한 기습을 당한 놈은 화들짝 놀라 몸을 틀더니 山人에게 달겨들어 山人의 상체를 덮쳤다. 순간이었다. 놈의 머리가 뒤로 넘어지는 山人의 가슴을 들이받아 몸뚱이가 비탈 아래로 굴렀다. 서로 맞서 충돌한 게 아니고 넘어지면서 밀려 부딪친 덕분에 상처 난 곳도 충격도 크지 않았다.

놈도 기습 반격을 한 것이다. 뒤로 물러선 놈의 위치로 줄이 느슨해져 반격을 당할 거라는 걸 山人은 미처 생각 못 했다. 그저 한 방만 생각하고 다가섰던 것이다. 쓴 경험이다. 경험은 지혜다.

山人도 독이 오르기 시작했다. 山人의 몽둥이가 불을 뿜기 시작했다. 놈이 올라가면 노인의 몽둥이가 주둥이를 맹타했다. 이를 피해 비탈 아래로 뒷걸음치면 山人이 다리만 집중적으로 강타했다. 놈도 그걸 알았는지 몸을 돌아서 주둥이로 山人을 공격했다. 그러면 山人의 몽둥이도 주둥이를 가격했다.

다리를 집중한 효과가 컸다. 놈의 행동이 확연히 둔해지기 시작했다. 그럴수록 놈의 주둥이는 위아래에서 집중타를 당했다. 주둥이 위쪽과 턱이 서로 역으로 틀어지고 피가 철철 흘러나왔다. 끔찍했다.

패대는 사람이나 두들겨 맞으면서도 턱없이 불리한 싸움을 포기하지 않고 상대를 어떡하든 죽이려고 덤벼드는 놈이나 몰골이 말이 아니다. 상대가 죽어야 내가 산다. 살려고 죽이려는 것이다.

공격이 곧 방어다. 장 노인과 山人은 동물의 세계 한가운데에서 똑같은 짐승이 되어갔다. 야수(野獸)가 따로 있는 게 아니다. 야수 같으면 야수다. 인간의 몸속에 잠재해 있는 냉혹한 야수성이 드러났다.

장 노인과 山人은 자신도 모르게 점점 그렇게 야수가 되어가는 중이다. 곁에서 벌벌 떨며 밧줄만 움켜쥐고 서 있는 여 씨의 눈에는 틀림없이 그렇게 보였을 것이다. 山人도 자신의 지금 행동을 느끼기 시작했다. 하지만 이제 와서 멈추기는 어려웠다. 상황이 급박하다.

"…야수의 심정으로 각하의 심장을 쏘았다…"

문득 김재규가 떠올랐다. 그랬다. 총 대신 뽕나무 몽둥이라는 게 달랐다. 다른 게 또 있긴 하다. 중요한 거다. 사실 놈의 숨통을 지금 아주 끊어 놓을 생각이 아니다. 쓰러지면 단단히 결박해놓고 내일 아침 홍 기사에게 뒤처리를 맡길 요량이다. 홍 기사는 도살과 해체 전문가다.

뽕나무 몽둥이가 아무리 단단하고 사람 힘이 강하다고 해도 이 거대한 멧돼지를 늙은이 둘이서 때려잡는다는 건 누가 봐도 되는 말이 아니다. 그걸 안다.

"쓰러져라, 이놈아! 쓰러져라 잡놈아… 쓰러져라 제발! 이제 그만하자… 나도 힘들어 죽겠다!"

山人은 가격을 멈추지 않은 채 같이 헉헉거리며 소리쳤다.

"참나 이거, 총 한 방이면 간단히 끝날 건데… 포수는 다 어디 간 거어~"

여 씨가 시뻘건 얼굴에 덩달아 가쁜 숨을 내쉬며 말했다. 여 씨는 고혈압에 한 번 쓰러진 사람이다.

놈의 저항은 끈질겼다. 둘이 협공을 가한지 한 시간여가 더 흐른 것 같다. 놈도 지칠 대로 지쳤는지 어떡하든지 도망갈 궁리로 작전을 바꾼 듯하다. 올무가 걸린 뽕나무를 뱅뱅 돌다 줄에 제 몸이 묶인다. 때를 놓치지 않고 노인과 山人이 다시 놈의 주둥이와 다리를 동시에 집중 타격했다. 놈은 정신이 나간 그 와중에도 머리를 써서 반대 방향으로 다시 몸을 빙빙 돌려 칭칭 감긴 줄을 풀어냈다. 줄의 여유가 생긴 놈은 재빨리 공격 시늉으로 작전을 전환했다. 요 때가 위험한 순간이다. 방심하면 받힌다. 받히면 치명상이다.

"저리 가요, 피해요, 피해!"

장 노인은 틈을 놓치지 않고 그때마다 山人에게 일러줬다. 물러섰던 둘은 다시 공격을 가하고 놈은 이리저리 피한다고 또 나무를 빙빙 돌다 감긴다. 이런 게 몇 차례 반복되는 사이에 여 씨의 밧줄 고리가 용케 놈의 뒷다리 한쪽을 낚아챘다.

쓰러진 놈의 머리로 둘의 맹타가 너더댓 번 이어졌다. 놈이 드디어 쓰러졌다. 실신했다. 쓰러진 놈은 여전히 숨을 헐떡거리면서 부릅뜬 눈으로 우릴 노려보고 있었다. 갑자기 마음이 움츠러드는 山人이다.

장 노인이 밧줄로 앞다리 뒷다리 두 개씩을 특유의 매듭으로 각기 묶어 옆의 굵은 뽕나무 밑등에 바짝 얽어맸다. 거리를 주면 풀어내기 십상이다. 셋은 비로소 긴 숨을 내쉬면서 바위에 걸터앉았다.

온몸에서 기가 쭈욱 빠져나가는 느낌이다. 갑자기 적막이 찾아들었다. 놈은 지금 가는 숨만 내쉬며 생존을 증거하고 있다.

("내가 지금 뭘 한 거지?")

동네 살림을 망쳐놓는 야수에 복수를 한 것인지, 아니면 이름 모를 어느 누가 놓은 덫에 내가 걸려든 건 아닌 건지 알다가도 모를 착잡함이 배어 나왔다. 그러다 문득 손바닥에 시뻘건 색깔이 눈에 들어왔다. 피다. 저기 결박당한 놈의 피가 분명했다. 손등이며 반티 팔목이며 발목에도 피가 묻어있다. 여기저기 천지사방이 얼룩져 있다.

그러고 보니 아직도 손아귀에 움켜져 있는 막대기에도 묻어있다.

山人은 막대기를 바닥에 내던졌다.

("아, 내가 정신이 없었구나. 멧돼지와 혈투를 벌인 건가…?")

믿을 수 없는 사실이었다. 천하에 양반 소리를 듣는 山人의 본색이 맹수였다니. 덫이다.

("덫에 걸려든 거야 내가, 저 덫에 말이야… 음~ 어차피 세상이 다 덫이긴 하지만 말이지….")

산방에 돌아와서도 긴장은 쉬이 풀리지 않았다. 몸이 벌떡벌떡 경기를 일으킨다. 팔목이 시큰거리고 힘은 없는데 정신은 점점 뾰족해지는 것 같다. 그 가는 뽕나무 기둥을 믿고 장 노인 말 몇 마디에 의지해서 사납기 짝이 없는 저 거대한 놈과 목숨을 건 사투를 벌인 일이 기가 막혔다. 감춰진 야생의 투쟁 본능이 꿈틀거린 것이다. 상황 논리 앞에서 이성적 합리 선택론은 무력하다.

몸을 씻으려 옷을 벗고 山人은 다시 놀랐다. 상의고 바지고 말라붙은 피범벅이다. 멧돼지를 가격하면서 튀어 오른 놈의 피다. 온몸에 모래알 같은 소름이 돋고 <u>으스스</u>해진다. 씻는 둥 마는 둥 방에 돌아오자마자 전신에 피곤이 몰려오고 山人은 그대로 곯아 떨어졌다.

얼마나 시간이 흘렀을까? 누가 옆에 있는 것 같다. 말소리가 들린다. 꿈속인지 꿈에서 깬 것인지… 잠의 연속인지 잠을 깬 건지 경계가 분명치 않다. 그런데 몸이 흔들린다. 눈을 뜨니 웬 여자가 양 볼을 손바닥으로 때려대고 있었다. 아내였다. 뜻밖의 상황에 서로 놀라 있었다.

"뭔 일로 여길 온 거여?"

"뭐긴 뭐여요, 당신이 전화를 도대체 안 받으니 불안해서 견딜 수가 있나? 김매다가 일사병에 쓰러진 건지… 술 먹고 탈이 난 건지… 심장마비로 죽은 건지… 해서 부리나케 차 끌고 온 거지 뭐에요! 살아 나고 말도 하니 다행이네, 십 년 감수했네요!"

("맞아, 내가 꿈을 꾼 거여. 꿈이었어. 그런데 꿈 치고는 너무 생생해. 전혀 나 같지를 않은 일이었어. 아무리 꿈속이라도 말여….")

꿈으로 돌린다고 꿈이 아니다. 자신도 모르는 내면의 밑천이 다 드러나고 털렸다는 자괴감과 그것을 회피하려고 꿈을 핑계 대는 또 다른 비겁함의 자아가 내재해 있다는 사실이 착잡한 山人이다.

"근데 당신 말이유, 우물가 세숫대야에 담궈 놓은 옷들이 온통 핏물이여요, 핏물이 여간 진한 게 아니에요. 사람 피 같질 않아요. 어떻게 된 일이여요, 예?"

"뭔 말이여, 내가 그걸 어떻게 알아? 나는 꿈을 꾸다 지금 일어난 것이여…."

"예? 꿈이요?"

<끝>

첫눈

외딴 마을 외딴집에 한 소년이 살고 있었다. 어느 해 겨울 이른 아침, 절로 눈이 떠진 소년의 눈길은 창문을 향했다. 해가 아직 떠오르기 전인데도 동창은 훤했다. 소년은 고개를 갸웃거리며 눈곱이 낀 두 눈을 비비고 창문으로 다가갔다. 그리고 간밤 추위에 얼어붙은 창문을 낑낑거리며 반쯤 열어 재꼈다. 순간, 밤새 한기를 잔뜩 머금은 차가운 새벽 공기가 바람에 실려 방안으로 쏟아져 들어왔다.

식구들은 잠결에 영문도 모른 채 이불을 머리 위로 한껏 끌어당겨 뒤집어썼다. 그것은 해가 아니라 '눈'이었다. 눈이 지붕까지 차올라 쌓인 '눈벽'이었다. 소년은 외쳤다.

"엄마~! 눈이 왔어… 눈이 왔어…… 큰 눈이 왔단 말이야~"

소년의 목소리에는 반가움이나 영탄이 섞이지 않은, 무언지 모를 물기가 젖어 있었다. 첫눈이 소리 없이 그렇게 소년에게로 왔다. 폭설이었다. 골짜기 바람에 밀려 쌓이는 눈이 더해지면 지붕을 훌쩍 넘기기 예사다.

소년은 그가 오기를 간절히 기다리고 있었다. 아침 해가 뜨면 '그분'은 새벽같이 소년의 집으로 오기로 약속이 되어 있었다. 그런데 이토록 큰 '눈'이라니. 그것도 첫눈이….

소년은 지체하지 않고 방문을 열어 부엌으로 내려갔다. 마디마디 갈라진 흙손가락에 물고기 비늘 껍질처럼 온 손등이 튼 소년의 두 손에는 부지깽이와 아궁이 부삽이 들려 있었다. 소년은 익숙한 동작으로 부엌문을 밀어내고 지붕 위로 올라가는 눈 계단을 만들기 시작했다.

지붕 위에 올라서니 보여야 할 지붕들도 모두 없어졌다. 온 세상이 사라진 듯 소년은 갑자기 울컥거렸다. 작년 이맘때 누렸던 찬란한 눈의 세상이 아니었다. 미운 놈 고운 놈… 나쁜 놈 착한 놈 모두 도매금으로 덮어버린 눈이 공평하기는 하지만 오늘 새벽 소년의 가슴에는 막막한 돌덩어리로 밀려들고 있다.

이내 상념을 버린 소년은 일을 계속했다. 확실한 판단… 주저 없는 실행만이 소년이 지금 '길'을 헤쳐 나갈 유일한 방도라고 스스로 다짐했다. 잠시 숨을 고른 소년은 이번에는 반대로 지붕 위에서 아래쪽을 향해 눈을 파내려 가기 시작했다. 길을 내려면 지붕부터 쳐 내려와야 한다. 이래야 소년의 집 앞마당 길이 열리고 저 아랫마을로 이어지는 길을 쳐 나갈 수 있다.

얼마 가지 않아 소년의 얼굴은 땀범벅이 됐다. 그래도 소년은 쉴 새 없이 두 손을 놀렸다. 부지깽이로는 눈 벽을 푹푹 찔러 허물어뜨리고, 부삽으로는 그 눈을 담아 옆으로 밀어내는 작업을 반복했다.

사방이 꽉 막힌 눈 벽에 틈을 내 공간을 이어 붙이는 도구는 이것밖에 없다. 이윽고 가늘고 왜진 소년은 자신의 몸체가 비집고 드나들 공간이 확보되자 곧 부엌 한 켠에 붙어 있는 헛간으로 달려가 가래를 들고 나왔다. 이제부터는 부삽 대신 묵직하고 넓은 가래다.

제 키보다 긴 가래 손잡이 중간을 두 손으로 힘껏 잡은 소년은 거침없이 눈길을 마구 열어나가기 시작했다. 어른 한 사람이 넉넉히 다닐 수 있는 폭으로 1㎞에 가까운 거리다. 길을 내야만 한다.

소년은 시간이 얼마나 지났는지… 얼마나 눈길을 쳐 나왔는지 알려고도 하지 않은 채, 한 번도 뒤돌아보지 않고 죽자 사자 앞으로만 나아갔다. 어깻죽지가 너덜거리고 걸친 옷이 물걸레가 된 듯한 무렵, 소년의 집 동녘 골짜기 위로 먼동이 터 오기 시작했다.

소년은 그제서야 고개를 들었다. 소년은 속으로 외치고 또 외쳤다.

"살아나라… 죽지 말고 살아나라…!"

아랫마을에 산판 다니는 '재무시(GMC)' 한 대가 있다. 그 트럭이 동네에 유일한 차다. 소년의 가족은 급할 때 쌀 두 말에 옥수수 콩을 더 얹어주고 30여 리 떨어진 읍내에 다녀올 수 있다. 그것도 그 차가 일감이 없을 때나 가능한 일이다. 그 차를 용케 비싼 사용료 주고 오늘 아침 소년의 집으로 오도록 부른 것이다.

행운이다. 구사일생의 기회다. 소년은 가족이 맘껏 먹어본 기억도 없는 쌀을 너덧 말 건네는 것이 조금도 아깝지 않았다. 그런데 큰 눈이 내렸다. 차는커녕 사람조차 오도 가도 못 하게 길이 콱 끊어져 버렸다. 어찌해 볼 도리 없이 맞닥뜨린 사태 앞에서 소년은 지금 길을 내고 있다. 아랫마을이 손에 잡힐 듯 눈에 들어왔다.

어느덧 해는 산봉우리를 올라섰다. 마을 사람들이 아이 어른 가릴 것 없이 몰려나와 자기 집 마당과 동네를 관통하는 큰길의 눈을 쳐 내고 있었다. 저 큰길이 '신작로'다. 저 신작로로 우마차도 다니고 재무시 트럭도 오고 간다.

아주 가끔씩 군청에서 운영하는 이동 무료영화를 상영하는 차도 오고, 산판 감독하러 영림서 차도 오고, 보건소 방역차도 온다. 요즘에는 소년의 집 뒤쪽 깊숙이 들어간 산속에 살던 화전민들이 정부의 성화에 못 이겨 다들 아랫마을에 내려오는 바람에 동네가 조금 복잡해졌다.

소년은 다급히 '그분' 집을 찾아갔다. 아저씨라고 불러도 좋을 연배이긴 하지만, 소년에게는 지금 구세주 같은 분이다. '그분'이다.

이분 아니면 살아날 방법이 없다. 소년은 한시가 급했다. 그분은 소년을 보자 깜짝 놀랐다. 소년이 올 줄은 생각도 못했다. 온통 땀에 절고 물기에 젖어 녹고 있는 눈발을 뒤집어쓰고 현관 앞에 마주 서 있는 소년의 눈가에 얼핏 눈물이 어려 있는 것을 보았다.

자신을 응시하는 소년의 눈길 앞에 그는 자신의 눈을 피할 곳을 찾지 못했다. 소년의 얼굴에는 절박함과 간절한 요구가 담겨 있었다.

말은 꼭 입으로만 하는 게 아님을 그는 새삼 느꼈다. 표정으로 말하고, 계절과 날씨… 때와 차림새 등 시간과 공간적 특이성이 개입된 상태가 그가 처한 상황을 더 절절히 보여주기도 한다.

그의 결심은 오래 걸리지 않았다. 예보에도 없이 밤새 쌓인 눈을 보고 새벽부터 어찌해야 할지 갈팡질팡 하던 그다. 그런데 지금 소년의 모습이 흔들리던 그의 마음을 단칼에 정리해줬다. 소년의 집에 누가 무슨 일이 있는지를 그는 잘 알지 못한다.

어제였다. 늦은 밤 소년과 소년의 어머니가 리어카에 쌀 몇 말을 싣고 자신의 집을 찾아와 통사정을 했다. 오늘 이른 아침에 일찍 읍내에 꼭 나가야 할 일이 있다고 했다. 그때 그는 집에 없었다. 그의 아내가 소년과 소년의 어머니를 만났다. 이들이 돌아간 직후 귀가해서 아내에게 전해들은 얘기가 전부다.

아내는 감정이 빠진 건조한 말투로 얘기를 전해주었다. 이런 부탁이 자주 들어오는 터라 그러려니 했다. 그런데 소년은 지금 분·초를 다투는 절박한 처지라는 걸 호소하고 있다.

("지금 푹푹 빠지는 눈길 속에 차를 끌고 저 아이의 집을 들어갈 수 있을까?")

그는 잠시 생각에 빠졌다. 그러다가 이내 마음을 고쳐먹었다.

("까짓 것, 산판 길도 다니는데 눈길은 못 가? 갈 데까지 가 보자… 안 되면 거기부턴 걸어 들어가자….")

그와 소년은 신작로를 가로질러 산길로 접어드는 어귀에 들어섰다.

그는 눈을 의심했다. 소년의 집으로 향하는 눈길이 어른 두어 사람은 교행할 수 있는 폭으로 치워져 있었다. 소년이 동트기 전부터 이분 집에 도착할 때까지 길을 내면서 온 것임을 그는 알았다. 저 골짜기에 소년의 집 말고는 없기 때문이다.

그는 소년의 집까지 차가 들어갈 수 있을 걸로 판단했다. 낡은 미제 군용트럭을 개조한 것이긴 해도 보기 드물게 4륜구동의 강력한 엔진을 달아서 힘이 장사다. 겉만 낡았지 산길 개울 길 쌩쌩이다. 상대적으로 미끄럼에 힘을 잘 쓰지 못하긴 해도 중량이 원체 무거운 차다.

아직 얼지 않아 푸석거리는 눈밭인 데다, 운전석 쪽 앞뒤 바퀴가 치워진 눈길 바닥을 지지대 삼아 용을 쓰면 못 갈 것도 없을성싶었다.

"부-웅, 부-우-웅…."

잠깐 헛바퀴를 돌던 재무시 트럭은 강력한 굉음과 굴뚝 연기 같은 시커먼 매연을 쏟아내며 은색 눈밭 길을 성난 듯 달려 나갔다.

소년의 식구들은 이미 다들 일어나 소년이 돌아오기를 초조하게 기다리고 있었다. 열세 살 소년은 남동생 둘, 여동생 둘이 더 있는 5남매 중 장남이다. 작년에 아버지가 일하던 중에 뇌졸중으로 갑자기 돌아가시고, 홀로 된 어머니를 거들며 동생들 챙기기에 바쁘다.

가족은 소년이 지금 어디로 갔는지 알고 있다. 그래서 더 간절하게 소년이 빨리 돌아오기를 손꼽아 기다리고 있다. 소년의 어깨에는 지금 다섯 살 막내 여동생의 생사가 걸려있다. 동생은 지금 '디푸테리아'라는 이상한 전염병에 걸려 생과 사를 오가고 있다.

며칠 전부터 온몸에 열이 높아지기 시작하더니 그제 밤부터는 거의 인사불성이다. 숨만 가늘가늘 쉬고 있어 물수건을 머리에 얹는 걸로는 어쩌면 오늘 밤을 넘기지도 못할 것 같은 상황이 됐다.

어린 나이에 아버지를 잃어 기억도 가물거릴 막내는 소년에게 어머니 못지않게 가슴에 심어진 불쌍하고 애틋한 피붙이다. 이 아이가 지금 무서운 전염병에 걸렸다. 어디서 어떻게 전염됐는지 모른다.

전쟁 통에는 홍역이나 장티푸스가 무섭게 돌아서 얼굴이 얽은 아이들도 많이 생겨나고 죽기도 많이 죽었다. 전쟁이 끝난 지 십 년도 더 지났다. 그런데다 산골 마을이라고 해도 '돌림병'이라며 사람들이 가까이 오는 걸 싫어하고 경계하는 처지라 재무시 차를 부를 때도 얘기를 차마 할 수 없었다. 못 온다면 큰일 난다.

며칠 전이다. 급해진 소년은 어제 오전 아랫마을 이장네 집에 가서 읍내 보건소에 전화를 했다. 간호원인 듯한 여직원이 전화를 받았다.

소년의 상기된 표정을 보기라도 하듯 그녀가 차분하게 말했다.

"… 디프테리아는 2종 전염병인데요, 주로 위생이 안 좋거나 영양이 부족하고 병균에 오염된 음식을 먹는 어린아이가 잘 걸려요. 정확한 발병 원인은 아직까지 밝혀진 게 없어요… 증상은 목 숨구멍에 하얀 곰팡이 같은 얇은 막이 끼어 호흡을 가로막는 건데요, 놔두면 얼마 안 가 그 '염증 막'이 숨구멍을 완전히 막아서 질식사해요. 학생의 동생이 지금 이런 비슷한 증상이면 얼른 여기로 데려와야 해요! 하는 말로 봐선 급한 상황인 것 같네요. 지금 전국에서 이 전염병이 꽤 많이 돌고 있어요… 지금 약이 몇 개 남아 있는데 더 늦지 않게 데리고 와서 주사제 놓으면 나을 수…."

소년은 전화기 너머 울려오는 그녀의 말을 마저 듣지 않고 수화기를 내려놓았다. 희망이 생겼다. 살아날 길이 솟아난 것 같다. 얼른 집에 가서 어머니에게 알려야 한다.

소년은 두꺼운 이불로 온몸을 감싼 막내 여동생을 들쳐 업고 방을 나섰다. 문밖에서 기다리고 있던 '그분'은 막내를 받아 안고 차 안으로 밀어 넣었다. 그리고 잽싸게 운전석에 올라앉고, 막내를 사이에 두고 조수석에 소년의 어머니가 탔다.

어머니는 혹여 막내가 이동 중 잘못될까 싶어 허리를 굽힌 채 온몸으로 아이를 덮어 안았다. 그리고 소년은 '그분'의 양해를 얻어 트럭 적재함에 올라탔다. 마음은 급한데 읍내 길은 눈길이 천 리였다.

트럭은 오던 길을 되돌아 다시 조심스레… 그러나 점점 빠른 속도로 달려가기 시작했다. 신작로에 들어서자 트럭은 속도를 더욱 높였다.

소년은 운전석 뒤켠 적재함 쇠붙이 기둥을 굳게 잡고 맞은편에서 달려드는 거센 눈바람에 저항했다. 차가운 금속성이 맨손의 소년 몸속으로 칼날같이 파고들어도 소년은 미동도 하지 않았다.

신작로길이라고 해도 돌고 도는 비포장 자갈길이다.

"터-엉… 텅~!"

양쪽 여섯 개씩 달린 바퀴 살에 튕겨 오르는 돌멩이 소리에 간담이 서늘해지고 오줌보가 시큰해진다.

"휘-익… 휘-익~!"

소년의 머리 위를 시도 때도 없이 날아다니는 돌멩이는 그냥 돌멩이가 아니었다. 머지않은 철광산에서 싣고 가는 원석들이 길바닥에 떨어져 쌓인 조각난 쇳덩어리 돌이었다. 작은 것에라도 맞으면 바로 골로 간다. 즉사다. 스치기만 해도 살점이 떨어져 나간다.

앞에서 날아들고 옆에서 날아들고 뒷바퀴에 튕겨져 날아든다. 그래도 지금은 쇳가루 먼지가 날리지 않아 고마운 길이다.

"기다려라~ 기다려라~ 조금만 더… 조금만 더…."

소년은 외쳤다. 휘날리는 머플러 위로 눈이 바람에 날려간다. 사람 그림자도 보이지 않는 차가운 눈 속 바람길을 소년은 외치고 또 외치며 달렸다. 그건 일종의 '주문(呪文)'이었다.

'첫눈'이다!

소년은 뭔가 모를 충만감으로 그득해졌다. 지금 휘날리는 눈발이 새벽녘 그 눈이 아니다. 삶의 희망이 솟구치는 설레임의 첫눈이다.

바람 찬 칼날 추위 속 눈길 위를 달려가는 소년의 가슴에는 어느새 따스한 온기가 돌고 있었다.

* 추기

하염없이 쏟아지는 함박 눈발에 선 산방 나그네의 그날 그 아침이다. 소년의 어머니는 이듬해 겨울 그맘때 눈길을 밟으며 아버지를 따라 하늘로 갔다. 그래도 소년은 희망을 꿈꾸며 어른이 됐고, 세상에 대한 따뜻한 관심을 놓지 않은 가장이 됐다.

'첫눈' 내리던 그 그리움으로 살아간다.

<끝>

[단편]

실화 토크
이외수의 교대 시절

나와 진 선배는 탁구동호회 회원이다. 그와 탁구반장을 번갈아 맡으면서 8년을 함께 해온 사이다. 둘 다 취향도 비슷한 애주가라 가끔씩 운동 후 대포집에서 뒤풀이를 한다. 그날도 둘은 탁구가 끝난 후 장대비 내리는 날씨를 핑계 삼아 단골 대포집으로 향했다.

초저녁이라 손님은 없었다. 같은 나이 또래인 주모는 '비오는 날은 공 치는 날'인 탓인지 방 안에서 자고 있었다. 진 선배가 문을 열고 깨워 그녀를 불러냈다. 둘이 모두 목소리가 큰 편이라 어디 가나 소리를 죽이느라 여간 신경 쓰는 게 아닌데 손님이 아무도 없는 이날 같은 때는 전세를 낸 듯 편하게 떠든다. 주모도 뭐라 말이 없다.

둘이 오랫동안 대포집을 다닌 사이라 대화의 소재가 바닥이 나서 특별하거나 새로울 얘깃거리도 없다. 나나 진 선배나 퇴직 10년이 지나 칠십이 넘으니 무슨 유별난 재미를 찾아 나돌 나이도 아니다.

선술집에서 안주 삼아 시시콜콜한 일상이나 탁구 관련 얘기를 주고받으면서 운동 뒤끝을 푼다. 그렇게 집에 들어가면 하루해를 유쾌하게 마무리한 느낌도 든다. 그런 기분으로 대포 한잔하러 간다.

소주가 어느새 세 병째다. 이런저런 잡담 같은 방담을 나누는 중에 내가 중단편 소설집을 출판 예정이라고 말하자 진 선배가 '이외수'를 꺼냈다. 그는 이외수와 교대 동창이라고 했다. 뜻밖이었다.

내가 알기로는 이외수가 46년생이다. 내가 알기로 그는 한 해 끓어 교대에 진학한 65학번이다. 그러니까 진 선배는 5년 후배다. 그리고 그는 학교를 중퇴한 걸로 안다. 그가 중퇴를 한 해부터 내가 그를 알게 된 사연이 있다. 아래에 잠깐 언급한다.

그런데 진 선배가 그와 같이 다녔다고 해서 다소 의아했다.

("같이 다닐 학번이 아닌데….")

하긴 그의 인생살이가 정상적이지 않았던 관계로 2년제 교대 다니는 것도 곡절이 많았을 것이었다. 그러니까 6년씩이나 학교에 적을 두고 다니다 말다 다시 다니다 끝내 졸업도 못 하고 중퇴했겠지 싶기는 했다. 진 선배는 그가 복학을 한 2학년 때 같은 반으로 편성돼서 1년을 호형호제하며 아주 가깝게 지냈다고 했다. 나는 그 시절 이외수의 이야기가 궁금해졌다.

사실 나도 그 무렵의 이외수를 알고 있기는 했다. 나는 그때 대학가에서 하숙을 치는 친구 집에 자주 놀러 갔다. 그 집에는 같은 과 친구 둘이 하숙을 하고 있었다. 용돈이 궁한 우리는 돈을 걷어 인근 슈퍼에서 술이며 가벼운 안주류를 사서 술판을 벌이는 게 일이었다.

그 친구 집은 우리의 아지트 구실을 했다. 그 집 헛간 같은 창고 방에 이외수가 살았다. 그는 월세를 내고 자취를 한다고 하는데 하숙집 아들인 친구 말로는 밥그릇도 없고 숟가락도 없고 풍로도 없다고 했다. 밥이든 라면이든 해 먹는 걸 보지 못했다고 했다. 나가서 빌어먹으며 생존하는 게 틀림없었다.

이외수가 이 집에 온 것은 그 친구가 나와 과는 달라도 인근의 같은 4년제 대학 국문과에 다니는 연유로 선후배 문학도들과 같이 활동을 하는데, 거기서 교대 쪽 문학도들과 연결이 돼서 간접적으로 알게 된 사이였다고 했다. 그런데 같은 과 어느 선배가 자신의 집에 오랫동안 엉겨 붙어 머물고 있는 이외수를 부득이 내보내야 하는 상황이 되자 이 친구에게 그를 떠넘긴 것이라는 말이었다.

말하자면 이 친구는 이외수를 잘 알지 못하는 처지에서 선배의 부탁으로 얼떨결에 비어있는 창고방을 빌려준 것이었다. 그는 월세는커녕 뭐라도 보태줘야 할 애물단지였다. 그런데 이외수는 돈도 없었지만 학교는 달라도 문학 후배의 호의로 거저 있는 것으로 알고 있었던 것 같았다는 얘기다. 서로 간에 생각이 달랐다. 그때 친구들 얘기로나 그와 가까운 관계를 가졌던 문인의 후일담을 들어보면 이외수는 오갈 데 없는 천덕꾸러기 신세였다. 별 수 없이 비비는 게 장땡이었다.

그때 나는 해질 무렵이면 비가 오나 눈이 오나 낡고 헤진 겉옷을 걸치고 어깨를 잔뜩 쭈그린 채 어디론가 밖으로 나가는 그를 친구 집에서 여러 번 보았다. 감지 않아 서캐가 드글거리는 듯한 머리는 어깨까지 치렁치렁하고 이빨은 아예 닦지를 않아 금색 창연하고 양말도 신지 않은 채 헐렁한 고무신을 끌며 다니는 그는 남이 보거나 말거나, 그러거나 말거나 오불관언으로 시내 중심가를 활보하며 다녔다.

알 수 없는 미소를 흘리며 초점 없는 퀭한 눈으로 허공을 응시하며 명동거리 횡단보도 앞에서 신호를 기다릴 때면 무심히 곁에 서 있던 사람들은 기겁을 하고 슬며시 거리를 두며 물러섰다. 맞은편에서 그를 본 사람들은 신호가 떨어지면 애써 고개를 돌리며 그 옆을 잰걸음으로 빠르게 지나쳤다.

혐오를 불러일으키는 그의 행색은 사람들로 하여금 정신병자 아니면 거렁뱅이로 알게 했다. '혐오'였다. 나 역시 한 마디로 '혐오'였다.

진 선배 얘기를 들어보니 내가 이외수를 그렇게 접하고 알게 된 시점은 그가 진 선배와 함께 교대를 다니다 어떤 사유로 인해 졸업을 못 하고 중퇴를 한 후 방황을 하던 시기였다.

모르긴 몰라도 이외수 인생에 가장 혹독한 겨울이었을 것이다. 물론 그때 겪었던 밑바닥 생활이 후에 그의 작품활동에 중요한 자산이 된 것은 필연적일 수 있는 아이러니다. 괜찮은 작품이 글재주 하나 믿고 책상머리에서 상상이나 남의 얘기 들은 걸로 쓰여지는 게 아니라는 것을 지금 시점에서 새삼 이외수의 그때를 보면서 드는 생각이다.

문학도도 아니었던 나로서는 별반 관심 없던 이외수에 대한 진 선배의 오늘 이야기가 귀에 들어온 것은 내가 대면하고 알았던 이외수의 그 바로 앞 시기 그에 대한 공백을 채울 수 있는 이야기이기 때문이었다. 나는 진 선배가 5년 선배인 이외수와 어떻게 같은 반 동창으로 교육대학 학창 생활을 하게 됐는지를 알게 됐다.

이외수는 어려운 형편으로 한 해 늦게 교대에 입학을 해 놓고 1학년을 마치는 데 또 3년 세월을 보냈다. 무슨 사정이 있는지는 몰라도 진 선배 얘기로는 그의 아버지가 강원도 시골 초등학교 교장으로 있었다면서 이름까지 대는 걸로 봐서는 경제적 어려움은 아닐 터였다.

그러다 그는 군대를 가서 3년 만기 전역을 하고 그해 봄에 교대 2학년에 복학을 한 것이다. 그러니까 교대 7년차다.

진 선배가 털어놓은 이외수론과 그와의 이야기를 대략 옮긴다.

"… **내가** 느낀 거는 예술가들은 혼이 따로 있다 이거야, 이 반장! 그렇지, 그러고 보니까 그때 이외수가 몇 수 재수를 해서 우리 반에 들어온 거야. 오등급(5년?) 재수를 해서 들어온 거란 말이야."

진 선배는 그와 만나기 전의 이외수에 대해서는 정확히 알지 못하는 것 같았다. 내가 그의 연보를 본 기억이 있어서 보정해 주었다.

"진 선배, 내가 알기로는 (이외수가) 경남 함양인가 어딘가 아래쪽 사람인데 어릴 적에 아버지를 따라 와가지고 말이지, 인제에 와서 고등학교까지 마치고 거기 산골학교에서 소사 노릇을 하면서 애들도 조금 가르치고 그렇게 하다가 생각이 남다르니까 내가 여기서 멈출 수 없다고 그래서 그때 교대로 시험을 보러 간 거야! 아버지가 아마 부사관, 그러니까 그때 하사관으로 인제 전방에 있었던 거로 아는데요…."

"아냐, 아버지가 초등학교 교장 했어. 그 양반 고향이 거긴지 난 몰라. 내가 학교 선생으로 나가서 알아. 아버지 이름이 이○○이야! 그래서 이 양반이 6년 만에 후배들하고 같이 다니는 거야. 그러다 결국 또 중퇴했어."

"진 선배, 이 사람 이력을 보면 말이요, 1학년만 다니고 2학년 때는 때려치웠어. 때려치우고 그때 강원일보 기잔가 직원인가로 들어갔다가 그것도 때려치우고 그때부터 방황한 건데, 내 친구 집에 싸구려 방을 얻어 세도 못 내고 그냥 살면서 나돌다가 간첩으로 신고돼서 조사도 받고 별일이 많았던 거지. 그런 게 나중 소설감이 되는 거지.

소설을 쓰려고 일부러 그렇게 산 건 아닐 테고 여하튼 사는 게 말이 아닌 거였겠지. 내가 좀 듣고 본 것도 있고… 근데 그 양반이 교대 다닐 적에 문예반이었다면서요?"

"맞어…."

"그 양반이 그걸로 옆 대학 문예반 그걸로 고리를 삼아서 나이로 눌러 후배 취급하면서 그들 집을 돌아가며 얹혀살기 했다는 거예요."

"그때 사는 게 어려워 그랬지 뭐. 그 양반이 그때 낡은 군복 물들인 거 입고 망토 같은 거를 겉옷 삼아 걸치고 학교엘 다니고 그랬어. 그때 난 운동을 했어. 1만 미터 달리기 선수였는데 전국 교대 체육대회 나가서 금메달을 따고 했어. 나는 운동을 조금이라도 하고 나면 꼭 손이라도 씻고 했는데 이 양반은 씻는 게 없어. 학교에 오면 맨날 옷에 페인트칠만 묻어있는 거야. 그때는 먹고살기 위해 극장 간판 그림을 그리고 그 옷을 그대로 입고 학교에 오는 거야! 그러니까 그 양반이 소설을 쓰기 전에는 그런데 나가 일하고 벽에다가 페인트로 그림을 그리고 그걸 한 거야. 그때는 이 형이 시(詩) 하고 컷을 했어!"

"아, 시하고 그림? 그 양반이 대나무로 깎은 붓으로 선화를 잘 그렸는데 그때 그랬구나. 그러니까 극장 그림 간판쟁이였네. 그림을 아주 잘 그렸다는 얘긴데…."

"그 얘기가 그 형 소설에 나와! 그래 그 형 자취방에도 나 자주 갔어, 자주 갔어…."

"자주? 그럼 그 양반 잘 안다고 떠드는 사람들 할 말 없네."

"아이고, 가보면 놀래는 게 그 형이 참 생긴 것도 그렇지만 아주 지저분하지, 지저분하지. 그런데 옛날에는 담배를 얼마나 폈냐? 담배를… 아주 이빨이 누래! 내가 이 양반 자취방을 가. 가면은 자취방에 있지? 재떨이가 대접이야, 그 옛날 대접. 그게 재떨이야. 근데 가보면 그 재떨이가 넘쳐서 30센티미터는 쌓여있는 거야. 그건 뭐 그런 줄 알았지만 담배가루고 뭐고 말이 아니지. 그걸 내가 비짜루로 다 쓸어서 치우고 방안을 깨끗이 청소해주는 거지. 그런데 웃기는 게 그렇게 지저분한데도 여자들이 줄을 서! 문학을 배운다나 어쩐다나…."

"그 양반에 대해 나중에 들은 얘기보다 훨씬 원초적인 그 양반 초기 얘기네요? 여자들이 문학에는 약한 게 있어요. 그게 낭만이거든!"

"여자들이 줄을 서는 게 여기 출신 애들은 없어."

"아, 그때 그 양반 이름도 없고 작품 발표도 한 게 없을 땐데 어떻게 알고? 유명세가 전혀 없을 땐데 알고 줄을 선다는 얘기요?"

"내가 놀란 게 뭐냐면, 여자애들이 전부 다 이쁜 애들이야. 내가 기차 통학을 했잖아? 통학했고, 이제 뭐 옛날에 역 앞에서 또 군고구마 이런 거 팔고 그랬잖아? 그러면서 그걸 내가 이제 갖다 줘. 그거라도 먹고 나오라는 거지. 아침에 그 형 자취방에 가서 문을 열어 보면 뻗어 자고 있는 거야. 근데 지집애하고 같이 있는 거야. 여자하고 같이 잔 거야."

"밤새 그짓 했구만…."

"그럼. 문을 열어두 신경을 안 써!"

"예술가 기질이 있었구만, 영혼이!"

"하하하, 영혼이… 그렇지. 근데 문제는 왜 그런 사람한테 여자들이 꼭 꼬이는 거냐 이 말이야. 그 양반 이빨도 안 닦아. 그런데 그게 원래 여자들 입장이 좀 그렇더라고."

"그런 여자들한테는 그 꼬여드는… 하여튼 뭔가 (그런 사람한테) 매력 포인트가 있는 게 아닐까요?"

"그래서 그때 당시에 이외수하고 최동선이라고 있어요."

"아 동선이 형 잘 알아요. 초등학교에 있다가 4년제 편입해 나왔겠지? 고등학교 국어 선생을 했으니까. 동화작가기도 해요. 신문에 칼럼도 쓰고 잡지에 동네 기행 연재도 하고. 문화재단 이사장도 했고…."

"외수 형이 동선이 형하구 동기인가 동갑인가 그런데 같이 교대를 다니고 친했어. 그 형이 우리와 반은 달라서 난 잘 몰랐지. 그 두 사람하고 내 동기 이 학성이라고 고등학교도 동기인데 그 셋이 문학을 한다고 무척 친했어. 근데 동기 새끼는 죽었어. 그 글쟁이들이 옛날에 맨날 이거 먹고 담배 피고 그랬잖아? 얼마나 지저분했겠어? 그러니까 내가 같은 반에 있으면서 그 형 자취방에 가서 청소를 해줘요, 청소를. 어떤 때는 그 형이 라면을 딱 때리고 여자를 부르면 여자가 알아서 담배를 갖다 대령해요!"

"그러면 그 양반이 동급생이라도 나이가 있으니 그렇기도 했겠지만 뭔가 그 이상으로 카리스마가 있었던 것 아니에요? 젊을 때라 여자애들도 낭만을 찾을 때고, 그 시절에 그 양반한테서 그걸 본 거…. 그 양반이 뭔가 글을 쓴다는 게 대단해 보이는 그런 것도!"

"그러니까 내가 지금까지 가지고 있는 퀘스천마크가 있는 게 이런 이쁘고 멀쩡한 여자가 왜 그런 사람한테 꼬였냐 이거야. 나같이 잘생긴 놈은 개뿔도 없는데, 하하하하~"

"왜 같이 있는 난 놔두고 그런 꾀죄죄한 사람에게 그런 이쁜 여자애들이 꼬이냐…? 하하하하~"

"생긴 것도 꾀죄죄하잖아? 옛날 장발이지 장발, 얼마 안 가 박정희가 단발령을 내려서 파출소에 잡혀가 다들 머리 잘리고 그랬잖아. 그때 그 형이 어떻게 잘렸는지 숨어서 장발을 지켰는지 몰라, 하하하~

그러니까 지금도 퀘스천마크를 달고 있는 게 그런 남자를 갖다가… 내가 스무 살일 때 스물 대 여섯인데 나같이 젊은 사람 놔두고…."

"글쎄 말이요. 사람도 꾀죄죄한데다 작품을 발표해서 필명이라도

270

있으면 모르지만 그것도 아니고, 그게 하하하하~"

"근데 그 형이 얼마나 웃기는 얘기를 하냐면은, '야, 여자는 지겨워, 야, 쟤 있잖아 나 진짜 싫은데 너 가져!'… 나더러 가지래…."

"자기 맘대로 하라 이거지?"

"그렇지 하룻밤 오입해도 된다는 거야. 괜찮다는 거지. 여자들이 줄을 섰다니까. 그 정도였어!"

"근데 진 선배 말이요, 그 양반 왜 졸업을 해서 학교 선생 나가면 고생 끝내고 잘 됐을 텐데 왜 중퇴를 한 겁니까?"

"아, 그게 말이지… 졸업을 안 한 게 아니라 못 한 거지. 2학년 되면 학교에 교생 실습을 나가잖아? 그러면 애들 앞에 서는 거니 양복을 입고 넥타이라도 매고 반듯하게 정장 차림으로 나가야 하는 건데 이 양반이 그게 아닌 거야. 잠바 쪼가리 하나 걸치고 헐렁하고 구겨진 바지를 입고 낡은 운동화 신고 나왔으니 문제가 되는 거지.

교무과장이란 양반이 우리는 받아들이고 인사를 시키고 교실에 입실시키는데 이 양반에게는 말이지, '여보쇼, 당신 이리 와 보시오. 이런 차림으로 어떻게 아이들 앞에 서서 가르친다는 말이요. 이렇게는 받을 수 없으니 돌아가시오!' 한 거지. 이 형이 옷을 좀 그럴 듯하게 갈아입고 다시 오면 됐을 텐데 안 나온 거지. 그럴 옷도, 구두도 없고… 그러니 학점이 나올 수 없지. 가장 중요한 게 교생 실습 학점인데 그건 교수를 찾아간다고 될 일이 아니잖아. 그렇게 봄 가을 두 번 다 교생 실습을 못 하고 학점이 안 나오니 관둘 수밖에… 그래서 중퇴한 거야. 중퇴를 당한 거지… 그것도 그렇고 체질도 애들 가르치는 게 맞질 않아 보였어!"

"아, 거 참 억지로 될 일도 아니고… 그때부터 방황이 다시 시작된

거네요!"

"그렇게 된 거지. 근데 재밌는 일이 있어. 내가 운동선수를 하느라 여기저기 대회에 나가느라 학점이 몇 개 펑크 나서 졸업을 못 하게 된 거야. 이걸 그 형이 알고는 자기가 피켓을 만들 테니 둘이 교수연구실 동에 가서 데모를 하자 이거야! 그래서 내가 그런 걸 어떻게 하느냐 그랬지. 그랬더니 그 형이 '네가 싫다는데 내가 열쳤다고 혼자 하겠냐, 그럼 관둬라' 그러는 거야. 그러면서 하는 말이 '그럼 교수들 일일이 찾아가서 간곡하게 잘 부탁을 해봐라. 그러면 될 수 있을 거야'라고 알려주는 거야. 그래서 그건 할 수 있는 거니까 마음 단단히 먹고 일일이 찾아다닌 거야. 내 말은 그런 거지. '학교 명예를 위해 열심히 운동을 하고 메달을 따오고 그러느라 수업을 제대로 받기 어려워 이리 된 건데, 교수님도 제가 운동장을 매일같이 뻥뻥 도는 걸 보셨지 않느냐?' 그랬더니 봤다는 거야. 그러면서 학점을 다들 주더라고.

그거 못 받아 졸업을 못 하면 살기 어려워서 힘들게 자식을 그나마 교대 보냈는데 우리 부모님이 얼마나 낙담을 하실 거야? 나도 그렇고 말이야! 내가 그렇게 졸업을 하고 교단에 나갈 수 있었던 거지.

외수 형에게 고마웠던 거지. 하여튼 함께 다닌 1년 동안 별 일이 많았지, 많았어!"

그다음 이야기는 이외수가 훗날 필명을 얻고 가정을 꾸린 후 생긴 가정사가 조금 언급됐는데 뺐다. 그 양반 아들이 진 선배 아들하고 동갑내기 학교 동창이라는 것과, 또 내가 그 양반 아들이 졸업한 고등학교에 그 다음 해에 부임해서 아비와는 다른 아들의 모범적인 학교생활을 동료들에게서 전해들은 얘기도 있는 등 오랜 세월 그렇고 그런 연이 있었다는 그런 사후적인 이야기다.

먼 후일 이외수는 수염을 밀고 머리도 단정하게 깎고 이빨도 닦고 멀쩡한 보통의 생활인이 됐다. 무엇보다도 그의 말과 언어와 행동은 아주 정상적이고 통찰력 있는 시대 비판 지성으로 또 다른 관심을 받는 유명인이 됐다. 대선 때면 대선 후보들이 여야를 가리지 않고 화천산골 그의 처소로 머리를 조아리고 찾아와 '한 말씀' 얻어가는 현상을 연출하기도 했다. 그는 산골에 앉아 그들의 절을 받았다.

혐오를 유발하던 그의 젊을 적 행적과 대비되는 한 인생의 극적인 변화는 그를 가까이서 지켜봤거나 알고 있는 사람들에게 많은 생각을 던져주었다. 지금도 궁금한 것은 그때 비정상적인 정신상태로 보였던 그의 행동이나 행적이 세상을 조롱하는 반항의 몸짓이었던 것인지, 아니면 이상했던 그의 정신세계가 본격적인 글쓰기 작업에 들어오면서 정상으로 환원된 것인지… 그도 아니면 누구나 겪는 인생사의 부침이었는지… 그런 것이다.

여하튼 이외수는 평범치 않은 생을 살다 갔다. 그의 죽음으로 우리 문단의 외로운 독립군이었던 이단아이자 한국 현대소설의 대중적 명망인이 되었던 이외수 문학도 마감됐다. 하지만 기성 문단의 기득권 벽을 깨고 스스로의 힘으로 메시지 강한 참여 문인의 맥을 이어간 공은 크다.

〈끝〉

극락조

초판 1쇄 2024년 8월 30일

지은이 이준연

펴낸곳 한국전자도서출판
발행인 고민정
주소 서울특별시 서대문구 연희로37길 77-13 402호
홈페이지 www.bookjour.com
이메일 contact@bookjour.com
전화 1600-2591
팩스 0507-517-0001
원고투고 edit@bookjour.com
출판등록 제2021-000020호

ISBN 979-11-88022-59-5(03810)

문학여행은 출판그룹 한국전자도서출판의 출판브랜드입니다.

이 책은 ⑤ 춘천문화재단 2024 전문예술지원사업 지원금으로 출간되었습니다.